中小学生
大阅读
DAYUEDU

希腊神话

（名师视频讲解版）

[德] 施瓦布/著
段芳菲/编译

长江出版传媒 | 湖北教育出版社

序

在中国人眼中，读书一直享有很高的地位。阅读使人远离贫乏、平庸，使人博学、睿智，使历史和文明延续，使优秀品德代代传承。阅读是每个人生活中不可或缺的一部分。尤其是经典名著的阅读，对于广大青少年而言，尤为重要。因为经典名著是人类历史长河中的珍珠，历经岁月洗涤，以其卓越的思想性、艺术性，恒久绽放灿烂光华，必对青少年身心成长大有裨益。

为了倡导和推动经典名著阅读，我们组织研发了这套“中小学生大阅读（名师视频讲解版）”丛书。那么，这套丛书有何与众不同和过人之处呢？

其一，我们为青少年朋友量体裁衣，精挑细选，对从小学到高中全学段的经典名著阅读实现了全覆盖。这套丛书，包罗中国国学珍宝、中国传世经典、中国现当代名家名作、世界文学名著，等等，可谓古今中外，皆浓缩于尺牍；千山万水，尽了然于卷帙。

其二，这套丛书构架了全新的阅读体系，全程名师指导伴读，并搭配视频讲解，以学生喜闻乐见的形式解说名著经典，帮助学生提升阅读理解、写作技巧、表达交流等多方面的必备能力。

其三，这套书根据不同学段学生的心理特点、审美特点和阅读习惯，设置各具特色的板块和栏目，做到文字与插图兼美、知识与趣味并重。

青少年朋友们，我们无法丈量生命的长度，但可以拓展生命的宽度，而一本让人受益的好书，无疑是一次生命的拓展……歌德曾说：读一本好书，就是与许多高尚的人谈话。因此，阅读经典，就是与智者同行，与先贤论道。手捧这套丛书，我们可穿梭时空，遨游天下，领略极致风景，沐浴智者思想的惠泽，期盼美好的未来，成就更好的自己。

金波

中小学生
大阅读
DAYUEDU

名师带你读

名师导读精心设计，激发学生阅读兴趣，让学生带着问题去阅读。

知识链接

延伸、拓展课外知识，帮助学生轻松阅读，灵活掌握。

名师批注

欣赏优美语段，体会深层情感，引导学生进行深入思考，全面提升学生的理解能力。

阿 波 罗

名师带你读

中国有一个太阳神叫羲和，她和帝俊生了十个金乌（太阳），后来九个金乌被后羿射掉了。希腊神话中也有一个类似的神，名为阿波罗。

知识链接

勒托：黑暗女神，阿波罗与阿耳忒弥斯的母亲。据传她是提坦神科俄斯与福柏的女儿，天神乌拉诺斯和地神盖亚的孙女。

名师批注

海神波塞冬怜悯勒托，于是从海底升起了巨大的石柱。

宙斯有很多情人，她们都被赫拉仇视，并遭到报复。同伊俄一样，女神勒托也遭到了赫拉的驱逐，赫拉还派巨蟒皮同去追赶勒托。这位可怜的女神四处奔逃，到处都找不到栖身之所。最后，她躲到了在大海中漂浮不定的得罗斯岛上。

勒托踏上得罗斯岛的时候，从海底升起许多巨大的石柱，瞬间就将这座荒凉的小岛架了起来。从此它就毫不动摇地屹立在海中，至今还在原地。得罗斯岛四周都是大海，岛上只有光秃秃的山岩。

当金色鬈发的光明之神阿波罗出生在得罗斯岛上时，岛上顿时光芒四射，海边的岩石、山谷，大海以及所有的一切都有了生气和光彩。女神们纷纷来到得罗斯岛，高声赞美新生的神，给他送来神食和仙酒。

光辉灿烂的少年阿波罗手捧竖琴，肩背银弓，在蔚蓝的天空疾驰，金箭在箭筒里叮当作响。对于由黑暗孕育的一切来说，这无疑是一个巨大的威胁。不久，阿波罗决定前往追逐过他母亲的巨蟒皮同的栖息之处，他要为母亲复仇。

阿波罗很快就来到皮同栖息的黑暗峡谷。峡谷两边是直插天空的山岩，山谷中一片昏暗。可怕的皮同爬出洞穴，它那遍身鳞甲的巨大身体在岩石之间盘成一圈又一圈。岩石和山体在它身体的重压下不住地颤抖，山林水泽神女和一切生灵吓得四散奔逃。强大凶恶的皮同直起身子，张开骇人的大嘴，想把阿波罗一口吞掉。就在这时，银弓的弓弦拉响了，金箭如同火星在空中一闪一闪，一支又一支，像疾雨一样飞向皮同，皮同中箭瘫倒在地。

阿波罗战胜了巨蟒皮同，高声唱起胜利的凯歌，金竖琴的琴弦伴随着他的歌声鸣响。阿波罗把皮同的尸体埋入圣地得尔福的地下，就在得尔福修建了神庙和神示所，以便在这儿向人们预示他父亲宙斯的旨意。

名师批注

险恶的环境，恐怖凶猛的巨蟒，岩石、山体、神女、生灵等的害怕反应，以及作战场面的描写，分别从侧面与正面表现出阿波罗的勇敢无畏、所向无敌。

名师点拨

阿波罗诞生时，有种种异象。他身为光明之神，可以给世间带来希望。他是希腊神话中最多才多艺，也是最英俊的神祇，同时是男性美的典型。

好词多积累

驱逐　栖身之所　漂浮不定　叮当作响

佳句任你评

★光辉灿烂的少年阿波罗手捧竖琴，肩背银弓，在蔚蓝的天空疾驰，金箭在箭筒里叮当作响。

★可怕的皮同爬出洞穴，它那遍身鳞甲的巨大身体在岩石之间盘成一圈又一圈。岩石和山体在它身体的重压下不住地颤抖，山林水泽神女和一切生灵吓得四散奔逃。

大家来思考

1. 阿波罗诞生时有何异象，众神的反应如何？
2. 请发挥想象，具体描绘一下阿波罗同巨蟒皮同决斗的场面。

名师点拨

一线名师分析文章内容及写作手法，让学生快速掌握重点内容，提高阅读理解能力。

好词多积累

精妙好词细心挑选，快速锁定文章亮点，全面充实知识储备。

佳句任你评

佳句好段一一登场，逐个学习借鉴精华，快速提高写作功力。

大家来思考

根据内容提出探索性问题，“读”与“思”相结合，激发学生的思考力。

阅读准备

作品抢先看

《希腊神话》是有关古希腊人的神、英雄、自然和宇宙历史的神话。它由欧洲古代人民口头创作，大约产生在公元前 12 世纪到公元前 8 世纪之间。它历经古希腊人数百年来口口相传，代代相承，不断地艺术加工，在各种文学、历史、哲学著作中保存下来。

内容简介

《希腊神话》内容涉及诸神与世界的起源，诸神争夺最高地位及最后由宙斯取胜的斗争，诸神的爱情与争吵，神的冒险与力量对凡世的影响，还包括暴风、季节等自然现象与崇拜地点、仪式的关系等。它将现实生活与幻想交织在一起，为人们创造了一个包罗万象的瑰丽世界，生动地描绘了古希腊人的社会生活图景。许多故事，例如伊阿宋盗取金羊毛、英雄赫拉克勒斯建立十二件功勋、特洛伊战争等已经成为家喻户晓的故事。

从内容上划分，《希腊神话》包括“神的故事”和“英雄传说”两部分：

“神的故事”涉及宇宙和人类的起源、神的产生等内容。相传古希腊有奥林匹斯十二大神：众神之主宙斯、天后赫拉、智慧女神雅典娜、光明神阿波罗、爱与美之神阿佛洛狄忒等。他们掌管自然和生活的各种现象与事物，组成以宙斯为中心的奥林匹斯神统体系。

“英雄传说”这部分内容起源于古希腊人对祖先的崇拜，它是古希腊人对远古历史和与自然界斗争的一种艺术回顾。这类传说中的主人公大都是神与人的后代，他们体力过人、英勇非凡，体现了人类征服自然的顽强意志，是古代人民智慧和力量的化身。赫拉克勒斯、忒修斯、阿喀琉斯等英雄的传说，构成了希腊神话的重要组成部分。

写作背景

古代希腊是世界文明古国之一。古希腊人的活动范围主要包括现今的巴尔干半岛南部、小亚细亚西部沿海地区和地中海东部各岛屿。此外，他们很早便与黑海沿岸地区的居民交往，向意大利半岛南部沿海和西西里岛等地区移民，足迹远至西地中海和北非。古希腊人在其生存和发展过程中创建了璀璨多彩的文化，传下丰富的遗产，神话传说就是其中之一。

希腊神话源于古老的爱琴文明，和中国商周文明略有相像之处。古希腊人是西方文明的始祖，具有卓越的天性和不凡的想象力。在那原始时代，他们对自然现象，对人的生死，都感到神秘和难解，于是不断地幻想和沉思。在他们想象中，宇宙万物都拥有生命。然而在多利亚人入侵爱琴文明后，因为所生活的希腊半岛人口过剩，古希腊人不得不向外寻找生活空间。这时候他们崇拜英雄豪杰，因而产生了许多人神交织的民族英雄故事。他们所创造的这些关于人、神、物的故事，经由时间的淬炼，就被史家统称为“希腊神话”。神话故事最初都是口耳相传，直至公元前 7 世纪才由大诗人荷马整理记录于《荷马史诗》中。

作者档案

古希腊神话故事的形成时期很早，是远古一代代人集体创作的结晶。希腊神话其实并没有一个很明确的作者，和中国古代的传说和神话一样，都是人们之间互相口口流传下来的，直到最后形成一个完整的故事。诸多故事逐渐形成一个完整的神话体系，后来逐渐见之于书面文字。

它最早的传世书面文献当推《荷马史诗》。史诗中除主体故事外，还提及了许多其他的神话故事，那些故事显然在当时已是广为流传、普遍知晓的。荷马之后不久，有古希腊诗人赫西奥德的长诗《神谱》，简要地记述了许多神话故事，并且把那些故事谱系化。

艺术特色

希腊神话是研究和认识古希腊必不可少的参考书，是进行创作的借鉴和源头之一，也是知识和素养的标志之一。它形象生动，意境优美，展现了人类童年时期的天真淳朴、活泼浪漫，以及古希腊人渴望征服自然的顽强意志和美好愿望。在艺术手法上，希腊神话既有浪漫夸张，又有现实描写，表现出古希腊人民丰富的想象力和极大的创造力。

1. 希腊神话最突出的特点是“神人同形同性”，每一位神都有一段生动的故事。

古希腊人认为神是最完美的体现，因此他们按照人的形象创造了神，众神不仅有人的形体，而且有人所具有的各种感情和生活需要以及各种美德和恶习，神与人的差别仅在于神比人更聪明、更高大、更具力量且永生不死。如希腊神话中的许多神很任性，爱享乐，虚荣心、嫉妒心和复仇心都很强，还不时地溜下山来游戏人间，喜欢捉弄人类，甚至三番五次地打算毁掉人类，可以说神是人的最高典型，这样一来希腊神话故事就变得美丽动人，且极具生活气息，因此希腊神话只是“人话”的艺术加工和再现，神的社会也只是古希腊人的社会的一种反映。

2. 希腊神话的又一特点是它作为希腊最古老的意识形态，反映了上古希腊人社会组织和婚姻形态的演变过程。

如希腊神话中女神的地位相当高，以地母盖亚为首的前奥林匹斯神系反映了母系氏族社会的情况；而以宙斯为首的奥林匹斯大家族则是父系氏族社会的反映，宙斯的权利高于一切，实际上这也是人间父系氏族首领权力日益增长的表现。从婚姻形态的变化看，地母盖亚与天神乌拉诺斯的天地结合实际上是母子婚配，反映了作为人类童年的原始时代那种毫无限制的群婚杂交关系；而后来天神宙斯与天后赫拉的结合则表明人类的婚姻形态已较前迈出了一大步，即排除了长辈和幼辈之间的婚姻关系，开始在血缘家庭内部实行按照辈分来划分的群内婚姻。这正是远古时期希腊人的社会发展状况及伦理道德、婚姻关系等在观念形态上的一种真实反映。

3. 希腊神话的艺术性与哲理性表现特别充分。在艺术手法上，既有浪漫主义的夸张和幻想，又有现实主义的真实描写。

神话诞生于无羁的幻想，古希腊人是富有想象力的民族。古代神话的产生历史久远，它是处在生产力发展水平低下时期的远古人类借助想象征服自然力的产物。由此，古代神话必然包括神的故事和体现人与神之间关系和冲突的故事。神的故事更明显地反映了古代人类把强大的自然现象形象化的丰富想象力；英雄传说则主要是对可能具有某种历史性的传奇人物及相关事件的崇拜和理想化，反映了远古人类的生存活动和与自然进行的顽强斗争。其哲理性显示了古希腊人征服自然、改造自然的理想和愿望。

4. 希腊神话的重要意义难以估量。

自公元前 8 世纪起，希腊神话就先后成为希腊、罗马艺术的基础，从文艺复兴时期开始，成为整个欧洲文学艺术的不竭源泉。历代不少文学艺术大师往往以希腊神话中的人物、事件为题材开始自己的艺术创作。如：荷马在神话传说的基础上创作了《伊利亚特》和《奥德赛》，埃斯库罗斯著有悲剧《阿伽门农》，索福克勒斯创作了《俄狄浦斯王》《安提戈涅》，欧里庇得斯的悲剧《美狄亚》充满了人情味，莎士比亚写下了脍炙人口的《维纳斯与阿多尼斯》。达·芬奇、鲁本斯、伦勃朗、伊万诺夫等艺术家，也以希腊神话为题材，创作了不少绘画、雕塑作品，给人们以极大的艺术享受。

主要人物

奥林匹斯十二主神，是古希腊神话传统崇拜的诸神中的主要神祇。这些神祇以宙斯为中心，居住在奥林匹斯山上。这些神祇中有十二位神，相对其他神祇更为重要，被称为奥林匹斯十二主神。不过，由于不同时期有不同的神被列入十二主神之内，实际上享有这种荣誉的神有 14 位，他们坐在奥林匹斯山的 12 把黄金椅子上：

宙斯　克洛诺斯之子；众神之主，主管天空，掌握雷电，又被称为雷神。在母亲瑞亚的支持下，他杀了父亲克洛诺斯，成为了第三代神王；性格极为好色，常背着妻子赫拉与其他女神和凡人私通，私生子无数。

赫拉　克洛诺斯之女，宙斯的姐姐和妻子；天后，妇女的保护神，掌管婚姻和生育。她气质高雅，容颜美丽，但她的善妒亦闻名于世，因此经常与宙斯发生激烈争吵，不过宙斯的花言巧语又总能让他们和好如初。

波塞冬　克洛诺斯之子，宙斯的二哥；海神、水神，手持巨大三叉戟，统领海中所有生物。他常被描写为半人半鱼的模样，呼风唤雨，撼动大地，被誉为风暴之主、万马之父（据说世界上第一匹马是波塞冬用大海的泡沫制作而成的）。

哈迪斯　克洛诺斯之子，宙斯与波塞冬的兄长；冥王，力量很强，但性格平和，且从不以真面目见人。除了抢夺丰收女神得墨忒耳之女珀耳塞福涅（春之女神）为妻，无其他恶行。

雅典娜　智慧女神兼女战神，亦是农业与园艺的保护神、司职法律与秩序的女神，备受希腊人民尤其是雅典人崇拜，雅典城就是以她命名的。相传雅典娜是宙斯与聪慧女神墨提斯所生。

阿波罗　宙斯与女神勒托之子；光明之神、预言之神，也被视为司掌文艺之神，主管光明、青春、医药、畜牧、音乐等，同时他也是希腊神话中的花样美男之一，九头身的完美身材和超高的音乐才华让他受到了很多女神的欢迎。

阿耳忒弥斯　宙斯与女神勒托之女，阿波罗的孪生姐姐或孪生妹妹；月亮女神、大自然女神、狩猎女神。

阿佛洛狄忒　罗马名字维纳斯，是美与爱情的女神。她是宙斯与狄俄涅所生，但有另一说法说她是由天神乌拉诺斯的遗体所生，在爱琴海的泡沫中诞生。她曾被宙斯嫁给火神赫菲斯托斯，却爱上战神阿瑞斯，并与之结合生下了儿女。

阿瑞斯　宙斯与赫拉之子；战神。他形象俊美，性格凶残好斗，十分喜欢打仗，而且勇猛顽强，是力量与权力的象征，也是嗜杀、血腥、人类灾祸的化身。

赫尔墨斯　宙斯与女神迈亚之子；神的使者和传译，又是商业和市场之神、盗窃之神、冥界引渡。他脚生双翼，速度如飞，精力充沛，多才多艺。

赫菲斯托斯　宙斯和赫拉之子，是长得最丑陋的天神，而且是个瘸子；又是火与工匠之神，制造了许多武器、工具和艺术品。

赫斯提亚　宙斯的姐姐；灶神，掌万民的家事，但在希腊神话中并没有显著的个性，是位贞洁处女神。

得墨忒耳　克洛诺斯之女，宙斯的二姐与第四位妻子；丰产、农林女神。

狄俄尼索斯　宙斯与塞墨勒之子，又有说是宙斯与珀耳塞福涅之子；酒神。

注：赫斯提亚本来是十二主神之一，但因为她向往自由，不希望待在奥林匹斯山，为了与凡人一起生活，她把她的主神位置让给了狄俄尼索斯；得墨忒耳有半年的时间要与在冥界的女儿珀耳塞福涅一起生活，所以会把她的主神位置让给冥王哈迪斯。

其他主要人物有：

赫拉克勒斯　希腊神话中最伟大的英雄，宙斯和阿尔克墨涅之子，是著名的大力神，罗马名字又叫海格力斯。

阿喀琉斯　珀琉斯和忒提斯之子，浑身刀枪不入，唯一的弱点是脚踝；特洛伊战争中希腊方面的英雄。

赫克托耳　普里阿摩斯和赫卡柏之子，帕里斯的兄弟，特洛伊最勇猛的英雄，被阿喀琉斯所杀。

帕里斯　特洛伊王子，由于他诱拐天下第一美女海伦而引起特洛伊战争。

海伦　宙斯和勒达的女儿，人间绝色；墨涅拉俄斯的妻子；被帕里斯拐走而引起特洛伊战争。

阿伽门农　阿特柔斯之子，特洛伊战争中希腊方面的统帅。

墨涅拉俄斯　阿特柔斯之子，阿伽门农的兄弟，海伦的丈夫；特洛伊战争中希腊军的高级将领。

读法指导

知道希腊神话的人很多，了解它重要性的人也很多，知道它为什么重要的人却少之又少。大多数人读希腊神话都是乘兴而来，败兴而归，因为他们读了故事，却弄不懂故事里的事是什么意思。其实《希腊神话》像一座独特的桥梁，通过它，可以从复杂走向简单，也可以从单纯走向丰富。在这座桥梁上来回走上几遍，我们既可以看见五光十色的生活现象，又可以发现生活的内在意义。

一、读故事。

古希腊文学表现了古希腊人对宇宙、自然与人生的理解与思考，其中蕴含着他们较为原始的精神、心理、情感和文化。外部世界的神秘莫测、大自然的不可驾驭、人生的变幻无常，使他们形成了带有宗教宿命论色彩的“命运观”。在《希腊神话》中，命运对人具有绝对的控制性和不可改变性，人必须服从命运的安排，但人又可以在命定的范围内发挥最大的才干与潜能，随心所欲地去做自己的事。我们可以反复阅读《希腊神话》中的一个个故事，了解这些鲜活的神或英雄人物。

二、读人物。

古希腊文学中的神和人都具有自由奔放、独立不羁、狂欢取乐、享受人生的个体意识，而在困难面前又表现出艰苦卓绝、百折不挠的精神。变幻莫测的命运给古希腊人带来了困惑与恐惧，也培养了他们的自我意识和个体精神。此外，他们在与命运的抗争中激发出了蓬勃的生命活力。《希腊神话》正是在描写人对现世价值的追寻、人与命运的矛盾和抗争中展示了人性的活泼与美丽，表现了人类童年时期的自由、乐观与浪漫。

三、读思想。

《希腊神话》在人类思想文化艺术史上始终光彩夺目，经久不衰。人类童年时代的自尊、公正、刚强以及秩序，在此展现成一幅波澜壮阔的画卷，一直延伸至今。希腊神话体现了人类追求自由平等和实现个性解放的人文精神，为后人的人文价值研究提供了丰富和宝贵的历史资料。

古希腊人崇拜神，但并不赋予诸神过分的崇高性，也不把神作为道德衡量的标准，而是赋予他们各种人的欲望和特征。希腊神话正是以这种人本精神，以动人的故事和深邃的思想内涵，吸引了广大读者，令人百读不厌，成为后代文学艺术创作丰富的材料源泉。

目录

CONTENTS

神祇

名师带你读

宇宙的起源是什么？中国流传着盘古开天辟地的神话，那么希腊神话对宇宙的起源是怎么看的呢？

在天和地还没有被开辟的时候，世界只是一片黑暗。世界上所有神祇和生命都起源于这一片黑暗之中。在这片黑暗中最先诞生的是地神盖亚。她广阔无边，世间万物的生命都是她给予的。那深不可测的大地底下，诞生了阴森森的塔尔塔罗斯——他是永远黑暗的可怕深渊，后来在那片黑暗之中又诞生了能使一切充满活力的爱神厄洛斯。这时，世界才算创建了。之后，永久的黑暗之神埃瑞波斯和夜神尼克斯也诞生了，他俩又生下了永久光明之神埃忒耳和白昼之神赫墨拉，从此世界上出现了光明，也出现了黑夜与白昼的交替。

名师批注 从这里可以看出，在古希腊人眼中，爱与天地共生，充斥在天地之间，有了爱才有生命的繁衍。

强大的地神生下了蔚蓝的、无边无际的天神乌拉诺斯，于是天空笼罩在大地之上。这位母亲生下了天空、高山和大海，可是他们都没有父亲。

天神乌拉诺斯统治着世界。他娶了美丽的地神盖亚为妻。乌拉诺斯和盖亚生了六个儿子和六个女儿，合称提坦十二神。其中一个儿子是大洋神俄刻阿诺斯，他和女提坦神泰西斯生下了世上所有的大江大河和一群大洋神女。提坦神许珀里翁和提坦女神忒亚又为世界生了几个子女，他们是太阳神赫里阿斯、月神塞勒涅、晨光女神厄俄斯。提坦神克利俄斯之子阿斯特赖俄斯和厄俄斯生下了所有在黑暗的夜空闪烁的星辰及四个风神：暴虐的北风神玻瑞阿斯，东风神欧洛斯，湿润的南风神诺托斯，能带来大片雨云、温和的西风神仄费洛斯。

在生了十二个提坦神之后，地神盖亚又生了六个巨人儿子，他们力大无穷，世界上没有任何力量可以敌过他们。因此乌拉诺斯非常仇视这几个儿子，把他们关在地神腹中的黑暗里。腹中沉重的负担使地神十分痛苦，于是她劝说他们起来反抗乌拉诺斯，狡猾的小儿子克洛诺斯用计谋推翻了父亲，夺取了权力。

为了惩罚克洛诺斯，夜神倪克斯生了很多可怕的神：有死神塔那托斯，纷争女神厄里斯，欺骗之神阿帕忒，毁灭之神刻瑞斯，睡神许普诺斯，噩梦神、报复女神涅墨西斯，以及其他许多神。这些神给占据着父亲宝座的克洛诺斯统治下的世界带来了欺骗、灾祸、纷争、不幸和争斗。

知识链接

这六个巨人儿子指的是三个独眼巨人和三个百臂巨人。

名师点拨

宇宙的起源有多种版本，希腊神话中神和自然成为一体，比如地神盖亚代表大地，天神乌拉诺斯代表天空，即自然就是神，神就是自然。同时，在希腊神话中，神人同形同性是最突出的特色，即希腊人在创造神的形象时，更多地把他们人格化，赋予他们鲜明的人性，使诸神具有人的形象、人的语言和人的性格。这体现出希腊神话浓郁的人本主义色彩，即神灵高度人格化，“神人合一”。

好词多积累

蔚蓝　笼罩　深不可测

佳句任你评

★在天和地还没有被开辟的时候，世界只是一片黑暗。世界上所有神祇和生命都起源于这一片黑暗之中。

★这些神给占据着父亲宝座的克洛诺斯统治下的世界带来了欺骗、灾祸、纷争、不幸和争斗。

大家来思考

宇宙的起源从古至今有很多种说法，你都知道哪些呢？

宙斯

名师带你读

宙斯是大家耳熟能详的天神，他具有怎样的能力？他又是如何成为奥林匹斯山的主宰的？

克洛诺斯虽然执掌了统治大权，却担心遭受与父亲同样的命运。他害怕子女们造反，因此无情地吞噬了自己所有的儿女。看到亲生子女遭受这样悲惨的命运，他的妻子瑞亚十分害怕。瑞亚不愿失去即将出世的最后一个儿子，所以逃到了克里特岛上。她在岛上生下了小儿子宙斯。为了不让凶残的克洛诺斯看见，瑞亚把宙斯藏在山洞里。她用衣服裹了一块石头充当孩子，送给克洛诺斯吞食，而克洛诺斯并不知道妻子欺骗了他。

知识链接

克洛诺斯和瑞亚结合，生下三男三女：哈迪斯、波塞冬、宙斯和赫拉、赫斯提亚、得墨忒耳。

在神女阿德拉斯忒亚和伊得的抚养下，宙斯在克里特岛上渐渐长大。宙斯成长为一位强健英俊的神，开始起来反抗父亲。他与聪慧女神结合，用催吐药强迫父亲吐出吞食过的子女们。克洛诺斯没有办法，只得吐出腹中的子女。那些子女都是象征美好光明的神祇，他们回到世上以后，就开始了与克洛诺斯及提坦神争夺世界统治权的战争。

这场残酷的战争持续了很久。克洛诺斯的子女据守在高高的奥林匹斯山上。有好几个提坦神站在他们这一边，最先支持他们的是大洋神俄刻阿诺斯。

知识链接

奥林匹斯山坐落在希腊北部，是古希腊作为欧洲文化发源地不可缺少的元素，是西方文明起源之地，也是希腊神话之源。

这场战争对于奥林匹斯众神来说非常艰难，因为他们的对手提坦神十分强大。这时，巨人们也赶来帮助宙斯，他们为宙斯制造了霹雳和闪电。战争持续了整整十年，双方仍然势均力敌，分不出谁胜谁负。最后宙斯决定放出地下的百臂巨人，请他们来助战。高大如山、凶猛恐怖的百臂巨人冲出地面，奔向战场。他们掰下整块整块的山岩，掷向提坦神。成千上万的岩石飞滚而下，迎面砸向他们。大地在呻吟，天空在轰鸣，四周的一切都在动荡颤抖，连地狱最深处的塔尔塔罗斯也为之震动。宙斯投出一道接一道的闪电、一个接一个的霹雳。地面上燃起了熊熊大火，大海沸腾了，到处都是浓重的烟雾和焦臭。

名师批注

侧面烘托战争的激烈与残酷。

强大的提坦神终于动摇了。他们精疲力竭，被击败了。奥林匹斯诸神给他们钉上镣铐，将他们投入地狱最深处的塔尔塔罗斯，打入永恒的黑暗。塔尔塔罗斯不可摧毁的铜门由百臂巨人把守，他们严密监视着提坦神，不让他们逃出塔尔塔罗斯。从此，提坦神的统治时代宣告结束。

名师批注

有时候战争无关乎对错，只关乎胜败。

然而，战争并未就此结束。地神盖亚很生气，因为宙斯对她那些被打败的儿子提坦神的处置过于严厉。她与塔尔塔罗斯结合，生下可怕的百首怪物堤丰。长着一百个龙首的庞然大物堤丰来到地面，他那撕心裂肺的咆哮声使空气随之震动。熊熊烈火伴随着堤丰，他那沉重的脚步使大地颤抖。众神都很害怕，但是雷神宙斯勇猛地向他冲去，激烈的战斗开始了。

知识链接

堤丰：象征风暴的巨人。其名称在希腊语中意为“暴风”或“冒烟者”，因此堤丰也是火山力量的拟人化体现。

宙斯手中的雷电隆隆鸣响，大地和天空震颤不止。堤丰一接近大海，海水就沸腾。宙斯那成千上万的闪电像火箭一样四下飞射，火光照得连空气和乌云仿佛都要燃烧起来了。宙斯把堤丰的一百个脑袋都烧成灰烬，堤丰轰然倒地。宙斯举起堤丰的尸体，将他投入他的出生之地——黑暗的塔尔塔罗斯。但是即使到了地狱最底层，堤丰仍然在威胁着诸神和一切生灵。他唤来风暴，引发火山；他和半人半蛇的厄喀德那生了一只可怕的三头犬，就是那地狱的看门狗刻耳柏洛斯；他还生了勒耳那水蛇和怪异的精灵奇美拉。此外，堤丰还常常摇动大地。

奥林匹斯众神打败了敌人，现在没有对手会来反抗他们，他们可以安安稳稳地统治世界了。诸神之中最强大的宙斯统治天空，波塞冬掌管海洋，而哈迪斯主宰死人灵魂所居的地下王国，大地则由他们三兄弟共同管辖。尽管克洛诺斯的三个儿子对世界的统治权作了这样的划分，但是天空的主宰宙斯位居波塞冬和哈迪斯之上，统治全人类和永生的神祇，世上的一切都由他来管辖。

名师点拨

希腊神话对神作了人性化的展现，不粉饰光明，也不掩盖阴暗面，不因为是英雄而遮盖其卑鄙，也不因为是神祇而掩盖其虚伪，这些神或英雄大多有优点也有缺点，甚至缺点大于优点。

好词多积累

势均力敌　精疲力竭　轰然倒地

佳句任你评

★大地在呻吟，天空在轰鸣，四周的一切都在动荡颤抖。

★宙斯那成千上万的闪电像火箭一样四下飞射，火光照得连空气和乌云仿佛都要燃烧起来了。

大家来思考

宙斯是如何夺取诸神和全人类的统治权的？

赫　拉

名师带你读

在中国道教神话体系中，王母娘娘是天上的最高女神。《希腊神话》中也有与之地位相似、被尊称为“神后”的赫拉。

宙斯娶了婚姻的保护神赫拉为妻，她捍卫神圣的婚姻关系。她给一对对夫妇送来子女，并在母亲生育时为其祝福。

自从被宙斯打败的克洛诺斯吐出赫拉和她的兄弟姐妹，母亲瑞亚就把赫拉送到大地的边缘、大洋河的岸边，由海中神女忒提斯来教养。赫拉在远离奥林匹斯山的僻静之地生活了很久。后来雷神宙斯看见她，对她一见钟情，将她从忒提斯身边抢走。

众神为宙斯和赫拉举行了豪华的婚礼。伊里斯和美惠女神给赫拉穿上华丽的衣服，赫拉容光焕发地坐在宙斯身边的金宝座上。众神都给王后送上了礼物，地神盖亚将自己培育的一棵能结金苹果的神奇的苹果树送给赫拉作为礼物。自然界的一切都为王后赫拉和君王宙斯献上祝福。

赫拉也是奥林匹斯山上的统治者。她和丈夫宙斯一样，是霹雳和闪电的主宰，能聚散乌云、呼风唤雨。她长得非常美丽，一双洞察一切事物的大眼睛，流露出威严而安然的神情；一头秀美的鬈发在花冠下边披散着。众神敬重赫拉，丈夫宙斯也尊重她，常常与她商讨事情。但是宙斯与赫拉之间

知识链接

赫拉是克洛诺斯和瑞亚的长女，宙斯的姐姐。她贞洁而贤能，掌管婚姻和家庭，罗马人称她为“使婴儿见到日光”的女神，是忠贞妻子的形象代表和妇女的保护神。

名师批注

据说赫拉起初并不想嫁给宙斯这位风流之王。一次，宙斯看到赫拉在阿尔戈斯附近的树林里悠闲漫步，便立即降下一阵

也经常发生争吵。

没有哪个女神能与赫拉相比。她雍容华贵，身穿雅典娜为她制作的华丽的长衣，常常乘坐两匹神马拉的马车从奥林匹斯山下来。马车的车身是用白银铸成的，车轮用纯金制造，而轮子的辐条由光灿灿的铜制成。赫拉所到之处，在地面上洒下一片芳香，所有生灵都向奥林匹斯山的伟大王后行礼。

暴雨，自己则化作杜鹃，佯装躲雨，藏于赫拉衣襟内，然后现出原形，拥抱赫拉，并发誓非赫拉不娶。后来，杜鹃成了这位女神的圣鸟。

名师点拨

赫拉的地位和尊荣来源于她的婚姻。宙斯总共有七位合法的妻子，唯有赫拉是宙斯的正妻。宙斯在向赫拉求婚时，允诺与赫拉分享自己的权力和尊荣，所以赫拉可以享有丈夫的权力，众神也因此而尊赫拉为“神母”，无不禀其旨意而行。

好词多积累

容光焕发　呼风唤雨　雍容华贵

佳句任你评

★她长得非常美丽，一双洞察一切事物的大眼睛，流露出威严而安然的神情；一头秀美的鬈发在花冠下边披散着。

★她雍容华贵，身穿雅典娜为她制作的华丽的长衣，常常乘坐两匹神马拉的马车从奥林匹斯山下来。马车的车身是用白银铸成的，车轮用纯金制造，而轮子的辐条由光灿灿的铜制成。

大家来思考

赫拉以善妒出名，嫉妒的危害说大则大，说小则小，现实生活中你能举出这样的例子吗？它有没有积极的一面？

伊 俄

名师带你读

虽然赫拉享有无上的权力地位，可丈夫宙斯十分风流，她无法容忍丈夫的行为，便经常用恶毒的手段来惩罚宙斯所喜欢的女人……

宙斯敬重赫拉，但他不喜欢赫拉的傲慢。宙斯爱上美丽的伊俄，为了让心爱的伊俄逃脱赫拉的报复，他把伊俄变成一头雪白的母牛。可是赫拉还是识破了他的诡计，并要求宙斯把母牛送给她，宙斯无法拒绝赫拉的要求。

知识链接

伊俄：相传彼拉斯齐人是古希腊最初的居民，他们的国王是伊那科斯。伊那科斯有一个如花似玉的女儿，名叫伊俄。

赫拉得到母牛，将它交给百眼巨人阿耳戈斯看管。百眼巨人即使睡觉时也有两只眼睛睁着，伊俄无法逃脱他的管束。

宙斯不能忍受伊俄长期受苦，于是叫来儿子赫尔墨斯，吩咐他去把伊俄带回来。

赫尔墨斯来到百眼巨人看守伊俄的那座山巅，对阿耳戈斯念起咒语。等阿耳戈斯的一百只眼睛都合上之后，赫尔墨斯就抽出自己那把弯曲的利剑，挥剑砍下了阿耳戈斯的头颅。

伊俄获救了，但她还是没能摆脱赫拉对她的愤恨。赫拉派出一只巨大的牛虻，牛虻伸出可怕的尖刺，将可怜的伊俄从一个国家赶到另一个国家。伊俄发疯似的奔跑着，可是无论跑到哪里，牛虻都紧跟着她，用尖刺蜇她。

名师批注

一计不成又施一计，赫拉的嫉妒心之强可见一斑。

知识链接

牛虻：外形像蝇，生活在草丛中，以吮吸人兽的血液为生；人被叮时皮肤会很痛，还会出血。

伊俄经历了长期颠沛流离之后，跑到普罗米修斯被锁住的山岩边。普罗米修斯告诉她，只有跑到埃及，她才能摆脱苦难。伊俄在牛虻的追逐下继续奔跑。她遭受了千难万险，经历了千辛万苦，最后终于跑到了埃及。

在美丽富饶的尼罗河边，宙斯让伊俄恢复了原形，她生下儿子厄帕福斯。厄帕福斯是埃及第一任国王，是一代伟大英雄的始祖，希腊最伟大的英雄赫拉克勒斯就属于这一代。

名师点拨

在忠于爱情的同时，赫拉拥有极强的嫉妒心，憎恨每一个与丈夫有亲密关系的人，所以利用自己的权力和地位惩罚那些女人。赫拉的做法虽然应该谴责，但究其原因，也只因她无法与别的女人一起分享丈夫。所以我们在同情伊俄的同时，也不免为赫拉掬上一把同情泪。

好词多积累

千难万险　美丽富饶

佳句任你评

★赫拉派出一只巨大的牛虻，牛虻伸出可怕的尖刺，将可怜的伊俄从一个国家赶到另一个国家。伊俄发疯似的奔跑着，可是无论跑到哪里，牛虻都紧跟着她，用尖刺蜇她。

★她遭受了千难万险，经历了千辛万苦，最后终于跑到了埃及。

大家来思考

有个叫赫洛涅的仙女因为不愿参加赫拉和宙斯的婚礼，便故意在路上拖延时间。赫拉知道后，立即把这个倒霉的仙女变成希腊人称之为“赫洛涅”（乌龟）的动物。赫拉经常把不喜欢的人变成怪物来折磨他们。

这一章中的伊俄就是被赫拉折磨得死去活来的一个人。你还知道哪些类似的故事呢？收集一下讲给伙伴们听吧！

阿波罗

名师带你读

中国有一个太阳神叫羲和，她和帝俊生了十个金乌（太阳），后来九个金乌被后羿射掉了。希腊神话中也有一个类似的神，名为阿波罗。

知识链接

勒托：黑暗女神，阿波罗与阿耳忒弥斯的母亲。据传她是提坦神科俄斯与福柏的女儿，天神乌拉诺斯和地神盖亚的孙女。

名师批注

海神波塞冬怜悯勒托，于是从海底升起了巨大的石柱。

宙斯有很多情人，她们都被赫拉仇视，并遭到报复。同伊俄一样，女神勒托也遭到了赫拉的驱逐，赫拉还派巨蟒皮同去追赶勒托。这位可怜的女神四处奔逃，到处都找不到栖身之所。最后，她躲到了在大海中漂浮不定的得罗斯岛上。

勒托踏上得罗斯岛的时候，从海底升起许多巨大的石柱，瞬间就将这座荒凉的小岛架了起来。从此它就毫不动摇地屹立在海中，至今还在原地。得罗斯岛四周都是大海，岛上只有光秃秃的山岩。

当金色鬈发的光明之神阿波罗出生在得罗斯岛上时，岛上顿时光芒四射，海边的岩石、山谷，大海以及所有的一切都有了生气和光彩。女神们纷纷来到得罗斯岛，高声赞美新生的神，给他送来神食和仙酒。

光辉灿烂的少年阿波罗手捧竖琴，肩背银弓，在蔚蓝的天空疾驰，金箭在箭筒里叮当作响。对于由黑暗孕育的一切来说，这无疑是一个巨大的威胁。不久，阿波罗决定前往追逐过他母亲的巨蟒皮同的栖息之处，他要为母亲复仇。

阿波罗很快就来到皮同栖息的黑暗峡谷。峡谷两边是直插天空的山岩，山谷中一片昏暗。可怕的皮同爬出洞穴，它那遍身鳞甲的巨大身体在岩石之间盘成一圈又一圈。岩石和山体在它身体的重压下不住地颤抖，山林水泽神女和一切生灵吓得四散奔逃。强大凶恶的皮同直起身子，张开骇人的大嘴，想把阿波罗一口吞掉。就在这时，银弓的弓弦拉响了，金箭如同火星在空中一闪一闪，一支又一支，像疾雨一样飞向皮同，皮同中箭瘫倒在地。

名师批注

险恶的环境，恐怖凶猛的巨蟒，岩石、山体、神女、生灵等的害怕反应，以及作战场面的描写，分别从侧面与正面表现出阿波罗的勇敢无畏、所向无敌。

阿波罗战胜了巨蟒皮同，高声唱起胜利的凯歌，金竖琴的琴弦伴随着他的歌声鸣响。阿波罗把皮同的尸体埋入圣地得尔福的地下，就在得尔福修建了神庙和神示所，以便在这儿向人们预示他父亲宙斯的旨意。

阿波罗站在高高的海岸上，看见海中有克里特航海家的船只，于是变成海豚跃入蓝色的大海。他追上船，从浪涛中跃上船尾。他弹奏金竖琴，把航海家带到得尔福，让他们做神庙的首批祭司。

名师点拨

阿波罗诞生时，有种种异象。他身为光明之神，可以给世间带来希望。他是希腊神话中最多才多艺，也是最英俊的神祇，同时是男性美的典型。

好词多积累

驱逐　栖身之所　漂浮不定　叮当作响

佳句任你评

★光辉灿烂的少年阿波罗手捧竖琴，肩背银弓，在蔚蓝的天空疾驰，金箭在箭筒里叮当作响。

★可怕的皮同爬出洞穴，它那遍身鳞甲的巨大身体在岩石之间盘成一圈又一圈。岩石和山体在它身体的重压下不住地颤抖，山林水泽神女和一切生灵吓得四散奔逃。

大家来思考

1. 阿波罗诞生时有何异象，众神的反应如何？
2. 请发挥想象，具体描绘一下阿波罗同巨蟒皮同决斗的场面。

达佛涅

名师带你读

代表光明的阿波罗无忧无虑地生活在世间，他有一个只能守望却不能相知相爱的对象，她就是神女达佛涅。他们之间到底是怎么回事呢？

开朗快乐的阿波罗也有悲愁和痛苦。在战胜皮同之后不久，他看见了年少的爱神厄洛斯正拿着弓箭站在附近。

阿波罗笑着对厄洛斯说：“孩子，你的武器有什么用处？还是看我金箭的威力吧，我刚刚用这箭射杀了皮同。你难道想和我比高低吗？也许你还想超过我呢！”

名师批注

战胜皮同这一强大对手让阿波罗有些忘乎所以，结果给自己带来了终生遗憾。

受了屈辱的厄洛斯高傲地回答：“阿波罗，你的箭百发百中，能射中每一个人，可我的箭能射中你的心。”

说完，厄洛斯拍着翅膀飞上帕耳那索斯山。他从箭筒中取出两支箭：一支箭能唤起爱情，他用这支箭射阿波罗的心；另一支箭能毁灭爱情，他用这支箭射河神珀纽斯的女儿达佛涅的心。

阿波罗遇上美丽的达佛涅，立即就爱上了这位神女。但是达佛涅扭头逃跑了，因为厄洛斯那支扼杀爱情的箭射中了她的心。阿波罗赶忙去追达佛涅。

“美丽的神女，停一停，”阿波罗大声喊道，“你为什么像羔羊逃避恶狼一样逃避我？我又不是你的敌人！当心花的尖刺扎伤你的脚。喂，等一等，快停下！我是阿波罗，雷神宙斯的儿子，不是凡间的牧人。”

美丽的达佛涅却越跑越快，阿波罗像长了翅膀似的跟着她飞奔。他越追越近，眼看就要追上了。这时达佛涅已经没有力气继续跑了，向父亲珀纽斯呼救：“父亲，快来救救我！快消除我的这副容貌，它只会给我带来灾难！”

刚说到这里，她的四肢开始麻木。她那娇柔的身体裹上了树皮，一头秀发变成树叶，朝天伸着的双手变成树枝，她变成了一棵月桂树。

悲伤的阿波罗久久地站立在月桂树旁，最后悄声说道：“以后就用你的枝条编成的桂冠装饰我的头颅，用你的绿叶装饰我的金竖琴和箭筒。啊，月桂树，愿你的枝叶永不枯萎！愿你永远苍翠！”

知识链接

这就是希腊神话对“桂冠”来历的解释，它是最高荣誉的象征。古希腊人用月桂树叶和橄榄枝编成精美的花冠，献给有才华的诗人和各种竞技比赛（包括古代奥运会）的优胜者。后来，“桂冠”便成了第一名的代名词。

月桂树浓密的枝叶发出轻柔的沙沙声，似乎是在回答阿波罗；绿色的树冠微微低垂，似乎在答应阿波罗的请求。为了纪念达佛涅，阿波罗果真将月桂树作为自己的圣树，从此，头戴桂冠的样子成了阿波罗的标志形象。

阿波罗和九位缪斯女神常在泉水淙淙、森林茂密的赫利孔山坡上跳舞。这九位年轻貌美的缪斯女神是宙斯和谟涅摩叙涅的女儿，是阿波罗经常相随的伴侣。阿波罗为她们领唱，弹起金竖琴为她们伴奏。他头戴桂冠，庄严地走在前头，九位缪斯女神跟在他后边。这九位女神是：司史诗的卡利俄珀，司抒情诗的欧忒耳珀，司情歌的埃拉托，司悲剧的墨尔波墨涅，司喜剧的塔利亚，司舞蹈的忒耳西科瑞，司历史的克利俄，司天文的乌拉尼亚，司圣歌的波吕许谟尼亚。她们的合唱庄严洪亮，自然界的一切仿佛都被她们吸引，都在倾听她们美妙动听的歌声。

知识链接

缪斯女神：九位主司文艺的女神，她们在光明之神阿波罗的领导下掌管着天上人间的一切文学艺术。

阿波罗在缪斯女神的陪伴下来到奥林匹斯的众神中间，当他拨动琴弦，缪斯放声歌唱的时候，奥林匹斯山上的一切都寂然无声。战神阿瑞斯忘却了浴血拼杀的喧嚣，雷神宙斯手中的雷电不闪亮了，众神也不再争吵，奥林匹斯山一片和平、宁静，就连宙斯的神鹰也垂下强劲有力的翅膀，静静地站在宙斯的权杖上打盹。寂静之中，唯有阿波罗的竖琴在悠扬地鸣响。当阿波罗兴致勃勃地叩击起竖琴的时候，诸神便会在欢聚的宴会厅中翩翩起舞，跳在最前面的是阿波罗的姐姐——端庄美丽的阿耳忒弥斯。所有这些青春年少的神祇沐浴着金色的阳光，和着阿波罗竖琴的节拍尽情地跳着。

名师批注

诸神跳舞的表现，衬托出阿波罗琴声的优美动听。

然而，阿波罗发怒的时候也是非常可怕的，他的金箭在这时也会残酷无情。阿罗欧斯的两个儿子俄托斯和厄菲阿尔忒斯，自恃力大无穷，不肯服从任何人，结果死在阿波罗的金箭下。

名师批注

神并不是完美的，作为神的阿波罗也会生气，也会心胸狭隘，这体现了希腊神话神人同性的特点。

阿波罗曾严厉惩罚佛律癸亚的半人半神玛耳绪阿斯，因为玛耳绪阿斯胆敢与他比赛奏乐。弹竖琴的能手阿波罗不能容忍玛耳绪阿斯如此胆大妄为。

全希腊的人都敬奉阿波罗。希腊人将他敬为能洗刷人们身上血污的阳光之神，能宣示他父亲宙斯的旨意、能对人实施惩罚、能致病和去病的神。希腊的青少年将他视为自己的保护神。阿波罗还是航海家的保护神，帮助人们建立新的移民区和城市。画家、诗人、歌唱家和乐师则受到缪斯的领袖阿波罗的特殊保护。阿波罗像雷神宙斯一样受到希腊人的普遍崇拜。

名师点拨

这一章从阿波罗和达佛涅的爱情悲剧入手，描述阿波罗虽然拥有很多才能，但并非万能的、完美无瑕的神。他也有七情六欲、喜怒哀乐，也会残忍地杀害或惩罚他人。

虽然这一章题为“达佛涅”，但这个角色的出现还是为了突出阿波罗这一中心人物，而他们之间的爱情悲剧，使阿波罗的形象更加立体、丰满、生动，这也是很多文学作品常用的写作手法之一。

好词多积累

泉水淙淙　寂然无声　兴致勃勃　翩翩起舞

佳句任你评

★月桂树浓密的枝叶发出轻柔的沙沙声，似乎是在回答阿波罗；绿色的树冠微微低垂，似乎在答应阿波罗的请求。

★战神阿瑞斯忘却了浴血拼杀的喧嚣，雷神宙斯手中的雷电不闪亮了，众神也不再争吵，奥林匹斯山一片和平、宁静。就连宙斯的神鹰也垂下强劲有力的翅膀，静静地站在宙斯的权杖上打盹。寂静之中，唯有阿波罗的竖琴在悠扬地鸣响。

大家来思考

1. 阿波罗担任着哪些神职？

2. 文章是怎样立体描绘阿波罗的？

阿耳忒弥斯

名师带你读

当阿波罗驾驶着光芒四射的太阳神车，把阳光洒满大地时，她正躲在群山中与林中仙女们玩耍、狩猎。当阿波罗在傍晚时分休息，边弹琴边唱歌时，她则登上银光闪烁的月亮车，静悄悄地驱车穿越浩瀚无垠的太空。她就是宙斯最宠爱的女儿——月神阿耳忒弥斯。

年轻美丽的女神阿耳忒弥斯是阿波罗的姐姐，她和阿波罗一起诞生在得罗斯岛上。他们是一对孪生姐弟。真诚亲密的情谊将姐弟俩紧密相连，他们也深深爱着母亲勒托。

阿耳忒弥斯赋予万物以生命。她关心人间生存的一切，关心森林中和原野上生长的一切。她促使花草树木成长，为婚姻生育祝福。希腊妇女常常为宙斯的这位光荣的女儿，能为婚姻祝福和带来幸福、能给人治病和使人致病的阿耳忒弥斯敬献丰盛的祭品。

名师批注：阿耳忒弥斯是一位自然之神，大自然代表她的本质。

阿耳忒弥斯能永葆青春。她常常肩背弓和箭筒，手持狩猎用的标枪，在稠密的森林中和阳光普照的田野上狩猎。她狩猎疲劳了，就带着神女们匆匆前往得尔福，去找她心爱的弟弟阿波罗。她在那里休息，有时也会在阿波罗金竖琴的伴奏下，和缪斯女神及神女们跳舞。

阿耳忒弥斯也喜欢在远离凡人的山洞中休息。这时，谁打扰她的安宁，谁就会大祸临头。阿克泰翁就因为打扰阿耳

名师批注：为下一篇文章作铺垫，指出阿克泰翁的结局，起到吸引读者的作用。

忒弥斯而不幸身亡。

名师点拨

在中国的神话故事中，嫦娥是月中仙子。而希腊神话中的月神有三位，通常以月的不同形态来区分：代表新月的福柏，代表满月的塞勒涅，代表弯月的阿耳忒弥斯。阿耳忒弥斯也是希腊神话中少有的处女神，她与同父异母的姐姐雅典娜、姑姑赫斯提亚并称为希腊三大处女神。

在十二主神中，阿耳忒弥斯是最低调的一个神。她不像阿佛洛狄忒那样张扬，也不像雅典娜那样活跃，更不像赫拉那样霸道。她从不卷入任何纷争，从不争强好胜，她是奥林匹斯山上最美丽的仙女。

好词多积累

稠密　永葆青春　阳光普照

佳句任你评

★她常常肩背弓和箭筒，手持狩猎用的标枪，在稠密的森林中和阳光普照的田野上狩猎。

大家来思考

有人认为阿耳忒弥斯和中国的嫦娥很相似，你能说出她们的共同点吗？

阿克泰翁

名师带你读

阿克泰翁偷窥了正在沐浴时的阿耳忒弥斯，结果付出了惨痛的代价……

阿克泰翁是忒拜国王卡德摩斯的女儿奥托诺厄的儿子。有一天，阿克泰翁和伙伴们一起在喀泰戎山的森林中狩猎。

那时正是最炎热的正午，疲乏的猎手们都在浓密的林荫中休息，年轻的阿克泰翁离开众人到喀泰戎山的山谷里寻找凉爽的地方休息。

他来到绿草如茵的哈耳伽菲亚谷地，但他不知道这是女神阿耳忒弥斯的圣地。谷地里到处长着悬铃木，清澈的溪水在山谷里淙淙流淌，真是幽静的好地方。阿克泰翁看见陡峭的山坡上有个藤遮蔓掩的山洞。他更不知道山洞常常是阿耳忒弥斯休息的地方，就朝山洞走去。

名师批注

渲染阿耳忒弥斯所住的地方是不同寻常的，为阿克泰翁触犯阿耳忒弥斯作铺垫。

阿克泰翁来到洞口的时候，阿耳忒弥斯刚进洞不久。阿耳忒弥斯把弓箭交给一位神女，神女们帮她脱下鞋子，绾起头发，到溪边为她取些冰凉的溪水，服侍她沐浴。阿克泰翁突然出现在了洞口。

神女们看见有陌生人走进洞来，不禁高声喊叫。她们围住阿耳忒弥斯，不让凡人的目光落到她的身上。阿耳忒弥斯对阿克泰翁打扰她的安宁非常恼火，一怒之下把阿克泰翁变

成了一只鹿。

胆怯的阿克泰翁撒腿就逃跑了。他看见自己映在溪水中的倒影，泪水夺眶而出。怎么办呢？往哪儿跑呢？

阿克泰翁的猎犬嗅出了鹿的踪迹，狂叫着向他扑去。美丽的鹿仰着头，一阵风似的沿着喀泰戎山的陡坡狂奔，一群猎犬在后面紧紧追赶。猎犬越追越近，终于追上了，尖利的犬牙咬住了不幸的阿克泰翁变成的鹿的身子。

阿克泰翁想喊“我是阿克泰翁，是你们的主人呀”，但是从鹿胸中发出的只是呜呜的叫声，这种叫声听起来倒像人的呻吟。鹿跪倒在地，眼睛里流露出忧伤、恐惧和哀求的神情。但死亡已经无法避免，凶狠的猎犬将鹿撕成了碎块。

匆匆赶来的阿克泰翁的伙伴们感到遗憾，因为在如此幸运的时刻，阿克泰翁竟不在场。猎犬捕到了一头美丽的鹿，可是伙伴们不知道这头鹿就是阿克泰翁。

阿克泰翁因为打扰了女神阿耳忒弥斯，就这样死了，但他是亲眼看到女神阿耳忒弥斯的唯一凡人。

名师批注

阿克泰翁是唯一看到女神的凡人，却因此而死，不知是他的幸运还是不幸。

名师点拨

《希腊神话》里的命运观是：命运是天注定的，是不可抗拒的。所以，阿克泰翁的命运早就注定了，他根本不知道自己将何去何从，无意识的举动给自己带来了灾难性的后果。可以说他是很无辜的，命运之神把他带到这个地方，就是要他服从命运的安排。面对命运，我们真的应该无所作为吗？

好词多积累

绿草如茵　藤遮蔓掩　夺眶而出

佳句任你评

★谷地里到处长着悬铃木，清澈的溪水在山谷里淙淙流淌。

★美丽的鹿仰着头，一阵风似的沿着喀泰戎山的陡坡狂奔。

大家来思考

阿克泰翁之死，有人为他惋惜，有人替他叫屈，有人视之活该，你认为阿克泰翁该不该死？

雅典娜

名师带你读

据说她有同宙斯一般的力量，她是最聪明的女神，是智慧和力量的完美结合。她就是身担女战神、丰产女神、智慧女神等数个职位的雅典娜。

雅典娜也是宙斯的女儿。命运女神摩伊赖告诉宙斯，智慧女神墨提斯要生育两个孩子，一个是女儿雅典娜，另一个是智慧超群的儿子，而且她生下的儿子将夺取统治世界的大权。宙斯非常害怕，为了逃避这可怕的厄运，他用甜言蜜语麻痹墨提斯，在她生下女儿雅典娜之前便将她吞噬了。

过了几天，宙斯头痛欲裂。为摆脱难以忍受的疼痛，他让儿子赫菲斯托斯劈开他的头颅。赫菲斯托斯劈开了宙斯的颅骨，但没伤害到他。

就在这时，强大的女勇士雅典娜从雷神的头颅里一跃而出。她头戴战盔，手持长枪盾牌，出现在奥林匹斯的众神面前。她威严地抖着光闪闪的长枪，奥林匹斯山被震得摇晃起来。美丽娇艳的雅典娜站在众神面前，淡蓝色的眼睛闪着智慧的光芒。众神都赞美从宙斯头颅中诞生的这个可爱的女儿。她是城市的保护神，是智慧和知识的女神，是无人能战胜的女战神。

名师批注

描写雅典娜异于常人的诞生方式，以及非常有特色的外形特征。雅典娜后来成为宙斯最喜欢的女儿，在之后的故事中我们总能看到雅典娜的影子。

雅典娜常常为希腊英雄出一些充满智慧的主意，在危难时刻，这位女神经常帮助他们摆脱困境。

她传授智慧和知识，教人们掌握各种技能和手艺。希腊的姑娘因为雅典娜教她们手工技艺，所以非常敬奉她。无论凡人和女神，在编织技巧上谁也无法超过她。大家都知道与雅典娜比赛编织技艺是十分危险的。伊德蒙的女儿阿拉克涅就因为要和雅典娜在编织技艺上比个高低，而付出了极其沉重的代价。

名师点拨

古希腊神话中的女性与中国远古神话中的女性在个性上有很大不同：中国远古神话中的女性柔美、高尚；古希腊神话中的女性强势、随性，如雅典娜，她不仅是智慧的化身，而且拥有很高的地位和很强的话语权，社会活动也比较频繁。这是由于中国的农耕文明与希腊的海洋文明不同，以及后来神话在流传的过程中被历史化而造成的。

好词多积累

甜言蜜语　一跃而出　美丽娇艳

佳句任你评

★她头戴战盔，手持长枪盾牌，出现在奥林匹斯的众神面前。她威严地抖着光闪闪的长枪，奥林匹斯山被震得摇晃起来。美丽娇艳的雅典娜站在众神面前，淡蓝色的眼睛闪着智慧的光芒。

大家来思考

雅典娜的出生方式有何传奇之处？这体现了希腊神话的什么特色？

阿拉克涅

名师带你读

她心灵手巧，技艺精湛，能织出人间精美绝伦的丝布；她远近闻名，人人称赞，是世间少有的织布能手。她就是阿拉克涅。

阿拉克涅的编织技艺很有名气。神女们常常从各个地方赶来欣赏她的手艺活儿。她能织出轻如空气的透明布匹，因此她很骄傲。有一天，她大声说：“让雅典娜来和我比赛吧！我丝毫不担心她能赢我。”

名师批注：阿拉克涅的狂妄自大、得意忘形为其悲惨命运埋下了苦果。

雅典娜变成一个白发苍苍的老太婆，拄着拐杖来到阿拉克涅面前，对她说：“阿拉克涅，流逝的岁月会给人留下经验。听我的忠告吧，努力使自己的编织技艺超过凡人，但不要去挑战女神。我恭敬地恳求女神宽恕你的狂言妄语，女神会饶恕你的。”

名师批注：雅典娜的劝告让我们懂得：再顺利辉煌的时候也要保持一颗清醒的头脑。

阿拉克涅愤怒地说道：“老太婆，你太愚蠢了！年老使你丧失了理智。你去对自己的女儿进行说教吧，别来打搅我。为什么雅典娜不来呢？难道她不敢和我比赛吗？”

“阿拉克涅，我已经来了！”女神恢复了原形，高声说道。

众神女向雅典娜深深地鞠躬，只有阿拉克涅一人无动于衷。雅典娜的脸上泛起了绯红的怒色。阿拉克涅仍在坚持，她渴望与雅典娜比赛，却没有预感到即将来临的死亡。

名师批注：人会为自己的言行付出代价，阿拉克涅的这种行为足以让骄傲的雅典娜动怒。

比赛开始了。

女神雅典娜织出了雄伟的雅典卫城图案，图案描绘了她与波塞冬争夺阿提刻统治权的场面。奥林匹斯山的十二位主神担任这场争斗的裁判。波塞冬举起三叉戟往山岩上刺了一下，寸草不生的山岩上顿时涌出一股咸泉。头戴战盔、手执盾牌的雅典娜抖了抖长枪，再深深地扎进地里，地面马上长出一棵橄榄树。众神判定雅典娜得胜，认为她给阿提刻的礼物更珍贵。图案的四角上还反映出众神惩罚人类对神不恭的场面，四边还织上了橄榄树叶组成的花环。

阿拉克涅在布上织出了众神生活的许多场面，其中一些神显得软弱无力，被人类各种强烈的情感所困扰。阿拉克涅还在四周织上由常春藤缠绕的花朵组成的花边。她的织品非常精美，美的程度不亚于雅典娜的织品，但是她织出的图案表现出了对神的不敬，甚至是蔑视。

> **名师批注** 文中并没有否定阿拉克涅的作品，而是直接点出她的作品非常出色，也就是说阿拉克涅是输在态度上。

雅典娜狂怒，撕碎了阿拉克涅的织品，并用织布的梭子打她。阿拉克涅忍受不了这种耻辱，搓了一根绳子便上吊了。雅典娜却把阿拉克涅救了下来，对她说："不恭顺的人，你可以活着。但是你得悬在空中，永远不停地织布，而且你的后代也必须遭受这种惩罚。"

雅典娜给阿拉克涅全身洒上神奇的草汁，她立即全身蜷缩，浓密的头发也脱落了——她变成了一只蜘蛛。从此，阿拉克涅变成的蜘蛛悬在空中，永远不停地编织蛛网，就像以前织布那样。

> **名师批注** 这样的结局让人不寒而栗，有时对人最大的惩罚不是让他有尊严地死去，而是让他卑微地活着。

名师点拨

俗话说："木秀于林，风必摧之。"自命不凡、自以为是、锋芒毕露、高调逞能是阿拉克涅悲剧的根源。她应该像蚕一样低调地织布，让自己在作品中得到蜕变，而不是像蜘蛛那样张牙舞爪，向人们炫耀自己的技术和速度。阿拉克涅如果懂得谦虚和敬畏，就不会遭受厄运了。

好词多积累

鞠躬　绯红　蔑视　蜷缩　无动于衷

佳句任你评

★波塞冬举起三叉戟往山岩上刺了一下，寸草不生的山岩上顿时涌出一股咸泉。头戴战盔、手执盾牌的雅典娜抖了抖长枪，再深深地扎进地里，地面马上长出一棵橄榄树。众神判定雅典娜得胜，认为她给阿提刻的礼物更珍贵。图案的四角上还反映出众神惩罚人类对神不恭的场面，四边还织上了橄榄树叶组成的花环。

大家来思考

看了阿拉克涅的故事，你受到了什么启发？

赫尔墨斯

名师带你读

你听过《三把斧头》的故事吗？故事里帮樵夫捡斧头的神就是赫尔墨斯，他看樵夫为人诚实，便将三把斧头都给了樵夫。那么，赫尔墨斯是一个什么样的神呢？

宙斯和迈亚的儿子赫尔墨斯诞生在阿耳卡狄亚的一个山洞里。他手持盘蛇杖，脚蹬插翅靴，以敏捷的速度从奥林匹斯山驰往世界的尽头。

赫尔墨斯是道路的保护神，在古希腊的道路旁边、十字路口和住宅的门口处处可见为他竖立的石柱。他保护旅人旅途平安，他陪伴死者的灵魂去冥国。他用神奇的权杖合上人们的眼睛，使他们入睡。

赫尔墨斯还是商业和商人的保护神。他能使商人在买卖中获得利润，取得财富。他还发明了数字、文字和度量衡，并将这一切都教给人们。

除此之外，赫尔墨斯还是雄辩之神，也是狡猾和欺骗之神。他的机敏、狡诈无人可比。他是一个灵巧非凡的窃贼，他的盗窃技术首屈一指。他曾开玩笑偷走了宙斯的权杖、波塞冬的三叉戟、阿波罗的弓箭和阿瑞斯的剑。

> **名师批注**
> 赫尔墨斯真是一个调皮的神，同时也说明他的能力之强。

赫尔墨斯刚出生就想干一个勾当：去偷阿波罗放牧的牛群——阿波罗当时正在庇厄里亚谷地为众神放牧。于是，他背着母亲，悄悄爬出摇篮，溜到洞口。他看见洞口有只乌龟，便捉住乌龟，用乌龟的壳、三根树枝和几根弦做成了第一架音质优美的七弦琴。然后，他把竖琴藏在山洞中的摇篮里，就像一阵旋风朝庇厄里亚跑去。

名师批注：为什么要做一把竖琴呢？这一情节为后文埋下伏笔。

到了那里，赫尔墨斯从阿波罗放牧的牛群中偷来十五头牛，在牛腿上捆上芦苇和树枝，以便牛走起来扫去脚印。黄昏时分，他赶着牛群经过玻俄提亚，遇到一个老头儿。

“我给你一头牛，”赫尔墨斯对老头儿说，“但你不要告诉任何人，说你看见我赶着牛群经过这里。”

老头儿非常高兴，答应赫尔墨斯绝不说出他赶着牛群经过这里的事。

赫尔墨斯继续赶路，刚走出没多远，便想到要试试老头儿是否遵守诺言。于是，他把牛群赶进树林，自己则变成另一个样子，回去问老头儿：“你有没有见到一个男孩赶着一群牛经过这里？如果你告诉我，我就给你两头牛。”

老头儿很想再得到两头牛，所以没有多犹豫，就告诉了赫尔墨斯。老头儿不遵守诺言，赫尔墨斯非常生气，一怒之下把老头儿变成了岩石，让他永远沉默，永远牢记必须遵守自己的诺言。

名师批注：中国有“一言既出，驷马难追”“一诺千金”等成语，“诚信”是全世界人们共同崇尚的道德准则。

赫尔墨斯又回到树林，赶着牛群急急前行。他把牛群赶到一个山洞，让牛倒退着进去。这样，牛的足迹看上去就不是进洞而是出洞时留下的。干完这些之后，赫尔墨斯悄悄地回到母亲迈亚住的山洞，躺进摇篮里。

迈亚发现儿子曾溜出山洞，就责备赫尔墨斯：“你为什么要去偷阿波罗的牛？他会发怒的，阿波罗发起怒来非常可怕。难道你就不怕他的箭？”

“我不怕阿波罗，”赫尔墨斯回答，“让他发怒吧。要是他来欺侮我们，我就洗劫他的神庙，偷光他所有的三脚供桌、金银和衣服。”

阿波罗发现丢了牛，便四处寻找，但是哪儿也找不到。后来报信鸟把阿波罗带到山洞，但即使到了这里，他还是找不到丢失的牛群。他没有走进藏牛的山洞，因为他看见的牛

名师批注：在智慧的较量上，阿波罗输给了赫尔墨斯。这处细节也说明有时我们表面上看到的并非事实真相。

蹄印不是进洞的，而是出洞的。

阿波罗找了很长时间都找不到，就来到迈亚的山洞。赫尔墨斯听见阿波罗的脚步声，便躲进摇篮深处。

怒气冲冲的阿波罗进入迈亚的山洞。他看见赫尔墨斯天真无邪地躺在摇篮里，就更生气了。他要求赫尔墨斯把牛还给他，但是赫耳墨斯不承认自己偷了牛。

阿波罗生气了，愤怒地高吼："要是你不把牛还给我，我就把你打入地狱，让你的父母亲都救不了你。"

赫尔墨斯露出天真的表情，说："我没见到过你的牛，也没听别人说你有牛。难道我会干这种事？现在我关心的只是睡觉、吃奶，还有摇篮。"

阿波罗从狡猾机巧的赫尔墨斯口中什么也没有得到，于是愤怒地把赫尔墨斯拖出摇篮，强迫他去见他们的父亲宙斯，让宙斯解决这场争执。

他俩来到奥林匹斯山。无论赫尔墨斯怎样狡辩，宙斯还是命令他把偷去的牛还给阿波罗。赫尔墨斯只得领着阿波罗下了奥林匹斯山，向山洞走去。他随身带着龟板做成的七弦琴。到了山洞，他把藏牛的地方指给阿波罗。

在阿波罗从山洞里往外赶牛的时候，赫尔墨斯坐在洞口弹起了竖琴。美妙的琴声响彻了山谷，传到海边的沙滩上。阿波罗陶醉了，兴致勃勃地听赫尔墨斯弹奏。

名师批注

多么美妙的画面，两兄弟的恩怨也在美妙的琴声中化解了，足见音乐的神奇。

后来，阿波罗就用这群牛换赫尔墨斯的七弦琴，因为他太爱听这种琴声了。赫尔墨斯为了今后在放牛时能自娱自乐，又发明了芦笛，这种芦笛大受希腊牧人的喜爱。

名师点拨

赫尔墨斯出生后不久便偷偷离开摇篮，偷了阿波罗放牧的牛而未被察觉，足见其机灵、狡诈，后来，赫尔墨斯把琴送给阿波罗作为自己偷牛恶行的补偿。赫尔墨斯也因此成为窃贼和商人的保护神，因为他用琴换取阿波罗的牛，这就是早期物物交换的贸易形式。

好词多积累

狡狯　首屈一指

佳句任你评

★他看见洞口有只乌龟，便捉住乌龟，用乌龟的壳、三根树枝和几根弦做成了第一架音质优美的七弦琴。然后，他把竖琴藏在山洞中的摇篮里，就像一阵旋风朝庇厄里亚跑去。

★美妙的琴声响彻了山谷，传到海边的沙滩上。阿波罗陶醉了，兴致勃勃地听赫尔墨斯弹奏。

大家来思考

赫尔墨斯的狡猾、机敏从何处可以看出来?

阿瑞斯

名师带你读

说到战神，有人会想起雅典娜，有人会想起阿瑞斯。其实，雅典娜是以智慧、谋略获取战争的胜利，而阿瑞斯则是名副其实的战神。为什么这么说呢？看看关于他的故事就知道了。

狂暴的战神阿瑞斯是宙斯和赫拉的儿子。阿瑞斯太凶残了，所以宙斯不喜欢他。如果阿瑞斯不是宙斯的儿子，宙斯早就把他打入黑暗的地狱了。有一次，宙斯就当着奥林匹斯山上的众神说阿瑞斯是最可恨的。

残酷的战斗能使凶悍的阿瑞斯获得快乐。他常常手执盾牌、全身披挂，在交战双方的呐喊声和呻吟声中穿梭。他的两个儿子福波斯和德瑞斯紧随其后，和他们一起冲杀的还有纷争女神厄里斯和女战神厄倪俄。阿瑞斯用可怕的利剑砍倒战士，热血在地面流淌，这时候他便更得意了。

知识链接

女战神厄倪俄：毁城女神，有她的跟随，阿瑞斯的胜利就意味着一个城市将变成废墟，这样的胜利是可怕的，也是不得人心的。

阿瑞斯虽然凶残、狂暴，但胜利并不总是伴随着他。在战场上，他常常败给雅典娜。雅典娜能用智慧和冷静战胜阿瑞斯。有时候，凡人英雄在与阿瑞斯交战时也能占上风，尤其是在雅典娜助英雄一臂之力的时候。

名师批注

通过写两个战神之间的较量，点明智慧之战远胜于暴力之战。

在阿瑞斯与雅典娜厮杀得昏天黑地之时，即使阿佛洛狄忒赶来支援阿瑞斯，雅典娜也照样能获胜。善战的雅典娜只需一击就能将阿佛洛狄忒打倒在地。永远年轻美艳的阿佛洛狄忒只会满面泪痕地跑回奥林匹斯山。这时，雅典娜就会对着她的背影得意地笑起来。

名师点拨

阿瑞斯是尚武精神的化身，那么尚武就等同于凶残、狂暴吗？也不尽然，尚武可以有另一种解读，它可以是“楚虽三户，亡秦必楚”的魄力，也可以是“匈奴未灭，何以家为”的壮志，它可以和强大、强悍挂钩。对于一个弱者来说，只有强大起来了才能有尊严地活着。不过像阿瑞斯那样崇尚暴力之战是不可取的，它只会带来更多的仇恨、伤亡与灾祸。

好词多积累

穿梭　流淌　厮杀　一臂之力　昏天黑地

佳句任你评

★残酷的战斗能使凶悍的阿瑞斯获得快乐。他常常手执盾牌、全身披挂，在交战双方的呐喊声和呻吟声中穿梭。

★永远年轻美艳的阿佛洛狄忒只会满面泪痕地跑回奥林匹斯山。这时，雅典娜就会对着她的背影得意地笑起来。

大家来思考

很多人不喜欢阿瑞斯，包括奥林匹斯山上的众神，甚至是他的父亲宙斯。那么，你是如何评价他的呢？

阿佛洛狄忒

名师带你读

提起断臂的维纳斯，可谓尽人皆知，她是罗马神话中代表爱与美的女神，而在希腊神话中，她有另一个名字：阿佛洛狄忒。

女神阿佛洛狄忒也是世界的统治者之一。其实她并不愿意参与血腥的厮杀。她只管在神祇和凡人心中激起情爱，包括神祇在内，谁也不能逃脱她的管束，只有雅典娜、赫斯提亚和阿耳忒弥斯不服从她。

名师批注

因为她们是三大处女神，在希腊奥林匹斯主神中，她们都曾发誓保持处女身，终身不嫁。

阿佛洛狄忒身材高挑，满头柔软的金色鬈发，就像头上戴着一顶美丽的王冠。她是美艳绝伦和永不凋谢的青春的象征。当她容光焕发、身穿飘香的衣衫款步走来的时候，阳光会更明亮，花朵会更鲜艳。她走在森林中，各种野兽会从密林中跑到她身旁，成群的小鸟也会在她头上飞来飞去。狮子、豹、熊都温顺地和她亲热，她为自己光彩照人的美丽而骄傲，泰然自若地走在它们中间。美丽优雅的时序女神和美惠女神伴随着她、侍候她。她们为她梳理金发、穿上华丽的衣服，替她戴上金光闪闪的头饰。

名师批注

有的记载说她是乌拉诺斯的女儿、宙斯的姑姑，也有的记载说她是宙斯和大洋女神狄俄涅的女儿。

阿佛洛狄忒是乌拉诺斯的女儿，她诞生在库忒瑞岛附近的海中，是从海浪的白色泡沫中出生的。温和轻柔的海风将她送到塞浦路斯岛上。时序女神们给她穿上金丝织成的衣服，戴上鲜花编成的花冠。阿佛洛狄忒所到之处百花盛开，香气扑鼻。厄洛斯和希墨洛斯把这位绝美的女神送到奥林匹斯山，山上的众神齐声欢迎。从此，永葆青春美丽的女神阿佛洛狄忒一直生活在奥林匹斯众神之间。

阿佛洛狄忒能给为她忠诚服务的人带来幸福。她曾赐予雕刻家皮格玛利翁幸福的生活。

有一天，皮格玛利翁用洁白的象牙雕刻了一尊美丽非凡的姑娘的雕像。这雕像栩栩如生地立在他的工作室里。雕刻家一连几个钟头都在欣赏自己的作品，他爱上了自己创作的这尊雕像。他给雕像戴上贵重的首饰，穿上漂亮的衣服。皮格玛利翁多么希望雕像是活的，这样她就能陪着自己说话了。

阿佛洛狄忒的节日到了，皮格玛利翁向女爱神献上了丰厚的供品，然后轻声祈祷："善良的阿佛洛狄忒，如果你能满足祈祷者的要求，那就赐予我一个像我亲手雕刻的姑娘一样美丽的妻子。"

皮格玛利翁害怕他的请求会惹怒奥林匹斯众神，所以不敢恳求众神赐予他的雕像以生命。这时女神阿佛洛狄忒塑像前面的圣火忽然一亮，仿佛是在告诉皮格玛利翁他的恳求已经被接受了。

雕刻家回家后，走到雕像跟前。雕像真的活了！她的心脏在跳动，双眼闪着生命的光辉。女神阿佛洛狄忒果真赐予了皮格玛利翁一个美丽的妻子。

然而，谁要是对她不敬，那么阿佛洛狄忒也会毫不留情地惩罚谁。她曾经严厉地惩罚了谁都不爱的那耳喀索斯。

那耳喀索斯骄傲自负、妄自尊大。他拒绝了所有女性的求爱。他的自负伤了很多神女的心。有一次，一位遭到拒绝的神女生气地说："那耳喀索斯，让你也爱上一个不爱你的人！"

这位神女的愿望实现了。女爱神阿佛洛狄忒惩罚了那耳喀索斯。

有一年春天，那耳喀索斯外出狩猎时来到一条小溪边，打算喝几口清凉的溪水。溪水清澈见底，水面像镜子一样映照出两岸丛生的灌木、挺拔的柏树和蔚蓝的天空。那耳喀索

知识链接

皮格玛利翁：塞浦路斯国王，不喜欢塞浦路斯的凡间女子，决定永不结婚。

知识链接

那耳喀索斯出生后，他的母亲向预言家询问儿子的命运。预言家说，只要他不看到自己的脸就能长寿。那耳喀索斯长大后成为希腊最美的男子，却从不知道自己长什么样。

斯俯身对着溪水，水中映出他俊俏的面庞。那耳喀索斯非常吃惊地看着自己的倒影，心中产生了强烈的爱慕之情。他朝着如镜的水面俯下身去，亲吻自己的倒影，可是吻到的只是冰凉的溪水。

从此以后，那耳喀索斯寸步不离小溪，目不转睛地盯着水面。他不吃不喝也不睡，最后终于彻底绝望了，朝倒影伸出双手，高声说道："啊，有谁遭受过如此残酷的折磨！我们之间并无高山大海阻挡，相隔的仅是一泓清水，然而我们无法相聚。你从溪中出来吧！"

那耳喀索斯望着水中的倒影沉思。突然，他脑海中出现一个可怕的念头："我难道爱上了我自己？"

名师批注

自恋是可悲的，但是妄自菲薄更加可悲。前者唯我独好，后者唯我独恶。这是两种极端，如果既能欣赏别人，又能充满自信，这样的人生才是最快乐、最幸福的人生。

那耳喀索斯全身无力，面色苍白，感到死神即将临近，目光直勾勾地盯着自己的倒影。那耳喀索斯哭了，泪珠掉进清澈见底的溪水里，平静的水面漾起一圈圈波纹，美丽的倒影不见了。那耳喀索斯恐惧地大喊："喂，你在哪儿？快回来！别离开我！就让我再看你一眼吧！"

水面恢复平静，倒影又出现了，那耳喀索斯又目不转睛地望着自己的倒影。最后，那耳喀索斯倒在溪边绿色的草地上，合上了双眼。

树林中的神女都哭了。她们为年轻的那耳喀索斯修筑了坟墓，可是去搬他的尸体的时候，却发现尸体不见了。他栽倒的草地上长出一朵芬芳的小白花，那是一朵死亡之花，人们称它为那耳喀索斯。

名师批注

这朵小白花就是水仙花，这又是一个人变植物的神话。

名师点拨

这一章主要讲述了阿佛洛狄忒美艳绝伦的外貌和爱憎分明的个性：给为她忠诚服务的人——皮格玛利翁带来幸福，惩罚骄傲自负的美少年那耳喀索斯。其中，皮格玛利翁的故事就是心理学上著名的"皮格玛利翁效应"的来源。

【注】"皮格玛利翁效应"指的是你期望什么，你就会得到什么。只要充满信心地期待，事情就会顺利进行；相反，如果你相信事情会受到阻力，那这些阻力就会产生。简单地说，就是期望和赞美能产生奇迹，暗示的力量不可低估。

好词多积累

栩栩如生　妄自尊大　清澈见底　寸步不离

佳句任你评

★她是美艳绝伦和永不凋谢的青春的象征。当她容光焕发、身穿飘香的衣衫款步走来的时候，阳光会更明亮，花朵会更鲜艳。

★溪水清澈见底，水面像镜子一样映照出两岸丛生的灌木、挺拔的柏树和蔚蓝的天空。

★那耳喀索斯哭了，泪珠掉进清澈见底的溪水里，平静的水面漾起一圈圈波纹，美丽的倒影不见了。

大家来思考

那耳喀索斯的故事带给我们怎样的启发？

阿多尼斯

名师带你读

阿多尼斯是西方国家“花样美男”最早的出处，莎士比亚有一首叙事长诗——《维纳斯与阿多尼斯》，写的就是女爱神阿佛洛狄忒和阿多尼斯的爱情故事，他们的故事体现了普通民众帅哥配美女的美好愿望。那他们俩到底有着怎样的情感历程呢？

知识链接

阿多尼斯：罪恶之子，从树身爆裂中诞生。他一生下来就美貌绝伦，寓意美与罪恶是相伴而生的。

其实，女爱神阿佛洛狄忒自己也尝过爱情的痛苦。她曾爱上了塞浦路斯国王的儿子阿多尼斯。阿多尼斯是凡人中最英俊的青年。

阿佛洛狄忒和阿多尼斯一起在塞浦路斯岛上的高山密林中狩猎。阿佛洛狄忒非常快乐，忘记了首饰，不再关心修饰打扮。在炎热的阳光下，在急风暴雨中，她都去狩猎。但她从来不去猎捕凶猛的狮子和野猪，她请求阿多尼斯也别去，以免发生危险。阿佛洛狄忒很少离开王子阿多尼斯，如果暂时别离，每次临走都要叮嘱他不要忘记她的告诫。

有一次，阿佛洛狄忒不在，阿多尼斯的猎犬忽然发现了野猪的脚印。它们狂叫着追了上去。阿多尼斯对猎捕野猪很感兴趣，却没有料到这将是他一生中最后一次狩猎。猎犬的叫声越来越近，只见巨大的野猪在灌木丛中闪现。阿多尼斯刚要用长枪去扎狂怒的野猪，野猪就已经扑向阿多尼斯，长长的獠牙将阿佛洛狄忒的心上人咬成致命伤。阿多尼斯因为伤重丧命了。

阿佛洛狄忒得知阿多尼斯身亡的噩耗，亲自到塞浦路斯岛上寻找心爱的人的尸体。她在陡峭的山坡上，在无底的深渊边寻找着。尖利的石块和荆棘扎破了女神一双娇嫩的脚。血滴在地上，在她走过的地方留下了痕迹。最后她找到了阿多尼斯的尸体，对着英俊青年悲痛地大哭。

宙斯非常同情女爱神阿佛洛狄忒，所以允许阿多尼斯每年从凄凉的冥国回地面一次。从此以后，阿多尼斯半年待在哈迪斯的冥国，半年在地上与女神阿佛洛狄忒一起生活。

名师批注

极力渲染阿佛洛狄忒的悲痛，可见她对阿多尼斯的爱之深、情之切，为下文感动宙斯作铺垫。

名师点拨

有人说阿多尼斯是幸运的，因为他得到了爱神的真爱，但是命运让他无福消受这深沉的爱。最终他无法摆脱命运给他的诅咒，可以这么说：他生下来就是为了凄惨地死去。

好词多积累

獠牙　娇嫩　急风暴雨

佳句任你评

★猎犬的叫声越来越近，只见巨大的野猪在灌木丛中闪现。阿多尼斯刚要用长枪去扎狂怒的野猪，野猪就已经扑向阿多尼斯，长长的獠牙将阿佛洛狄忒的心上人咬成致命伤。阿多尼斯因为伤重丧命了。

★尖利的石块和荆棘扎破了女神一双娇嫩的脚。血滴在地上，在她走过的地方留下了痕迹。

大家来思考

阿多尼斯一生的命运说明了什么？

厄洛斯

名师带你读

相传有一个顽皮的、身上长着翅膀的小爱神，他的金箭一旦射入青年男女的心上，便会使他们深深相爱。他叫厄洛斯，罗马名字是丘比特。他到底是一个怎样的神呢？

阿佛洛狄忒和宙斯一样，也有自己的使者，通过使者来实现自己的意志。阿佛洛狄忒的使者就是她的儿子厄洛斯。

> 名师批注
>
> 第一章“神祇”中也出现了爱神厄洛斯，此厄洛斯非彼厄洛斯，此处的厄洛斯相传是阿佛洛狄忒和阿瑞斯所生的儿子。

厄洛斯是个顽皮、狡猾，有时还很残酷的男孩。他拍击着闪光的金翅膀，飞驰在陆地和大海上空。他手持小金弓，肩挎一筒箭，箭无虚发，百发百中。他的箭术比起箭神阿波罗来也毫不逊色。每当射中目标，他的双眼就闪耀出喜悦的光辉。

厄洛斯的箭能带来幸福和快乐，但常常也带来爱情的煎熬和痛苦。他的箭有两支，一支是金箭，一支是铅箭。如果被他的金箭射中，便会产生爱情，即使是冤家也会成为佳偶，而且爱情一定甜蜜、快乐；相反，若被他的铅箭射中，便会拒绝爱情，就是佳偶也会变成冤家，痛苦、妒恨也会伴随而来。

> 名师批注
>
> 这里与前面“达佛涅”一章相呼应，突出了厄洛斯爱情之箭的力量之大。

宙斯知道阿佛洛狄忒的儿子会给世界带来许多痛苦和灾难，所以在厄洛斯出生的时候就打算杀死他。可是，阿佛洛狄忒把厄洛斯藏在了无法通行的密林中，让两头凶猛的母狮子用乳汁喂养他。厄洛斯长大了，英俊少年到处飞翔，用自己的箭在世界上散布幸福与痛苦。

名师点拨

厄洛斯是小爱神，据说他射箭时是蒙着眼的，因此人们把爱情说成是缘分，也可以解释为爱情是盲目的。谁都渴望被厄洛斯的金箭射中，尝一尝爱情的美妙滋味，但也别忘了爱情在带来甜蜜的同时也会带来痛苦。

好词多积累

箭无虚发　百发百中　毫不逊色

佳句任你评

★他手持小金弓，肩挎一筒箭，箭无虚发，百发百中。他的箭术比起箭神阿波罗来也毫不逊色。每当射中目标，他的双眼就闪耀出喜悦的光辉。

大家来思考

厄洛斯有怎样不同的两支箭？

赫菲斯托斯

名师带你读

《巴黎圣母院》中的敲钟人卡西莫多不仅丑陋，而且畸形，但我们都被他的真善美所感动；无独有偶，曾经被别林斯基称为“多么诗情而又美丽的丑”的赫菲斯托斯就是一个外表丑陋，但活得很有尊严的神……

赫菲斯托斯是火神和工匠之神，他也是宙斯和赫拉的儿子。赫菲斯托斯出生在奥林匹斯山上，生下来的时候就是跛足。女神们将这个相貌丑陋的儿子抱给赫拉看的时候，赫拉非常恼火。她抓起婴儿，就从奥林匹斯山上扔了下去。

可怜的婴儿掉到大海的波涛中，欧律诺墨和忒提斯发现了他。她们把他带到大洋河深处，在蓝莹莹的山洞里抚养赫菲斯托斯。赫菲斯托斯长大之后也不漂亮，照旧跛足，不过他有一双强劲的手和一身肌肉。他的锻造技术卓绝，用金银为欧律诺墨和忒提斯打造了许多精美的饰品。

名师批注 每一个有缺陷的人都是被上帝咬过的苹果，目的是让他有惊人的成绩，所谓“天将降大任于斯人也”。

赫菲斯托斯决定报复自己的母亲，因为母亲将他扔下奥林匹斯山。于是他铸造了一把华丽的金椅子，作为礼物献给母亲。赫拉看到这么奇特的礼物，欣喜若狂。可赫拉刚坐进椅子，立刻就有许多挣不断的绳索把她捆住了，她无论如何也站不起来。众神赶忙上去帮忙，可谁也没有办法把王后解救出来。大家都明白，只有铸造这把金椅子的赫菲斯托斯才能解救他的母亲。

名师批注 解铃还须系铃人，这对母子之间的恩怨只有他俩才能解得开。

众神派使者赫尔墨斯去找赫菲斯托斯。赫尔墨斯来到赫菲斯托斯干活儿的山洞，恳求赫菲斯托斯去奥林匹斯山将王后赫拉解放出来。可是工匠之神拒绝了，他不能忘记母亲对他的遗弃。

这时，快乐的酒神狄俄尼索斯赶来，给赫菲斯托斯端上一杯又一杯美酒。赫菲斯托斯喝醉了，任酒神狄俄尼索斯摆布。赫尔墨斯和狄俄尼索斯将赫菲斯托斯带往奥林匹斯山。

赫菲斯托斯来到奥林匹斯山之后，众神都来劝解他。很快他就忘却了昔日的恩怨，解开了母亲身上的绳索。

之后，赫菲斯托斯在奥林匹斯山住了下来。他为诸神建造了许多金碧辉煌的宫殿，还娶了美丽热情的美惠女神卡里斯为妻，并在自己的宫殿中设置了铁匠铺。

名师批注

关于火神的妻子，一种说法认为是美惠女神卡里斯，也有很多版本说赫菲斯托斯娶的是美与爱之神阿佛洛狄忒。

赫菲斯托斯的大部分时间是在铁匠铺里度过的。铁匠铺里有一个风箱，这个风箱很奇妙，不需要拉，只要听到赫菲斯托斯的话，就会自动送风，将炉中的火煽得烈焰腾腾。

赫菲斯托斯打造的物件特别精美，有锐利的兵器、金银饰品，还有酒碗、高脚杯、三脚供桌。这张三脚供桌安有金轮子，能自动移动，就跟活的一样。

伟大的火神、手艺高超的工匠之神赫菲斯托斯能给人们带来温暖和快乐；他虽然非常热情，但也会严厉地惩罚恶人。

名师点拨

赫菲斯托斯虽然面容丑陋，一条腿也瘸了，但他的灵魂和才智十分卓越；他心智灵巧，而且充满热诚。外在的丑并不能掩盖内在美的光辉，而且在相互对照下，更加突出了内在美的本质。赫菲斯托斯就是这样一个拥有内在美的神，温和善良、爱好和平，在天上和地上同样受到尊重。

好词多积累

蓝莹莹　欣喜若狂　烈焰腾腾

佳句任你评

★他铸造了一把华丽的金椅子，作为礼物献给母亲。赫拉看到这么奇特的礼物，欣喜若狂。可赫拉刚坐进椅子，立刻就有许多挣不断的绳索把她给捆住了，她无论如何也站不起来。

★铁匠铺里有一个风箱，这个风箱很奇妙，不需要拉，只要听到赫菲斯托斯的话，就会自动送风，将炉中的火煽得烈焰腾腾。

大家来思考

怎样理解赫菲斯托斯报复母亲赫拉的行为呢？

珀耳塞福涅

名师带你读

赫菲斯托斯是可怜的，他有一个在他呱呱坠地时就遗弃他的母亲赫拉；珀耳塞福涅则是幸运的，因为她有一个用生命去爱她的好妈妈——得墨忒耳……

年轻美丽的女神珀耳塞福涅是宙斯和得墨忒耳的女儿。有一天，美丽的珀耳塞福涅和大洋神女们一起在鲜花盛开的倪萨山谷里游玩。她像轻盈的蝴蝶飞奔在花丛中间。她尽情地玩乐，却不知道父亲宙斯已经将她许配给了他的兄弟——冥国的统治者哈迪斯，她必须与哈迪斯一起生活在没有光明的地下王国。

知识链接

得墨忒耳：丰产、农业女神，克洛诺斯和瑞亚的女儿。

哈迪斯看见珀耳塞福涅在嬉戏，就决定将她掳走。他请求地神盖亚长出一枝特别美丽的花。这枝花醉人的香气飘向四面八方。珀耳塞福涅发现了这枝花，就跑过去想摘下它。突然大地迸裂，冥国的主宰哈迪斯乘着黑马拉的金马车从地下奔出来。他抓住珀耳塞福涅，把她抱上车，又迅速驱车回到地下。珀耳塞福涅在慌乱间大喊一声，那喊声传得很远，一直传到奥林匹斯山上。可是除了太阳神赫里阿斯，谁都没有看到哈迪斯掳走珀耳塞福涅这一幕。

得墨忒耳丢失了心爱的女儿，非常悲伤。她穿上黑色的衣服，含着泪水，到处奔波寻找，逢人便求助，却没人能帮她解除痛苦。

名师批注

运用外貌、神态和动作等描写手法表现出一位妈妈失去女儿之后焦急无措的状态。

知识链接

希腊神话里被称为太阳神的有三位：许配利翁、赫里阿斯、阿波罗。

她来找太阳神赫里阿斯，含泪向他恳求："啊，光辉的赫里阿斯，你乘着金车在高高的天空，驰过整个大地和所有海洋，你能看见一切，任何事情都躲不过你的眼睛。如果你对我这个不幸的母亲稍有一点怜悯之心，那就告诉我，我的女儿珀耳塞福涅在哪里，告诉我该去哪里寻找她！我听见过她的喊声，她是被人掳走的。告诉我谁掳走了她。我到处都找遍了，就是找不到她。"

赫里阿斯回答："伟大的女神，你知道我多么敬重你。看到你不幸，我多么悲伤。告诉你，宙斯把你的女儿嫁给了冥国的主宰哈迪斯。哈迪斯掳走了珀耳塞福涅，把她带到悲惨的地下王国。你要克制沉重的哀伤，你女儿的丈夫也很伟大，你的女儿成了宙斯强大的兄弟的妻子。"

名师批注

重复渲染得墨忒耳失去女儿之后的悲痛，凸显她对女儿的爱。

听了这席话，得墨忒耳更加悲伤。她痛恨宙斯不经她同意就把珀耳塞福涅嫁给哈迪斯。她撇下众神，离开奥林匹斯山，换上凡人女子的面貌，裹着黑衣服，含着泪水在人间奔波。

得墨忒耳来到厄琉西斯城。她坐在橄榄树下的"贞女井"旁的一块"悲伤石"上。她像石像一样坐在那里一动不动。厄琉西斯国王刻勒俄斯的几个女儿看见这个穿黑衣的女人坐在泉边哭泣，感到很奇怪，于是走到她跟前，同情地询问她是什么人。得墨忒耳对她们说，自己叫得俄，出生在克里特岛，后被强盗掳去，她从强盗手中逃脱，经过长期流浪才流落到厄琉西斯。

得墨忒耳请求刻勒俄斯的女儿将她带回家，她愿在刻勒俄斯宫中干活儿。刻勒俄斯的女儿们把得墨忒耳领回家，去见她们的母亲墨塔涅拉。

名师批注

失去女儿的悲伤使得墨忒耳自我放逐到了此地，这是无法排遣忧伤苦闷的结果。

刻勒俄斯的女儿们没料到，她们领回家的是伟大的女神。她们将得墨忒耳带进家门的时候，得墨忒耳以头顶蹭了一下门框上端，屋内顿时充满了奇异的光辉。墨塔涅拉起身迎接得墨忒耳，她知道女儿带来的不是普通的凡人。她向陌生的女人深深地鞠躬行礼，请她坐到王后的位置上。得墨忒耳拒绝了，默默地坐到女仆坐的凳子上，依旧漠然地对待周围的一切。

墨塔涅拉快活的女仆伊阿巴看到陌生女人满腹忧愁，就竭力为她排忧解愁。她满面堆笑地侍候得墨忒耳及自己的主人墨塔涅拉，高声地说笑逗乐。自从女儿珀耳塞福涅被哈迪斯掳走以来，得墨忒耳第一次露出了笑容，第一次答应进食。

得墨忒耳在刻勒俄斯宫中住了下来。她教育刻勒俄斯的儿子得摩福翁，并打算让得摩福翁得到永生。她将婴孩得摩福翁抱在怀里，让他坐在自己膝上，让婴孩吸入女神永生的气息。夜间，当刻勒俄斯全家入睡之后，她把得摩福翁裹在襁褓里，放到熊熊燃烧的火炉中。

可是得摩福翁并未得到永生，因为有一次墨塔涅拉看见儿子躺在火炉里，吓得要命，她恳求得墨忒耳不要这样干。得墨忒耳很生气，把得摩福翁从炉中抱出来，对墨塔涅拉说："我想让你的儿子永生，让他不受任何伤害。告诉你吧，我就是能赋予凡人和神以力量、喜悦的得墨忒耳。"

得墨忒耳向刻勒俄斯和墨塔涅拉公开了自己的身份，同时恢复了自己女神的面貌。国王刻勒俄斯的内室充满了奇异的光辉。美丽端庄的女神得墨忒耳站着，她的金发披散在双肩，眼中射出智慧的光芒，衣服散发着阵阵香气。国王夫妇赶忙跪倒在她面前。

名师批注

渲染得墨忒耳恢复女神身份后的光彩与威严。

得墨忒耳女神吩咐在厄琉西斯的卡利科拉泉边建造一座神庙，从此她就住在神庙里。在这座神庙里，她亲自创立了祭典仪式。

可是失去爱女的悲痛仍然压在得墨忒耳心头，对宙斯的愤恨也未消除。大地为此什么也不长。农民的土地上不长半棵禾苗，饥荒愈来愈严重。农夫的公牛徒然地拉着沉重的犁杖，它们的耕作得不到任何收获。饥民的哀号声直冲云天，但是得墨忒耳仍然不予理会。最后大地上再也没有祭神的袅袅香烟，死亡威胁着一切生灵。

宙斯不希望凡人统统死亡，派女使者伊里斯去找得墨忒耳。伊里斯来到得墨忒耳的神庙，恳求女神返回奥林匹斯山，回到众神中间，但是得墨忒耳并不为她的恳求所动。宙斯又

知识链接

伊里斯：彩虹女神、众神的使者，主要执行宙斯和赫拉的命令。

派其他几位神去请得墨忒耳，可是得墨忒耳仍不肯回奥林匹斯山，除非哈迪斯将她的女儿珀耳塞福涅还给她。

宙斯只得派赫尔墨斯去找自己的兄弟哈迪斯。赫尔墨斯来到阴森恐怖的冥国，向端坐于金宝座上的哈迪斯传达宙斯的旨意。哈迪斯同意让珀耳塞福涅回到她母亲身边，不过事先给珀耳塞福涅吃了一个象征婚姻的石榴。

珀耳塞福涅坐上丈夫的金车，和赫尔墨斯一起出发了。当得墨忒耳见到珀耳塞福涅时，她高兴得忘却了一切。她将女儿紧紧搂在怀中，女儿终于又回到她身边。

得墨忒耳带着女儿回到奥林匹斯山。宙斯决定，珀耳塞福涅每年三分之二的时间和母亲一起生活，剩下的时间待在丈夫哈迪斯身边。

名师批注

渲染得墨忒耳重见女儿之后的喜悦心情，一切景语皆情语，她把喜悦释放出来，使大地充满绿意和希望，与前面大地荒芜的景象形成鲜明对比。

得墨忒耳使大地恢复了肥力，嫩绿的树叶又覆盖了森林，青翠繁茂的草地繁花似锦。肥沃的农田里很快庄稼抽穗，果园里又是花香扑鼻，阳光下的葡萄园泛着翠绿的光泽。整个自然界苏醒了。所有生灵都在欢呼，都在赞颂伟大的女神得墨忒耳。

但是珀耳塞福涅每年都得告别母亲，每次得墨忒耳都要陷入悲痛，重新穿上黑色的衣服。这时整个自然界也为珀耳塞福涅的离去而悲伤。树上的叶子渐渐枯黄，秋风吹来，叶子纷纷掉落，花朵凋谢，大地变得空荡荡的，冬天就要降临。大自然沉睡了，等待来年春光明媚的时候再苏醒，那时候珀耳塞福涅又从毫无欢乐的哈迪斯的冥国回到母亲身边。女儿一回来，伟大的丰产女神就慷慨地向人们传授技能，祝福农夫的劳动获得丰硕的成果。

女神得墨忒耳把麦种送给厄琉西斯国王年轻的儿子特里普托勒摩斯，特里普托勒摩斯是第一个在厄琉西斯三遍翻耕土地、再将种子播进地里的人。得墨忒耳亲自祝福过的土地长出累累硕果。特里普托勒摩斯按照得墨忒耳的嘱咐，乘上有翼巨蟒驾的华丽的车子走遍所有国家，到处向人们传授农业技术。

名师点拨

母爱的力量是不可估量的，得墨忒耳失去了女儿之后几乎发疯，甚至放下高贵的身份自我放逐到厄琉西斯城，尝尽失女之痛，世界都为之暗淡、枯竭；然而当女儿重回得墨忒耳怀抱的时候，万物复苏，春暖花开，一派繁荣景象。前后的对比尽显母爱之伟大。

好词多积累

嬉戏　掳走　迸裂　怜悯　礳祼　慷慨　丰硕　满腹忧愁

排忧解愁　熊熊燃烧　直冲云天　袅袅香烟　繁花似锦　累累硕果

佳句任你评

★美丽端庄的女神得墨忒耳站着，她的金发披散在双肩，眼中射出智慧的光芒，衣服散发着阵阵香气。

★农民的土地上不长半棵禾苗，饥荒愈来愈严重。农夫的公牛徒然地拉着沉重的犁杖，它们的耕作得不到任何收获。

★得墨忒耳使大地恢复了肥力，嫩绿的树叶又覆盖了森林，青翠繁茂的草地繁花似锦。肥沃的农田里很快庄稼抽穗，果园里又是花香扑鼻，阳光下的葡萄园泛着翠绿的光泽。整个自然界苏醒了。

大家来思考

你能说出几个关于母爱的故事吗？

狄俄尼索斯

名师带你读

曹操的《短歌行》里写道："慨当以慷，忧思难忘。何以解忧，唯有杜康。"杜康是中国酿酒的鼻祖和酒圣。古希腊也有自己的酒神，他的名字叫狄俄尼索斯，他是如何来到人间的呢？

宙斯爱上忒拜国王卡德摩斯美丽的女儿塞墨勒。有一次，他向塞墨勒保证，无论她提出什么要求，他都满足她，并以斯堤克斯河神圣的河水发誓，决不食言。

但是女神赫拉仇视塞墨勒，想害死她。赫拉对塞墨勒说："你就要求奥林匹斯众神之王宙斯拿出雷神全副威严的仪仗来见你。如果他真心爱你，他就不会拒绝你这个要求。"

名师批注：用两人之间的爱来借刀杀人，赫拉的阴毒可见一斑。

天真的塞墨勒听信了赫拉的话，要求宙斯满足她的这个要求。因为宙斯以斯堤克斯河的河水发过誓，所以他无法拒绝塞墨勒。宙斯拿出他众神和人类之王的全部仪仗、显示全部荣耀的光辉来见塞墨勒。

宙斯手中的雷电亮光闪闪，他的霹雳震撼着卡德摩斯的王宫。雷电将周围的一切都烧着了。大火包围了王宫，所有的一切都摇晃着，倒塌着。

塞墨勒吓得瘫倒在地，火焰在灼烧她。她现在才知道赫拉是要害她，自己不可能得救了。

塞墨勒在火海中生下了儿子狄俄尼索斯，这个婴儿也要

葬身火海了。难道宙斯的儿子也会死吗？就在这时，四周的地上长出了浓密的常春藤，常春藤的绿枝挡住大火，保护了这个不幸的婴儿。

宙斯抱起得救的儿子，可是他太小、太瘦弱，难以存活，于是宙斯将他缝进自己的髀肉。狄俄尼索斯在父亲躯体内长结实后，又从宙斯的髀肉中第二次降生。

> 知识链接
>
> 髀肉：大腿上的肉。

众神召来使者赫尔墨斯，吩咐他将幼小的狄俄尼索斯送到塞墨勒的姐姐伊诺家，由他们抚养狄俄尼索斯。

女神赫拉因为伊诺收养她仇视的塞墨勒的儿子，勃然大怒，决定要惩罚他们。她先让伊诺的丈夫阿塔玛斯得了疯病。阿塔玛斯疯病发作，杀死了自己的儿子，伊诺带着另一个儿子墨利刻耳忒斯赶忙逃跑。海中的神女们救了伊诺和墨利刻耳忒斯，伊诺和她的儿子墨利刻耳忒斯成了海神，从此他们生活在海底深渊。

> 知识链接
>
> 关于狄俄尼索斯还有一种说法：他是宙斯与普赛芬妮的儿子，赫拉派提坦神将刚出生的他杀害并毁掉尸身，后被宙斯抢救出他的心，并让他的灵魂再次投生在赛米莉的体内重生。这个关于酒神重生不死的故事遍传希腊各地，使人们崇拜不已。

赫尔墨斯从发疯的阿塔玛斯手中救出狄俄尼索斯。他把狄俄尼索斯送到倪萨山谷，交给那里的神女们抚养。

狄俄尼索斯渐渐长大，成了英俊强健的酒神。他能给人们带来力量和喜悦，带来丰收。

宙斯为了奖赏抚养狄俄尼索斯的诸位神女，将她们接到天上。在黑暗的繁星闪烁的夜晚，她们在其他星座中间闪亮，被人们称为许阿得斯姐妹。

名师点拨

狄俄尼索斯的一生充满坎坷，还未出生时就差点死在母亲腹内，后又在父亲的髀肉中第二次降生，之后虽被母亲的姐姐抚养，却还是难逃赫拉的惩罚。最后幸得诸神的帮助，他才得以逃脱苦难，成为一代酒神。狄俄尼索斯的苦难人生体现出一种生命的活力。

好词多积累

决不食言　勃然大怒　繁星闪烁

佳句任你评

★宙斯手中的雷电亮光闪闪，他的霹雳震撼着卡德摩斯的王宫。雷电将周围的一切都烧着了。大火包围了王宫，所有的一切都摇晃着，倒塌着。

★狄俄尼索斯渐渐长大，成了英俊强健的酒神。他能给人们带来力量和喜悦，带来丰收。

大家来思考

赫拉是如何害死塞墨勒的？

潘

名师带你读

前文提到了月桂树、水仙花的来历，那么你知道在希腊神话中芦苇的来历是如何阐释的吗？

知识链接

潘：牧神，掌管树林、田地和羊群，是音乐、诗歌等的象征，也是恐慌与噩梦的标志。他的外表后来成了中世纪欧洲恶魔的原型。

在狄俄尼索斯的随从中常常能看到伴神潘。潘一生下来就有羊脚、羊角和长长的胡须。他的母亲德律俄珀神女看了之后，吓得拔腿就跑。他的父亲赫尔墨斯看见儿子却很高兴，抱着儿子来到奥林匹斯山，走到众神面前，众神都为潘的诞生而高兴。

潘却没有与众神住在一起。他离开奥林匹斯山，在高山密林中吹笛放牧。神女们听见潘的美妙笛声，就会成群结队地跑来，围在他身边。她们在潘的芦笛伴奏下，在幽静的苍翠山谷中欢快地跳舞。山谷两边的树林中腾起一片欢乐的喧闹声。

每当炎热的正午来临，潘就躲进茂密的树丛或阴凉的山洞里休息。这时候要是有谁来打搅他，那就危险了。潘生性易怒，发怒时会让别人做噩梦，然后突然将做梦的人惊醒，有时还会把人吓得魂飞魄散。虽然潘发起怒来非常可怕，但他不发怒的时候还是很宽厚善良的。他不仅给牧人带来很多利益，还能保护希腊人的畜群。

知识链接

绪任克斯：山林女神，狩猎女神阿耳忒弥斯的随从，以贞洁闻名。

伟大的潘也没能躲过长金翅膀的厄洛斯的箭，他爱上了美丽的神女绪任克斯。但是神女绪任克斯很骄傲，拒绝所有人对她的爱。

有一次，潘看到绪任克斯，就朝她走去。神女看到了潘，吓得拔腿就逃。潘竭力追赶，勉强跟上。这时前方出现一条河，神女绪任克斯无路可走，就将双手伸向河流，恳求河神救救她。河神接受了她的请求，将她变成了芦苇。

潘上前想拥抱绪任克斯，抱住的却是一根柔软的芦苇。潘忧伤地叹息着，芦苇轻微的沙沙声在他听来仿佛是美丽的绪任克斯说的告别语。潘割下几节芦苇，用蜡将这几节长短不一的芦苇粘在一起，制成一把音质优美的芦笛。为了纪念这位神女，他把这种芦笛命名为绪任克斯。

从此以后，伟大的潘就在僻静的森林中吹奏绪任克斯芦笛，芦笛悠扬动听的声音荡漾在四周的山林中。

名师批注

潘半人半兽的恐怖外形，使他所追求的仙女逃避他，造成了他爱情上的悲剧。

名师点拨

潘和赫菲斯托斯一样，也是被上帝咬过的苹果，但他比赫菲斯托斯幸运，虽然母亲抛弃了他，但父亲给予了他最大的呵护与荣光，这足以使他在精神上感到欣慰，然而其丑陋、恐怖的外形，却使他在爱情上遭遇了厄运。

好词多积累

成群结队　魂飞魄散　悠扬动听

佳句任你评

★她们在潘的芦笛伴奏下，在幽静的苍翠山谷中欢快地跳舞。山谷两边的树林中腾起一片欢乐的喧闹。

★潘忧伤地叹息着，芦苇轻微的沙沙声在他听来仿佛是美丽的绪任克斯说的告别语。

大家来思考

1. 潘发怒时会做什么？不发怒时，他又是什么样的？
2. 潘爱上了谁？结果如何？

五个时代

名师带你读

宇宙中有神更有人类，前面我们看到的全是关于神的传说，人只是一个陪衬，那么在希腊神话中也有属于人的传说，他们经历了哪些阶段呢？

名师批注

柏拉图曾指出，“黄金”并不是指人类是用黄金制作的，而是指当时人类的美好和高贵。他将这些人类描述为地球的精灵，神对这代人是仁慈的，让他们远离疾病，并守护着他们。

奥林匹斯山上永生的神祇所创造的第一代人生活在黄金时代。那时候统治天国的是克洛诺斯。这代人生活得就和神一样。他们无忧无虑，不知道什么是劳动，什么是悲伤。他们也不会衰老，手脚永远强壮有力。当感到死亡将要降临的时候，他们就会陷入安然平静的长眠中。他们不必付出辛劳去耕种田地和侍弄果园，畜群安静地在牧草繁茂的牧场上吃草。当命运之神判定黄金时代要在地上消失时，他们都成为仁慈的保护神，在云雾中到处转悠，主持正义，惩罚邪恶。

第二个时代是白银时代，这时人们已经不像第一代那样幸福了。这个时代的人无论力量还是智慧都和黄金时代不同。他们几百年时间里都在幼儿期度过，保持着童真，而成人期只有短暂的几年。放肆的行为使这代人陷入苦难的深渊。他们不服从永生的神祇，桀骜不驯，不愿在祭坛上为众神焚烧祭品。宙斯非常生气，消灭了地面上的这一代人，将他们打发到黑暗的地下王国。他们在那里生活，没有欢乐也没有悲伤，但后人仍敬重他们。

天父宙斯创造了第三代人类，他们生活的时代叫青铜时代。这代人和白银时代的人又完全不同。他们残忍、粗暴，只知道战争。他们不耕种大地，专吃动物的肉。宙斯赋予他们高大的身躯和不可摧毁的力量。他们的心脏跳得强劲有力，他们的双手不可制服。他们的武器是用青铜铸造的，房屋也是用青铜铸造的，他们用青铜铸造的工具劳动。当时还没有黑铁。青铜时代的人互相残杀，很快就都到可怕的哈迪斯的冥国里去了。无论他们原先多么强大，最后都被黑色的死神劫走，永远告别了明亮的阳光。

名师批注 真正的强大并不表现在外表，只有内心强大才不会被打败。青铜时代的人酷爱战争，虽有强壮高大的身体，但残忍的心灵最终使他们走向灭亡。

当这代人陷入冥国时，宙斯创造了第四代靠大地养活的人。这一代人高尚、公正，是神祇英雄的一代，但最后都陷入战争和仇杀中。有的是为了争夺俄狄浦斯的继承权而死在有七座城门的忒拜城下。另一些则是为了夺回美丽的海伦而乘船横渡宽阔的大海前往特洛伊，最后死在特洛伊城下。所有这些半神英雄统统被死神夺走之后，宙斯把他们打发到远离活人的大地尽头。他们在汹涌的大洋河中的极乐岛上过着幸福的、无忧无虑的生活。

名师批注 第四个时代可以称为“英雄的时代”，此时的人类充满优秀的品质和强大的能力，但是他们最大的缺点是抵御不了太多的诱惑。

第五个时代叫黑铁时代，是最后一代人生活的时代。这一时代在大地上一直延续到现在。人们白天黑夜不断地遭受忧愁和沉重的劳作的折磨。众神给人们带来痛苦的烦恼，而人们的性格也更为复杂，尽管混杂着善良，但更多的是邪恶。这一代人的子女不敬父母，朋友互不忠诚，主人不热情待客，兄弟间也不相亲相爱。这一代人不遵守自己的誓言，不崇尚正义和善良。他们互相毁灭对方的城市，到处充满暴力。人们只看重荣誉和力量。良心和正义女神已与人们告别。她们身披白袍飞回巍峨的奥林匹斯山，回到永生的众神中间，留给人类的只有深重的灾难，而这些灾难人们没有能力抵御。

名师批注 延续至今的第五个时代的人是受苦受难的一代，他们不再安逸、强大，也缺乏优秀的品质，可谓最悲哀的一代。

名师点拨

文章简要描述了人类的五个时代，每一时代的人都各富特色。从其发展过程来看，人类慢慢堕落，走向灭亡。虽然文中对人类第五个时代的描述很悲惨，然而我们可以从另一方面来理解。

朱光潜曾说过：我们所居的世界是最完美的，就因为它是最不完美的。这话表面看来十分矛盾，实则含有至理。假如世界是完美的，每件事都尽美尽善，那自然就没有憧憬的必要，更没有努力奋斗的动力。这个世界之所以美满，就在于有缺陷，在于有希望。换句话说，世界有缺陷，可能性才大。

好词多积累

桀骜不驯　无忧无虑

佳句任你评

★当命运之神判定黄金时代要在地上消失时，他们都成为仁慈的保护神，在云雾中到处转悠，主持正义，惩罚邪恶。

★所有这些半神英雄统统被死神夺走之后，宙斯把他们打发到远离活人的大地尽头。他们在汹涌的大洋河中的极乐岛上过着幸福的、无忧无虑的生活。

★良心和正义女神已与人们告别。她们身披白袍飞回巍峨的奥林匹斯山，回到永生的众神中间，留给人类的只有深重的灾难，而这些灾难人们没有能力抵御。

大家来思考

你知道世界上有多少关于人类起源的传说吗？

丢卡利翁和皮拉

名师带你读

前文提到的五个时代中的第三个时代——青铜时代是怎样灭亡的?

在青铜时代，宙斯不断听到人类的种种恶行，所以扮成凡人来到吕科苏拉国。他将自己的特征展示给这里的居民，让他们认出他是一位神。全体居民都在他面前叩拜，将他敬奉为神，但是吕卡翁不愿敬奉宙斯，还挖苦所有敬奉宙斯的人。吕卡翁打算试一试宙斯是不是神。于是他杀死一个押在宫中的人质，将一部分人肉煮了，另一部分人肉烤了，作为食物端给宙斯吃。宙斯勃然大怒，用闪电击毁吕卡翁的王宫，将吕卡翁变成一只嗜血的狼。

名师批注

吕卡翁惨无人道的恶行激怒了宙斯，为后面宙斯灭世埋下导火索。

人们对神愈来愈不敬，愤怒的宙斯决定根除这一代可耻的人。他准备降一场大暴雨，将大地上的一切都淹没。他禁止刮其他风，只许湿润的南风神诺托斯把黑乎乎的雨云赶到天上。倾盆大雨泻向大地。大海和江河的水位越涨越高，渐渐将周围的一切淹没。城市的城墙、房舍都已没入水中，连城墙上高耸的塔楼也不见了。洪水渐渐淹没了茂密的森林、巍峨的群山。全希腊都被波涛汹涌的大海吞没。波涛中只露出帕耳那索斯山的山顶。原先农夫耕作的田地、果实累累的葡萄园现在已是鱼群游动的地方，而被洪水淹没的森林已是海豚戏水的场所。

名师批注

详细描绘世界被洪水吞噬的情景，令人产生敬畏之心。

青铜时代的人就这样消亡了。在这场全人类的大灾难中，只有两人幸免于难，那就是普罗米修斯的儿子丢卡利翁及其妻子皮拉。丢卡利翁根据父亲普罗米修斯的嘱咐，造了一个巨大的木箱，在木箱中放足食物，和妻子一起钻入箱里。箱子在淹没整个陆地的大海波涛中漂了九天九夜，最后波浪将箱子冲到帕耳那索斯山顶旁边。宙斯降下的暴雨停了。丢卡利翁和皮拉走出箱子，向在波涛中保护他俩的宙斯献上表示谢意的祭品。洪水消退了，大地又从波涛下露出，但已经是空荡荡的一片荒漠。

名师批注

这个巨大的木箱和《圣经》中的“诺亚方舟”有些类似。

这时候，宙斯派众神的使者赫尔墨斯去找丢卡利翁。赫尔墨斯来到丢卡利翁面前，对他说：“众神和人类的主宰宙斯知道你虔诚，让你挑选一项奖励。你说说自己的愿望吧，他会满足你的愿望。”

丢卡利翁回答：“啊，伟大的赫尔墨斯，我只求宙斯一件事：让他使大地上重新住满人。”

赫尔墨斯回到光明的奥林匹斯山，向宙斯转达了丢卡利翁的请求。伟大的宙斯吩咐丢卡利翁和皮拉捡起石头，从头顶抛到身后，抛时不要转身。丢卡利翁夫妇照宙斯的吩咐去做，结果丢卡利翁抛的石头都变成了男人，而皮拉抛的石头变成了女人。

名师批注

青铜时代后的人竟是石头变成的，诞生方式令人称奇。

就这样，洪水退了之后大地上又有了居民，新一代由石头变成的人遍布整个大地。

名师点拨

大洪水是世界多个民族的共同传说，希腊、印度、中国、玛雅等文明中，都有洪水灭世的传说。由于青铜时代的人残暴嗜血、不敬神灵，愤怒的宙斯便采取洪水灭世的方法使青铜时代消亡了。而丢卡利翁和皮拉夫妇由于父亲普罗米修斯的帮助以及敬重神灵的虔诚之心，得以幸存下来，并在神灵的帮助下开创了新时代。青铜时代的灭亡给后世一个警告：人不能狂妄自大、忘乎所以，甚至泯灭人性，否则终会作茧自缚，走向灭亡。

好词多积累

倾盆大雨　果实累累

佳句任你评

★倾盆大雨泻向大地。大海和江河的水位越涨越高，渐渐将周围的一切淹没。城市的城墙、房舍都已没入水中，连城墙上高耸的塔楼也不见了。洪水渐渐淹没了茂密的森林、巍峨的群山。全希腊都被波涛汹涌的大海吞没。

★洪水消退了，大地又从波涛下露出，但已经是空荡荡的一片荒漠。

大家来思考

1. 宙斯为什么要灭掉青铜时代的人？
2. 丢卡利翁和皮拉得以幸存的原因有哪些？

普罗米修斯

名师带你读

中国有燧人氏钻木取火教人烧熟食物，结束了远古人类茹毛饮血的历史，开创了华夏文明；而希腊神话中也有给人类盗取火种的普罗米修斯，盗走火种后他经历了哪些苦难呢？

名师批注

环境描写渲染悲凉的气氛，奠定了全文的情感基调。

大地的最边缘有一片不毛的荒漠，这里没有林木，连一根草都没有，到处都是光秃秃的。大海的巨浪拍击着岩石，发出隆隆的轰响。宙斯的仆人将捆住的普罗米修斯带到这里，带到这大地的边缘，准备用牢固的铁链将他锁在悬崖顶上。宙斯的两个不可制服的仆人——“力量”和“权力”押着普罗米修斯。他们毫无怜悯之心，他们的脸就像岩石一样森严。

悲愁的工匠之神赫菲斯托斯拿着一把沉重的铁锤，低低地垂着头，走在他们后边。他面临着一件犯难的事情：他得亲手把自己的朋友普罗米修斯钉在悬崖上。他为朋友的命运深感悲伤，可是又不能违抗父亲宙斯的命令。他知道，宙斯会严厉惩罚违抗他命令的人。

“力量”和“权力”将普罗米修斯押到悬崖顶上，催促赫菲斯托斯赶快动手：“快给他戴上镣铐！挥起你的铁锤用力敲打，把普罗米修斯锁到悬崖上。你为他悲伤就是为宙斯的敌人悲伤。”

“力量”用宙斯的愤怒威吓赫菲斯托斯，逼他将普罗米修斯牢牢锁住，使其无法挣脱。赫菲斯托斯用牢固的铁链将普罗米修斯的手脚锁在山岩上。他现在是多么痛恨自己的技艺啊！正因为有这个技艺，他才被迫将朋友钉在这里长期忍受折磨。

名师批注

当自己引以为豪的技能成为戕害友人的利器时，赫菲斯托斯的心在滴血。

山岩在铁锤沉重的敲击下颤抖不已，铁锤的敲击声从大地的这一头传到那一头，普罗米修斯被锁住了。但是事情并没有完，还必须用一根坚硬的钢钎穿透普罗米修斯的胸膛，将他钉在岩石上。赫菲斯托斯迟疑了。

“你又磨蹭了！”“力量”朝赫菲斯托斯怒吼，“你总是为宙斯的敌人悲伤！当心，别轮到为你自己悲伤！”

最后，一切都干完了，一切都如宙斯所吩咐的那样。提坦神普罗米修斯被锁住了，一根钢钎穿透他的胸膛。

现在，宙斯的仆人走了，悲伤的赫菲斯托斯也离去了，只剩下普罗米修斯孤身一人。强大的提坦神从被扎透的胸腔里发出一声痛苦的呻吟，他开始抱怨自己不幸的命运。

名师批注

普罗米修斯受难的形象与耶稣被钉十字架的情形有相同之处，他们都是为了人类而受罪。

普罗米修斯高声呼喊，喊声中充满难以述说的痛苦和悲伤：“我知道可怕的命运无法逃避。我必须忍受苦难！我把伟大的火种送给了凡人，为此我必须忍受如此难以忍受的折磨，我无法逃脱这些苦难！”

这时，大洋神女们从遥远的大洋河边乘着马车来到悬崖边。她们听到赫菲斯托斯铁锤的敲击声和普罗米修斯的呻吟声。当她们看到强大的提坦神被锁在悬崖上，她们美丽的眼睛被泪水模糊了。普罗米修斯的父亲伊阿珀托斯是她们的父亲大洋神俄刻阿诺斯的兄弟，普罗米修斯的妻子赫西俄涅则是她们的姐妹。大洋神女们围在悬崖边，为普罗米修斯感到深深地悲伤。至于他为什么遭受这样的惩罚，大洋神女们并不知道。她们满怀同情，请求普罗米修斯告诉她们宙斯为什么惩罚他，他怎么惹怒了宙斯。

普罗米修斯告诉她们，自己曾经帮助宙斯与提坦神作战，曾说服母亲忒弥斯和地神盖亚支持宙斯。宙斯战胜了提坦神，又根据普罗米修斯的建议，将他们打入可怕的地狱。宙斯夺

名师批注

几乎所有的主宰者都惧怕比自己强大的对象，因为他们的地位会遭遇威胁。

得了世界的统治权，并与奥林匹斯众神分享，而原先帮助过他的那些提坦神却得不到半点权力。宙斯仇视提坦神，害怕提坦神强大的力量。宙斯不信任普罗米修斯，仇恨他这个提坦神。宙斯想消灭凡人，普罗米修斯却可怜那些没有智慧的凡人，不希望他们进入哈迪斯黑暗的冥国。他给凡人带来了从未有过的希望，还为他们盗来神火。可怕的死刑的威胁并不能扼杀这位骄傲而强大的提坦神要帮助人类的愿望。母亲忒弥斯的警告也不能将他阻止。

大洋神俄刻阿诺斯亲自来到悬崖上。他试图说服普罗米修斯向宙斯屈服，认为普罗米修斯应该懂得，与强大的宙斯抗衡是不会有好结果的。俄刻阿诺斯可怜普罗米修斯，看到普罗米修斯受苦，他心里也很难受。这个有预见能力的老神准备赶往奥林匹斯山，恳求宙斯饶恕这位提坦神，哪怕这种求情会招来宙斯对他的愤恨。

然而，普罗米修斯认为他的恳求根本没必要，对他说："你还是救救你自己吧，你对我的同情会害了你自己。俄刻阿诺斯，当心为我求情招来宙斯的愤怒。"

"哦，我知道，"俄刻阿诺斯忧郁地对普罗米修斯说，"你想用这些话逼我一无所获地回去。相信我吧，普罗米修斯，我到这里来只是出于对你命运的关心，出于对你的爱！"

"快离开这里吧！不要管我！"普罗米修斯大喊。

大洋神俄刻阿诺斯怀着痛苦的心情离开了普罗米修斯。他乘上有翼的马车离开了。

名师批注

渲染普罗米修斯为人类做的贡献。

普罗米修斯又向大洋神女们讲述自己为人类做了哪些事情，如何违背宙斯的意志为人类造福。他教会人们计算、阅读和书写。他让人们识别各种金属，教会他们开采、加工地下的矿藏。普罗米修斯为人们驯服了野牛，给牛套上牛轭，教人们利用牲畜耕地。普罗米修斯将马套上大车，让马听从人们驾驭。这位聪明的提坦神建造了世界上第一艘船，给船装上各种工具，以便它能载着人们在无边无际的大海上高速航行。以前人们不懂医药，不能治病，无法抵抗疾病的侵害，普罗米修斯告诉人们各种药物的功效，使人们能够制服各种疾病。他将一切能减轻痛苦并使生活变得较为幸福和愉快的技能、知识、方法都传授给人类，因而雷神宙斯要惩罚他。

但是普罗米修斯不会永远遭受折磨。他知道，厄运也会降临到宙斯头上，宙斯逃避不了这个厄运。普罗米修斯知道，宙斯的王国不是永恒的，他将从巍峨、威严的奥林匹斯山上被推翻。这位能预见未来的提坦神知道宙斯怎样才能摆脱厄运，但是他不会向宙斯揭示这个重大秘密。任何力量、任何威胁、任何折磨都不能逼迫骄傲的普罗米修斯说出这个秘密。

名师批注

这是导致普罗米修斯被宙斯惩罚的最主要缘由。

普罗米修斯说完了自己的经历。大洋神女们怀着震惊的心情听完他的叙述。她们惊讶于这位敢于反抗宙斯的提坦神的伟大智慧和坚不可摧的精神力量。她们听到普罗米修斯以某种命运威胁宙斯之后，心中又充满了恐惧。她们知道，如果这种威胁传到奥林匹斯山，那么宙斯绝对不会罢休，除非告诉他那个不祥的秘密。悬崖上一片沉默，只有大海永不停息的喧哗打破这种寂静。

"你们去哀求吧，去乞求怜悯吧！对于我，宙斯算得了什么？我为什么要怕他？我命不该死！随他宙斯怎么办好了。他统治众神的日子长不了啦！"普罗米修斯刚说完这番话，使者赫尔墨斯已经严肃地站在他面前。宙斯派他来要求提坦神说出秘密：谁将推翻宙斯？如何避免这个厄运？赫尔墨斯威胁普罗米修斯，如果他不说，就给他处以更可怕的惩罚。

但是坚强的提坦神毫不屈服，以讥讽的口吻回答赫尔墨斯："你想从我口中打听出什么，告诉你吧，我宁愿受苦也不愿像奴隶一样为宙斯效力。我认为被锁在这里的悬崖上比当暴君宙斯的走卒强多了。宙斯的任何折磨都不能吓倒我，休想从我嘴里掏出半个字。他永远都不会知道谁会夺取他的权力。"

名师批注

这番义正词严的话显示出普罗米修斯的傲骨和顽强的意志，与上文中"力量"和"权力"两个仆人的行径大相径庭。

"普罗米修斯，如果你拒绝服从宙斯的意志，他将要用闪电将这山岩同你一起打入黑暗的无底深渊。你将在不见一丝阳光的石砌牢房里忍受黑暗的折磨。可能要过若干世纪，宙斯才会把你从深渊中提上来，但不是让你来享乐的。那时宙斯会每天派鹰用尖利的爪子和嘴啄食你的肝脏，但是你的肝脏会一次次地长完整，你的痛苦将变得愈来愈惨烈。你将在悬崖上一直吊着，直到有人自愿代你去哈迪斯的冥国。普罗米修斯，你考虑考虑吧，不如服从宙斯。你也知道，宙斯说到做到，他从不吓唬人！”

骄傲的提坦神普罗米修斯仍不屈服。其他提坦神早就服从了宙斯。他们承认宙斯的权力，宙斯将他们从黑暗的地狱中释放出来。现在这些高大强壮的提坦神来到大地尽头，来到被缚的普罗米修斯躺卧的悬崖旁。他们站在四周，劝说普罗米修斯向宙斯屈服。普罗米修斯的母亲忒弥斯也来了，她央求儿子克制自己骄傲的性情，不要再与宙斯对抗。她请求儿子可怜可怜她这个母亲，因为看到儿子受苦，她也痛不欲生。

宙斯自己已忘却了原先的愤怒。现在他的王国很强大，任何力量都动摇不了它，任何事情都不能使他恐惧。再说，他已不再像暴君那样统治国家，他保护国家、维护法律。他保护人类、主持正义。只有一件事仍然使雷神感到不安，那就是只有普罗米修斯知道的那个秘密。宙斯已做好准备，只要普罗米修斯向他透露秘密，他就饶恕普罗米修斯。

普罗米修斯结束苦难的日子已经不远了。命中注定前来解救普罗米修斯的英雄已经诞生，并且正在成长。不屈的普罗米修斯虽然已被折磨得心力交瘁，但仍坚守着秘密。

注定要来解救普罗米修斯的伟大英雄，赫拉克勒斯，终于在漫游途中来到这大地的尽头。他是像神一样威力无穷的英雄。他惊讶而愤慨地看到普罗米修斯受苦的惨状，心中充满了同情。

知识链接

赫拉克勒斯：宙斯与凡间皇后阿尔克墨涅的儿子，希腊神话中最伟大的英雄，死后成为大力神。

使者赫尔墨斯从奥林匹斯山飞驰而来。他对普罗米修斯说了一番温存体贴的话，并保证，只要普罗米修斯说出宙斯如何才能逃避厄运，立即就释放他。

强大的提坦神终于同意向宙斯透露秘密，他说：“叫宙斯别与海中神女忒提斯成亲，因为命运女神给忒提斯抽了一支签：不管谁做忒提斯的丈夫，他们生下的儿子都会比父亲强大。让众神把忒提斯嫁给英雄珀琉斯，忒提斯和珀琉斯生的儿子将是全希腊最伟大的英雄。”

普罗米修斯公开了这个重大的秘密。赫拉克勒斯挥起大棒槌砸碎了镣铐，又将穿过普罗米修斯的胸膛并钉在山岩上的坚硬的钢钎拔出来。提坦神站起身来，现在他终于自由了。苦难的日子结束了，凡人会来解救他的预言应验了。其他提坦神为普罗米修斯获得解放而齐声欢呼。

从此普罗米修斯戴着镶嵌石头的铁戒指，这石头就取自他忍受苦难的悬崖上。

知识链接

珀琉斯：宙斯的孙子，也是希腊著名英雄阿喀琉斯的父亲。

名师点拨

文章展现给读者的是一个悲壮而崇高的英雄形象——普罗米修斯，他公然蔑视宙斯的权威，绝不放弃行使自由意志的权利，为人类的利益毫不妥协而选择承受肉体上永恒的灾难。面对厄运，他并未逃避、妥协、退让，而是焕发出一种“困兽犹斗”的生命激情——“知其不可为而为之”。他以叛逆的巨人形象，为全人类的生存而受苦，高傲地俯视命运的荒谬，用钢铁般强大的意志选择苦难，承受苦难，在悲壮中愈发显出崇高的形象。

好词多积累

坚不可摧　毫不屈服　心力交瘁　温存体贴

佳句任你评

★大地的最边缘有一片不毛的荒漠，这里没有林木，连一根草都没有，到处都是光秃秃的。大海的巨浪拍击着岩石，发出隆隆的轰响。

★山岩在铁锤沉重的敲击下颤抖不已，铁锤的敲击声从大地的这一头传到那一头，普罗米修斯被锁住了。

★悬崖上一片沉默，只有大海永不停息的喧哗打破这种寂静。

★普罗米修斯结束苦难的日子已经不远了。命中注定前来解救普罗米修斯的英雄已经诞生，并且正在成长。不屈的普罗米修斯虽然已被折磨得心力交瘁，但仍坚守着秘密。

大家来思考

1. 宙斯为什么惩罚普罗米修斯？他想要知道的那个秘密是什么？
2. 普罗米修斯为人类做了哪些事情？
3. 普罗米修斯为什么戴着镶嵌石头的铁戒指？

潘 多 拉

名师带你读

《圣经》里有一个女人叫夏娃，她禁不住诱惑偷吃了禁果，最终被上帝逐出了伊甸园；《希腊神话》里也有一个禁不住诱惑的女人叫潘多拉，她因好奇打开了盒子，使人间充满灾难。这到底是怎么回事呢？

宙斯在惩罚普罗米修斯的同时也给人类降临了灾难。他吩咐众神造一个能给人类带来灾难的美丽姑娘。众神按宙斯的吩咐做了。赫菲斯托斯用泥土捏了一个美丽的姑娘，众神赋予了她生命。雅典娜和美惠女神给她穿上像阳光一样灿烂的衣衫，给她戴上金项链。时序女神在她松软美丽的秀发上戴了一顶用芬芳的迎春花编成的花冠。赫尔墨斯往她嘴里塞进了各种花言巧语。众神将她起名为潘多拉，因为她的一切都是众神所赐。潘多拉必须给人类带来不幸。

名师批注

为了抵消火给人类带来的巨大好处，宙斯决定让灾难也降临人间，于是众神合力造出潘多拉。

名师批注

古希腊语中，“潘”是所有的意思，“多拉”则是礼物的意思。“潘多拉”即为“拥有一切天赋的女人”。

宙斯派赫尔墨斯把潘多拉送给普罗米修斯的兄弟埃庇米修斯。英明的普罗米修斯多次提醒过自己的兄弟，告诫他不要接受宙斯的礼物。他担心宙斯送的礼物会给人类带来灾难。可是埃庇米修斯为潘多拉的美貌所倾倒，将她娶为妻子。不久，埃庇米修斯就明白了，潘多拉给人类带来了多少灾难。

宙斯给了潘多拉一个密封的盒子，大家都知道盒子一打开就意味着灾难的到来，所以谁也不敢打开。潘多拉被好奇心驱使，打开了那个盒子，结果盒子里的“灾难”飞了出来，以致大地上到处都是灾难。这时盒盖合上了，盒子底层的“希望”却没能飞出来。这一点倒不是宙斯所希望的。

人们原先生活得非常幸福，没有灾难，也没有害人的疾病。现在不计其数的灾难遍布人间，给人们带来无穷无尽的痛苦。因为宙斯剥夺了它们说话的能力，所以它们脚步轻轻，悄然地来临。

名师批注

点出了灾难的不可预测、不可避免性。

名师点拨

后世用“潘多拉的盒子”比喻会带来不幸的礼物，象征着人们总想逃避的灾难，而“潘多拉”则隐喻鲁莽和冲动的好奇心会带来巨大的灾难。不过盒底的“希望”也喻示只要心中留有希望，就会迎来美好的明天。

好词多积累

花言巧语　不计其数　无穷无尽

佳句任你评

★雅典娜和美惠女神给她穿上像阳光一样灿烂的衣衫，给她戴上金项链。时序女神在她松软美丽的秀发上戴了一顶用芬芳的迎春花编成的花冠。

大家来思考

好奇心是一把双刃剑，你怎么看这个问题？

珀耳修斯

名师带你读

宙斯有很多儿女，珀耳修斯就是其中之一，他幼年遭遇不幸，险些丧命，后来他的命运如何呢？

阿耳戈斯的国王阿克里西俄斯有一个美如天仙的女儿达那厄。预言家曾对阿克里西俄斯说，他将死于达那厄的儿子之手。为了逃避这个厄运，阿克里西俄斯在很深的地底下建造了几间用青铜和石块砌成的地下室，把达那厄关在那里，不让任何人看见她。

名师批注

在希腊神话中，命运往往是注定的，以神谕的方式呈现。人们想逃避厄运，与命运抗争，却徒然费力气。

可是雷神宙斯爱上了她，变成金雨潜入达那厄的地下室，达那厄成了宙斯的妻子。这次结合使达那厄生下一个漂亮的男孩。母亲给这个孩子起名珀耳修斯。

小珀耳修斯和母亲在地下室里没住多久。有一天，阿克里西俄斯听到小珀耳修斯的说话声和愉快的笑声。他下到地下室问女儿，为什么会有孩子的笑声。他看到一个漂亮的小男孩，感到十分奇怪。当他得知这是达那厄和宙斯生的儿子时，他简直吓坏了。他立即想起预言家对他说过的话，不得不重新考虑如何逃避厄运。最后，阿克里西俄斯吩咐制作一个大木箱，把达那厄和珀耳修斯装进木箱，钉上箱盖，然后下令将木箱投入大海。

宙斯保佑着在大海中漂流的母子，引导这只箱子穿过风浪，最后箱子一直漂到塞里福斯岛，靠近了海岸。岛上有两位兄弟——狄克堤斯和波吕得克忒斯，他们统治着塞里福斯岛。狄克堤斯正在海边捕鱼，看到水里漂来一只木箱，就连忙把它拉上海岸。

回到家中，兄弟二人对遭遗弃的落难人十分同情，便收留了他们。波吕得克忒斯娶达那厄为妻，并悉心抚育珀耳修斯。

珀耳修斯就在国王波吕得克忒斯的宫中长大，长成了一个身强力壮、体格匀称的小伙子。他在塞里福斯青年中间像颗星星一样，显示出独特的俊美，在相貌、力量、智慧和胆识方面无人可比。他的继父波吕得克忒斯劝他外出去冒险，并希望他能够建功立业。勇敢的小伙子雄心勃勃，系上飞鞋、戴上头盔、背上神袋飞向高空。

> 名师批注：运用比喻和对比突出珀耳修斯的杰出和与众不同。

他一路飞行，来到埃塞俄比亚的海岸边，这是国王刻甫斯治理的地方。珀耳修斯看到耸立在大海之中的山岩上捆绑着一个年轻的姑娘。海风吹乱了她的头发，姑娘泪流不止。珀耳修斯为她的年轻美貌所动心，便跟她打起了招呼："你为什么被捆绑在这里？你叫什么，家住哪里？"

> 名师批注：简单几笔勾勒出安德洛墨达的美丽动人，让英雄珀耳修斯看了顿生怜爱之情。

姑娘反背着双手，起初沉默不语，害怕同一个陌生人说话。假如能动弹，她真想用双手蒙住脸。为了不使陌生人造成错觉，以为她真做了什么见不得人的事，她噙着眼泪回答："我叫安德洛墨达，是埃塞俄比亚国王刻甫斯的女儿。我的母亲曾吹嘘，说我比海神涅柔斯的女儿更漂亮。海仙女们十分愤怒。她们共有五十个姐妹，一起请海神发大水淹没了整个国家。海神还派了一个妖怪，吞没了陆上的一切。神谕宣示：如果想使国家得到解救，必须把我——国王的女儿丢给妖怪喂食。国民顿时闹得沸沸扬扬，纷纷要求我的父亲献出女儿，拯救全国。绝望之余，国王只好下令将我锁在这里。"

> 名师批注：写出了安德洛墨达的羞涩与可爱。

姑娘的话刚刚讲完，滔天的海浪滚滚而来。海水中冒出一个妖怪，宽宽的胸膛盖住了整个水面。姑娘一见，吓得发出一声尖叫，她的父母亲也赶紧走来。他们看到女儿大祸临头，万分绝望，母亲因内疚流露出痛苦的神情。他们紧紧地抱着捆绑着的女儿，却无可奈何——他们救不了自己的女儿。

> 名师批注：此处表现了父母的无能为力，为下文英雄救美作铺垫。

这时，珀耳修斯说："你们要哭，将来有的是时间；眼下，当务之急是救人。我叫珀耳修斯，是宙斯和达那厄的儿子。我战胜了美杜莎。神的翅膀让我飞越高空。姑娘如果是自由的，并愿意挑选配偶，一定会首先看中我。但像她现在这个样子，我却要向她正式求婚，并愿意前去搭救她。你们愿意接受我的条件吗？"

父母庆幸遇到了救星，连连点头，不仅答应把女儿许配给珀耳修斯，还答应把王国送给他们作为嫁妆。

说话间妖怪已经游了过来，只有一箭之地了。年轻人见状便用脚往上一蹬，腾空而起。妖怪看到他在海面上投下的身影，便狂怒地向影子追去，像是意识到有人要抢走它的猎物。珀耳修斯犹如一只矫健的雄鹰，从空中猛扑下来。他用杀死美杜莎的利剑狠狠地刺进妖怪的背部，只有剑柄露在外面。他把剑拔出来，妖怪疼得蹿到空中，然后又沉入水底，疯狂地挣扎着。珀耳修斯一再朝它身上刺杀，直到它的口中涌出了黑血。这时，他的翅膀也沾湿了，不敢在空中久留。恰好水面上露出一块礁石，他便扇动翅膀轻轻地落在岩壁上，然后又用剑在妖怪的肚子里搅动了三四次。海浪漂走了妖怪的尸体，不久它就从海面消失了。

名师批注

战斗场面激烈，突出珀耳修斯的英勇、机敏。

珀耳修斯飞到岸边，登上山顶，解开姑娘的锁链，把她交给不幸的父母亲。他受到隆重的款待，成了宫廷里的贵客佳婿。

珀耳修斯向父亲宙斯及雅典娜、赫尔墨斯敬献了丰厚的祭品。刻甫斯宫中欢乐的婚宴开始了。

许墨奈俄斯和厄洛斯点燃芬芳的火炬。王宫中摆满了青藤和鲜花。竖琴在悠扬地奏鸣，宫中传来阵阵婚礼的歌舞声。宫门大敞着，宴会厅内金碧辉煌。刻甫斯夫妇与一对新人开怀畅饮，全体百姓也举杯痛饮，到处呈现出一派欢腾的场面。

知识链接

许墨奈俄斯是婚姻之神，厄洛斯是爱神。

席间，珀耳修斯讲述自己建立功绩的经过。突然，宴会厅外响起兵器相击的可怕的声音。宫中到处喊声震天，就像狂风卷起巨浪撞击海边高大的山岩发出的轰鸣。原来是安德洛墨达的第一个未婚夫菲纽斯率领一支军队冲进了王宫。

菲纽斯晃动着手中的长枪冲进王宫，高声吼叫道："拐骗未婚妻的家伙，你要遭殃了！你那双长翅的鞋子救不了你，就连雷神宙斯也救不了你！"

菲纽斯刚要把长枪投向珀耳修斯，就听见国王刻甫斯喊道："你要干什么？是什么事情使你这么疯狂？你就是这样来奖励珀耳修斯的吗？难道这就是你送给他的结婚礼物吗？你认为是珀耳修斯抢走了你的未婚妻？不！当你的未婚妻被锁在悬崖上面临死亡的时候，你在哪儿？为什么那时候你不去救她？现在你想从胜利者手中抢奖品吗？"

名师批注

刻甫斯国王对菲纽斯的指责衬托出菲纽斯懦弱无耻的人物性格，有补充情节的作用。

菲纽斯无言以对，恶狠狠地望望刻甫斯，又看看宙斯英俊的儿子，突然使出全部力量，将长枪投向珀耳修斯。长枪从珀耳修斯身边飞过，扎在椅子上。珀耳修斯用强有力的手拔出长枪，从座位上跃起身来，猛地投出长枪。要不是菲纽斯躲到祭坛后边，准被刺中身亡。结果长枪投中了英雄瑞忒斯的头，他倒地身亡。激烈的搏斗开始了。

名师批注

连续的动作描写体现出菲纽斯的羞愧、不甘。

雅典娜从奥林匹斯山迅速赶来支援她的兄弟珀耳修斯。她用神盾掩护珀耳修斯，并鼓起他无坚不摧的勇气。珀耳修斯勇猛地投入战斗，他手中那把曾经杀死美杜莎的利剑像闪电一样在闪耀。他接二连三砍倒了跟随菲纽斯的一个个英雄。淌血的尸体在珀耳修斯面前堆成了山。他双手抓起宴会上调酒用的青铜大钵，砸到英雄欧律托俄斯头上。英雄如遭雷击，即刻倒地，他的灵魂飞往哈迪斯的冥国去了。

名师批注

夸张的修辞手法突出了珀耳修斯的孔武有力。

虽然这些英雄接连倒地死去，可是菲纽斯带来的人实在太多，而珀耳修斯在刻甫斯王国是个外来人，搏斗中帮手不多，几乎是单枪匹马在与大群敌人对阵。他的许多伙伴都已在这场激烈搏斗中死亡。原先弹奏竖琴、以自己甜美的歌声为宴会助兴的歌手被长枪刺中身亡了。歌手倒下时碰到竖琴的琴弦，琴弦发出如同垂死呻吟的响声，但是被刀剑的撞击声和垂死者的呻吟所淹没。箭矢如密集的冰雹一样飞射。珀

名师批注

使竖琴拟人化，各种声音传达出战斗的激烈、悲壮。而对珀耳修斯拼杀的场面描写，尽显其英雄本色。

耳修斯背靠廊柱，以雅典娜闪光的盾牌作掩护，与敌人拼杀。敌人四面围住他，战斗愈来愈激烈。

眼看自己难以避免死亡，达那厄的儿子珀耳修斯高声喊道：“我要从被我杀死的敌人身上寻求援助！是你们逼迫我这么干的！谁是我的朋友？赶快转过身去！”

珀耳修斯从神奇的革囊中取出美杜莎的头，高高地举在自己头顶上方。向珀耳修斯袭来的英雄一个个都变成了石像。有些英雄是在举剑刺向对方胸膛时石化的，另一些是在挥舞尖利的长枪时石化的，还有一些正好在用盾牌遮挡的瞬间石化了。他们一看到美杜莎的头，立刻变成大理石雕像。不一会儿，整个宴会厅满是大理石雕像。

知识链接

美杜莎：本是一个美女，因激怒雅典娜，被其变作蛇妖，长有满头的蛇发和一对使看到她的人变成石头的双眼，后被英雄珀耳修斯杀死。

菲纽斯看见自己的朋友都变成了石像，感到无限恐惧。他跪倒在地，伸出双手向珀耳修斯哀求：“珀耳修斯，你赢了！唉，你快把美杜莎可怕的头颅收起来，我恳求你快收起来！啊，宙斯伟大的儿子，你全都拿去吧，一切都归你，只求你留我一条性命！”

珀耳修斯讥讽地回答菲纽斯：“别害怕，可怜的胆小鬼！我不会用剑砍你。我要给你一个永恒的奖励！我让你永远站在刻甫斯的宫中，以便我的妻子看到她第一个未婚夫的形象能得到安慰！”

珀耳修斯将美杜莎的头递到菲纽斯面前。尽管菲纽斯竭力不看这颗可怕的头颅，最后目光还是落到美杜莎头上，他立即变成了一尊石像。菲纽斯的石像如同一个奴隶，跪在珀耳修斯面前。这尊石像的眼睛永远保持着恐惧和哀求的眼神。

名师批注

珀耳修斯的英雄形象和菲纽斯的卑微形象形成对比。

名师点拨

这一章主要讲了珀耳修斯的英雄故事。珀耳修斯是一个幼年遭遇不幸的半神，然而他还是凭借着自己的意志和努力，成为一个顶天立地的大英雄，并影响了后世的许多人物。珀耳修斯的人生非常传奇，他的英雄气概在冒险征途中淋漓尽致地表现出来。

好词多积累

沸沸扬扬　当务之急　无坚不摧

佳句任你评

★他们看到女儿大祸临头，万分绝望，母亲因内疚流露出痛苦的神情。他们紧紧地抱着捆绑着的女儿，却无可奈何——他们救不了自己的女儿。

★歌手倒下时碰到竖琴的琴弦，琴弦发出如同垂死呻吟的响声，但是被刀剑的撞击声和垂死者的呻吟所淹没。箭矢如密集的冰雹一样飞射。珀耳修斯背靠廊柱，以雅典娜闪光的盾牌作掩护，与敌人拼杀。敌人四面围住他，战斗愈来愈激烈。

大家来思考

1. 阿克里西俄斯为什么要将达那厄母子抛弃？
2. 珀耳修斯最后是如何战胜菲纽斯等人的？

赫拉克勒斯

名师带你读

还记得普罗米修斯命中注定的那个能解救他的人吗？他就是赫拉克勒斯，他历经磨难最终蜕变为最伟大的英雄，他有着怎样传奇的经历呢？

赫拉克勒斯是宙斯与阿尔克墨涅的儿子，阿尔克墨涅是珀耳修斯的孙女，底比斯国王安菲特律翁的妻子。

在宙斯和阿尔克墨涅伟大的儿子将要降生这一天，诸神聚集在巍峨的奥林匹斯山上。持盾的宙斯为儿子即将诞生而高兴，对众神说："诸位男女神祇听着，我要告诉你们，我的心要求我告诉你们。一位伟大的英雄将在今天诞生，他将统治他所有的亲人，即我儿子珀耳修斯的后裔。"

名师批注

宙斯如此重视这个儿子的诞生，注定了赫拉克勒斯的一生坎坷，因为善妒的赫拉必然出手加害。

宙斯的妻子赫拉痛恨宙斯追求凡人阿尔克墨涅，她决定施计谋剥夺阿尔克墨涅的儿子对珀耳修斯后裔的统治权。赫拉将自己的阴谋隐藏在心底，对宙斯说："你要立下不可违背的神的誓言：珀耳修斯家族今天首先出生的婴儿将主宰其他的珀耳修斯家族成员。"

雷神宙斯对赫拉的阴谋并未察觉，立下了不可违背的誓言。赫拉立即离开奥林匹斯山，坐上金马车驰往阿耳戈斯。在那里，她促使珀耳修斯的儿子斯忒涅罗斯的妻子提前生产，于是斯忒涅罗斯病弱的儿子欧律斯透斯就在这一天来到世上。

赫拉又匆匆赶回光明的奥林匹斯山，对伟大的宙斯说：

"现在欧律斯透斯诞生了，他是今天第一个出生的婴儿，你应该让他统治珀耳修斯的所有后代。"

宙斯现在才知道这是赫拉的阴谋，可他已经无法反悔了！他改变了自己儿子的命运。不过，宙斯为了改善儿子的命运，与赫拉定下了不可违背的协议：赫拉克勒斯不会终生都要受欧律斯透斯统治，只要按欧律斯透斯的派遣建立十二件伟大的功绩，此后不光能摆脱欧律斯透斯的统治，还能获得永生。雷神知道他的儿子需要去克服千难万险，所以吩咐雅典娜去帮助他。

但赫拉从未放弃过谋害赫拉克勒斯的念头。在赫拉克勒斯刚出生时，赫拉就派出两条可怕的毒蛇爬进宫殿去杀害孩子。深夜，孩子沉浸在甜蜜的酣睡中。熟睡的女佣和母亲都没有发现两条毒蛇从敞开的房门游了进来。它们爬上孩子的摇篮，缠住孩子的脖子。孩子抬起头，四面张望，感到脖子被缠得难受。这时他显示了神的力量，两手各抓住一条蛇使劲一捏，竟把两条蛇捏死了。

名师批注

自古英雄多磨难，赫拉克勒斯在幼年时的磨难预示了其以后的不平凡。

阿尔克墨涅被孩子的叫声惊醒。她赤着脚奔了过来，大喊救命，但她发现两条大蛇已死在孩子手上。底比斯王室的贵族们听到呼救，都全副武装地涌进内室。国王安菲特律翁疼爱孩子，把他看作宙斯赐予的礼物。这时，他手持宝剑跑来。当他听到并看到所发生的事情时，他又惊又喜，为儿子的神力而感到自豪。

他把这件事看作一个预兆，派人找来底比斯的盲人占卜者提瑞西阿斯。这位提瑞西阿斯是宙斯赋予预言能力的人，他当着大家的面预言孩子的未来：他长大以后，将杀死陆上和海里的许多怪物；他将战胜巨人；历尽艰险后，他将享有神祇们的永久生命，并赢得青春女神赫柏的爱情。

名师批注

通过预言家告诉我们赫拉克勒斯的结局，让读者把所有的关注点都放在他如何战胜一次次的磨难上。

得知儿子将获得巨大的光荣，国王安菲特律翁决心让儿子享受一个英雄应有的教育，聘请了各地英雄给年轻的赫拉克勒斯传授种种本领。国王亲自教他驾驶战车；俄卡利亚国王欧律托斯教他拉弓射箭；哈耳珀律库斯教他角斗和拳击；

刻莫尔库斯教他弹琴唱歌；宙斯的双生子之一卡斯托耳教他全副武装地在野外作战；阿波罗的儿子——白发苍苍的里诺斯教他读书识字。

赫拉克勒斯显示出杰出的学习天赋和才能，可是他不能忍受折磨，而年老的里诺斯又是一个缺乏耐心的老师。有一次，他无端责打赫拉克勒斯。赫拉克勒斯顺手抓起他的竖琴，朝老师头上扔去，里诺斯即刻倒地身亡。赫拉克勒斯十分后悔，但仍被传到法庭。为人正直而又知识渊博的法官拉达曼提斯宣布他无罪。法官颁布了一条新法，即由于自卫而打死人者无罪。可是安菲特律翁担心力大无穷的儿子以后还会犯下类似的罪过，所以把他送到乡下去放牛。

赫拉克勒斯在喀泰戎山的森林中渐渐长大，成了一个强壮的小伙子。他的身材高出别人一头，而他的体力更是远远超过常人。乍一看就知道他是宙斯的儿子，他的那双眼睛尤其特别，闪耀着一种异乎寻常的光芒。在军事操练中，他所显示的机警、灵巧无人可比，而他射箭和投掷长枪的技术更是精湛，从来都不偏离目标。

早在少年时，赫拉克勒斯曾偶然遇上出没于山巅的凶猛的喀泰戎狮子。他将狮子打死，并用狮爪剥下狮皮，将狮皮当作斗篷披在自己强健的双肩上，而狮首成了他的头盔。他还曾在涅墨亚树林里连根拔起一棵木质坚硬似铁的树，做了一根又长又粗的大棒槌。他还收到了众神的礼物，如赫尔墨斯的利剑、阿波罗的弓和箭、赫菲斯托斯制作的金铠甲、雅典娜亲自织制的衣衫。

名师批注

少年时就能杀死喀泰戎狮子，可见赫拉克勒斯的勇猛。

成年之后，赫拉克勒斯与弥倪埃人俄耳科墨诺斯国的国王交战，并杀死了国王厄耳癸诺斯，因此为忒拜免除了大量进贡，并且向俄耳科墨诺斯国征收相当于原先忒拜进贡两倍的贡品。因为这项大功，忒拜国王克瑞翁将女儿墨伽拉嫁给了他，而众神赐给他三个英俊的儿子。

赫拉克勒斯在有七座城门的忒拜幸福地生活。可是女神赫拉对宙斯儿子的仇恨依然如故。她让赫拉克勒斯得了可怕的疾病，伟大的英雄丧失了理智，他疯了。疯病发作，他打死了自己的三个儿子及他弟弟伊菲克勒斯的儿子。疯病过后，他满怀悲伤和哀痛。他洗净了不由自主杀人时溅在身上的血污，离开忒拜，前往得尔福神示所，请教阿波罗，他该怎么办。阿波罗谕示他返回先祖的故乡提任斯，为欧律斯透斯效力十二年。阿波罗借预言家之口告诉赫拉克勒斯，如果他能服从欧律斯透斯的命令，建立十二件伟大的功绩，他就能获得永生。

名师批注

磨难在让人遭受痛苦的同时，也激发人的斗志，赫拉的迫害激励着英雄成就伟大的事业。

名师点拨

世间没有天生的成功者或英雄，机会永远留给有准备的人。从赫拉克勒斯的成长轨迹来看，他以极大的热情和激情去学习各种本领，最后成为伟大的英雄。“宝剑锋从磨砺出，梅花香自苦寒来”，只有在苦难中自我磨砺，才能突破平庸，成就一番事业。

好词多积累

异乎寻常

佳句任你评

★他的身材高出别人一头，而他的体力更是远远超过常人。乍一看就知道他是宙斯的儿子，他的那双眼睛尤其特别，闪耀着一种异乎寻常的光芒。在军事操练中，他所显示的机警、灵巧无人可比，而他射箭和投掷长枪的技术更是精湛，从来都不偏离目标。

★他将狮子打死，并用狮爪剥下狮皮，将狮皮当作斗篷披在自己强健的双肩上，而狮首成了他的头盔。

大家来思考

1. 赫拉为什么促使珀耳修斯的儿子斯忒涅罗斯的妻子提前生产？

2. 国王安菲特律翁给赫拉克勒斯安排了哪些“英雄式的教育”？

3. 赫拉克勒斯为什么在疯病过后洗净溅在身上的血污？想一想，这体现了他的什么性格特征？

赫拉克勒斯攻克特洛伊城

名师带你读

赫拉克勒斯被赫拉施计丧失理智杀死自己的至亲后，伤心、自责地离开了忒拜。他还不知道这次的灾难只是一个开始，后面还有更多的磨难等着他去经历呢！

赫拉克勒斯率领由英雄组成的庞大军队，乘坐十八艘大船前往特洛伊，打算向曾经欺骗过他的特洛伊国王拉俄墨冬报仇。船到特洛伊后，他吩咐俄伊克勒斯率一小队守护大船，自己率领大军开赴特洛伊城下。

赫拉克勒斯带着军队离船不久，拉俄墨冬就来袭击俄伊克勒斯，打死了俄伊克勒斯及其属下人员。

赫拉克勒斯听到船边厮杀的呐喊声和兵器的撞击声，赶忙回来救援，击溃了拉俄墨冬，将他赶回特洛伊城内。围城不久，英雄们便攀上高大的城墙，攻入特洛伊城内。首先入城的是英雄忒拉蒙。赫拉克勒斯是最伟大的英雄，他不能容忍任何人超过自己。他抽出佩剑，朝冲在他前面的忒拉蒙扑去。忒拉蒙发现不可避免的死亡威胁着自己，赶紧弯下腰，开始捡石头。

赫拉克勒斯惊讶地问道：“忒拉蒙，你在干什么？”

“啊，宙斯最伟大的儿子，我在为胜利者赫拉克勒斯堆砌祭坛！”机智的忒拉蒙回答，这个回答平息了宙斯之子的怒火。

在攻取特洛伊城的过程中，赫拉克勒斯用箭射死了拉俄

知识链接

拉俄墨冬：希腊神话中的特洛伊国王，以傲慢自大、对神不敬以及拒不兑现承诺而著称。

阿波罗和波塞冬曾给拉俄墨冬干活儿，波塞冬帮助建造城墙，阿波罗为国王放牧。可城墙建成后，拉俄墨冬赖账不给报酬。为了报复，波塞冬派海怪发大水去淹特洛伊，还威胁拉俄墨冬要把他女儿献给海怪。后来赫拉克勒斯将被绑在岩柱上的国王的女儿给救了，拉俄墨冬却又拒绝兑现曾承诺给赫拉克勒斯的马匹。

墨冬及他所有的儿子，只放过了他的小儿子波达耳刻斯。赫拉克勒斯把拉俄墨冬美丽的女儿赫西俄涅送给骁勇善战的忒拉蒙做妻子，并允许她选择一个俘虏释放。赫西俄涅选择了她的弟弟波达耳刻斯。

“他是所有俘虏中应该成为奴隶的第一人！”赫拉克勒斯高声说道，“不过如果你肯为他交付赎金，他还是可以得到释放的。”

赫西俄涅摘下头上的绣帕，作为弟弟的赎金。从此以后，人们称波达耳刻斯为普里阿摩斯（即“被赎”）。

赫拉克勒斯将特洛伊的统治权交给普里阿摩斯，自己率领军队去建立新的功勋。

在赫拉克勒斯带着军队离开特洛伊城，从海上返回的时候，女神赫拉想害死她所仇视的宙斯的儿子，所以她让海上刮起巨大的风暴。为使宙斯不发现儿子面临巨大的危险，赫拉说服睡神许普诺斯为持盾的宙斯催眠。最后，风暴将赫拉克勒斯刮到科斯岛。

科斯岛的居民以为赫拉克勒斯的船是海盗船，所以纷纷朝船上投掷石块，不让船靠岸。夜间，赫拉克勒斯偷偷地离船上岛，打败了科斯岛的居民，打死他们的国王——波塞冬的儿子欧律皮罗斯，并将海岛劫掠一空。

宙斯醒来，得知儿子赫拉克勒斯遭到如此巨大的危险，大发雷霆。愤怒中他给赫拉戴上坚固的金镣铐，将她悬挂在天地之间，并在她的脚上系了两个沉重的铁砧。奥林匹斯众神中凡是想去帮助赫拉的，都被盛怒的宙斯扔下了巍峨的奥林匹斯山。宙斯久久寻找睡神许普诺斯，要不是夜神隐匿起睡神，睡神早被众神和凡人的这位君王扔下奥林匹斯山了。

名师批注

这是一个机智者应有的回报，或许可以这么解读，忒拉蒙不是攻进特洛伊城的第一个英雄，但他是收获最丰厚的英雄，因为他不仅得到了赫拉克勒斯的绝对信任，也得到了美丽的公主。

名师批注

赫拉为自己的嫉妒付出了惨痛的代价。

名师点拨

赫拉一次又一次陷害赫拉克勒斯，同时也一步又一步成就着赫拉克勒斯。王立群教授有一句话：“成功必须有高人指点，贵人相助，小人监督，个人努力。”对于赫拉克勒斯而言，赫拉就是那个小人。如果没有赫拉的迫害，那么赫拉克勒斯继承王位后充其量只能是个好国君，而不能成为伟大的英雄。难怪他的名字叫赫拉克勒斯，意思是“因受赫拉迫害而建立的功勋”，赫拉不自觉地成就了一个英雄，因此有时我们要感谢自己的敌人，因为他们让我们更加强大！

好词多积累

击溃　堆砌　隐匿　大发雷霆

佳句任你评

★赫拉克勒斯听到船边厮杀的呐喊声和兵器的撞击声，赶忙回来救援，击溃了拉俄墨冬，将他赶回特洛伊城内。围城不久，英雄们便攀上高大的城墙，攻入特洛伊城内。

★愤怒中他给赫拉戴上坚固的金镣铐，将她悬挂在天地之间，并在她的脚上系了两个沉重的铁砧。

大家来思考

1. 忒拉蒙如何逃过了死亡的威胁？
2. 赫拉克勒斯为什么放过了拉俄墨冬的小儿子波达耳刻斯？
3. 赫拉得到了什么惩罚？

赫拉克勒斯大战巨灵

名师带你读

在诸神与巨灵的大战中，英雄赫拉克勒斯发挥了巨大作用……

宙斯派女儿雅典娜去科斯岛找赫拉克勒斯，召这位伟大的英雄来支援他们对巨灵作战。这些巨灵都是地神盖亚沾了被克洛诺斯推翻的乌拉诺斯的血滴而生下的。他们是有着龙尾的可怕巨人，个个长着一头乱蓬蓬的长发，下巴长着乱蓬蓬的大胡子。

名师批注：有时神不是万能的，也要靠凡人的力量脱险。

巨灵们具有可怕的神力，他们自恃强大，妄图从奥林匹斯众神手中夺取对世界的统治权。他们在卡尔喀斯半岛帕勒涅的佛勒格拉原野上与众神展开大战。

巨灵们根本不怕众神，因为他们的母亲——地神盖亚给了他们一种药草，使他们能不受诸神武器的伤害，所以只有凡人才能杀死巨灵。盖亚无法保护巨灵不受凡人武器的伤害，所以满世界地寻找能保护巨灵不被凡人武器杀伤的药草。可是宙斯禁止晨光女神厄俄斯、月神塞勒涅、太阳神赫里阿斯发光，他自己先去把这种药草割掉了。

巨灵对众神毫不畏惧，勇猛地投入战斗。这场大战持续了很久。巨灵们向众神投掷大块大块的山岩和燃烧着的千年古树。大战的喧嚣声响彻全世界。

名师批注：渲染战争的激烈，突出巨灵的威力，同时为赫拉克勒斯因战胜他们而突显其英勇作铺垫。

最后赫拉克勒斯和雅典娜赶来参战。宙斯的儿子那可怕的弓弦响了，浸过勒耳那水蛇毒液的箭一闪，射中了最强大的巨灵阿尔库俄纽斯的胸脯。巨灵倒在地上，可是在帕勒涅，死亡是不会降临在他头上的，他在这里是不死的。倒地之后过了一段时间，他又站起身来，变得比原先更有力量。赫拉克勒斯猛地将他扛到自己肩上，匆匆离开帕勒涅，出了这个地界，阿尔库俄纽斯才咽气。

阿尔库俄纽斯死后，巨灵波耳费里翁又向赫拉克勒斯和赫拉进攻。他扯下了赫拉的头盔，刚要抓赫拉，宙斯投下闪电，将他击倒在地，赫拉克勒斯又补上一箭，结束了他的性命。

阿波罗的金箭射中了巨灵厄菲阿尔忒斯的左眼，赫拉克勒斯的箭射中了他的右眼，这个巨灵也完蛋了。

狄俄尼索斯用酒神杖击毙了巨灵欧律托斯，赫菲斯托斯向巨灵克吕提俄斯投去一大块烧得通红的铁块，将他砸死。女神雅典娜举起整座西西里岛，压到正在逃跑的巨灵恩刻拉多斯身上。

巨灵波吕玻忒斯想从海路逃跑，却遭到了海神波塞冬的追捕。海神用三叉戟叉起科斯岛的一部分，压到这个巨灵身上。尼西洛斯岛就此生成了。

赫尔墨斯打死了巨灵希波吕托斯，阿耳忒弥斯打死了格赖提翁。命运女神摩伊赖挥起铜棒，击毙了巨灵阿格里乌斯和福翁。其他巨灵都被雷神宙斯的闪电击中，赫拉克勒斯再用从不虚发的箭将他们一一射死。

知识链接

勒耳那水蛇：许德拉，九头蛇怪。赫拉克勒斯“十二件任务”中的第二个任务就是制服九头蛇许德拉，最后他杀死许德拉并把箭浸泡在有毒的蛇血里，从此中了他箭的敌人再也无药可医。

名师批注

阿尔库俄纽斯只要一接触大地立刻又力大无穷，因为大地是他的母亲，而母亲会给他力量。

名师点拨

巨灵是可怕的，他们对世界的破坏更是不可估量的。在这场奥林匹斯诸神和巨灵的权力争夺战中，赫拉克勒斯以不可匹敌的威力帮助奥林匹斯诸神击败这些巨灵。在这场巅峰对决中，赫拉克勒斯的表现比那些神还要出色。

好词多积累

自恃强大　毫不畏惧

佳句任你评

★他们是有着龙尾的可怕巨人，个个长着一头乱蓬蓬的长发，下巴长着乱蓬蓬的大胡子。

★巨灵们向众神投掷大块大块的山岩和燃烧着的千年古树。大战的喧嚣声响彻全世界。

大家来思考

1. 为什么“巨灵们根本不怕众神”？
2. 为什么阿尔库俄纽斯在帕勒涅是不会死的？

赫拉克勒斯之死

名师带你读

赫拉克勒斯一生建立了无数功绩，他最后要经历的磨难是什么？他是因何死去的呢？

名师批注

由于赫拉克勒斯在失去理智时杀害了自己的孩子，他不能再同妻子墨伽拉一起生活，于是开始寻找新妻子。他爱上了欧律托斯的女儿伊俄勒，并在射箭比赛中取胜。可国王害怕女儿遭受和墨伽拉同样的命运，没有立即同意婚事。后来，赫拉克勒斯又因疯病发作杀害了国王的大儿子，国王最终拒绝了婚事。

赫拉克勒斯经历的最后一次冒险是讨伐俄卡利亚国王欧律托斯。以前国王曾允诺凡射箭能胜过他和他儿子的人，可以娶他女儿伊俄勒为妻，可是后来他又反悔了。

赢得了射箭比赛的赫拉克勒斯为了报复他，召集了一支强大的军队，围困了俄卡利亚，并攻破城池，杀死了国王和他的三个儿子，俘虏了年轻美貌的伊俄勒。

得伊阿尼拉在家里焦急地等待着丈夫的作战消息。这时王宫里响起一阵欢呼声，一名使者飞奔回来，报告说："你的丈夫大获全胜，即将归来！他的仆人利卡斯正在向城外的人民宣布胜利的喜讯。赫拉克勒斯要推迟几天才能回来，因为他在欧玻亚的刻奈翁半岛上准备给宙斯献祭。"

不久，赫拉克勒斯的随从利卡斯带着一群俘虏回来了。

"问候你，尊贵的夫人，"他对得伊阿尼拉说，"赫拉克勒斯的正义事业已经取得胜利。我们攻占了城池，抓获了一批俘虏。你的丈夫说，请你善待这些俘虏，尤其是这位跪在你脚下的不幸女子。"

得伊阿尼拉同情地看着这位年轻的女子。她把姑娘从地上扶起来，说："你是谁呢，可怜的女人？你好像还没有结婚，而且一定出身于高贵家庭！利卡斯，告诉我，这位年轻姑娘的父亲是谁？”

“我怎么知道呢？你为什么要问我呢？”利卡斯躲躲闪闪地回答，他的表情透露出他似乎隐瞒了一桩秘密。“自然，这个女子，”利卡斯踌躇了一会儿又说，“绝不会出身于俄卡利亚的小户人家。”

名师批注

利卡斯的反应暗示了得伊阿尼拉平时的性格：善妒。

听到这里，年轻的姑娘长叹一声，仍保持沉默。得伊阿尼拉感到奇怪，但不便再问，只是叫人把姑娘送进内室，不要亏待她。

利卡斯去执行她的吩咐时，起先进来的那名使者走近女主人，悄悄地对她说：“得伊阿尼拉，你不要相信利卡斯的话。他对你隐瞒了事情的真相。他亲口说过，赫拉克勒斯只是为了这位年轻的女子才讨伐俄卡利亚的。她就是伊俄勒，即欧律托斯的女儿。赫拉克勒斯认识你以前，对她十分爱慕。她这次来可不是当你的女佣的，她是赫拉克勒斯的情妇。”

得伊阿尼拉十分悲伤，可是马上又镇静下来，命令丈夫的仆人利卡斯前来见她。利卡斯指着苍天向宙斯发誓，他说的都是真话，而且他确实不知道姑娘的父亲到底是谁。

得伊阿尼拉请求他别捉弄她：“即使我可能责怪丈夫的不忠，也决不会仇视这位姑娘，因为她从来没有伤害过我。我很同情她，她的容貌给她招来了苦难，也毁了她的国家。”

利卡斯见夫人如此通情达理，便把一切都告诉了她。得伊阿尼拉一点也没有责备他，只是让他稍等片刻，她要为丈夫准备一件礼物，来回报他送给她这些俘虏。

按照陶洛斯人涅索斯临死前的吩咐，她把他的毒血制成血膏，藏在不见阳光的地方。她以为那是无害的，只是一种唤回赫拉克勒斯的爱情和忠心的魔药。于是，她悄悄地钻进那间小房间，取出血膏，用羊毛沾着将它涂在一件珍贵的衣服上。然后她把衣服叠起来，锁在一个漂亮的小盒子里。

名师批注

赫拉克勒斯在一次决斗中获胜，得到了得伊阿尼拉的爱情。他带得伊阿尼拉去特拉基斯途中，陶洛斯人涅索斯企图将他的妻子掠走，被他用毒箭射死。涅索斯临死前劝得伊阿尼拉收集他的毒血，以便将来用以恢复丈夫对她的热恋。这实则是涅索斯的报复之计。

做完这一切后，得伊阿尼拉把使用过的羊毛随手扔在地上，然后走到外面，把礼物交给利卡斯。

“请把这件衣服带给我的丈夫，”她吩咐道，“这是我亲自缝制的。除他以外，谁也不能穿这件衣服。他在穿这件衣服祭拜神祇前，不能把它放在火旁或阳光底下，这是我的愿望。我交给你一枚戒指作为信物，他就会知道这是我真实的口信。”

利卡斯答应照她的吩咐去做。他带着礼物赶到欧玻亚，送给准备献祭的主人。

过了几天，赫拉克勒斯和得伊阿尼拉所生的长子许罗斯前去看望父亲，他要说服父亲迅速回家。

得伊阿尼拉偶然走进盛放血膏的小房间，看见地上涂过魔药的羊毛在阳光下已化为灰烬，不禁大吃一惊，预感事情不妙。她吓得在宫里团团转，不知道怎么办才好。

名师批注

与前文相呼应，暗示了毒血膏的威力。虽然得伊阿尼拉的出发点是为了捍卫爱情，但是她盲目的行为让她付出了惨痛的代价。

儿子许罗斯终于回来了，身旁却没有他的父亲。“母亲啊，”他充满仇恨地对母亲叫喊着，“我真希望世界上从来就没有你，希望你从来就不是我的母亲！”

得伊阿尼拉听了儿子的话，吃了一惊，连忙问道：“孩子，你这是怎么啦？”

“我刚从刻奈翁回来，母亲，”儿子抽泣着说，“正是你毁了父亲的生命！”

得伊阿尼拉面色惨白地问：“这是谁告诉你的，我的儿子？谁敢诬蔑我做下这种伤天害理的事？”

“不，没有人告诉我，是我亲眼看到父亲的悲惨结局的，”儿子说，“我在刻奈翁遇到他时，他正忙着宰杀牲口，准备给宙斯献祭。这时利卡斯来了，带来了你的礼物，那是一件受诅咒的衣服。父亲立刻把它穿在身上，对这件漂亮的衣服很喜欢。他开始献祭。那天一共宰了十二头公牛。开始时，父亲十分安详地做着祷告。但是当祭坛上的火焰升腾时，他浑身冒出了豆粒大的汗珠，那件紧身衣像用铁铸在他身上似的，他一阵阵地颤抖，好像毒蛇在咬他。父亲大声呼唤利卡斯。利卡斯其实是无辜的，他只是忠实地转交了你那件有毒的紧身衣。利卡斯来了，重复了一遍你吩咐他的话。父亲马上抓住他，把他摔死在海滨的岩石上，又把他的尸骨扔进大海。

名师批注

渲染赫拉克勒斯的苦难，一个顶天立地的英雄此时此刻是那样的无力与渺小。

名师批注

可怜的利卡斯是无辜的，这个忠诚老实而又木讷的奴仆最终成了主人的殉葬品。

他疯狂的举动使人不敢靠近他。他在地上痛苦地嚎叫、打滚，然后又突然跳起来。他诅咒你和你们的婚姻。最后，他对着我喊道：‘儿子，如果你同情父亲，那就赶快送我上船回去。我不能死在异乡。’我们将他抬到船上，他痛苦得大声吼叫，但总算回到了故乡。你马上就能看到他，不是活着，就是死了。这就是你干的好事，母亲，你可耻地谋害了人间最伟大的英雄！”

得伊阿尼拉没有对儿子辩解，绝望地离开了他。有几个仆人听她说过涅索斯送给她的那种爱情魔药，他们告诉了这个孩子，说他在愤怒中错怪了母亲。

名师批注

得伊阿尼拉明白，现在任何辩解对于亲手葬送爱人的人来说都是苍白无力的，唯有和他共赴黄泉才能表达她的爱之强烈。

儿子听说后急忙朝不幸的母亲追去。可是他来得太晚了。得伊阿尼拉直挺挺地躺在丈夫的床上，已经死了。她的胸口上放着一把利剑。儿子伏在母亲身旁，痛哭着抱住母亲的尸体，为自己过激的言语深深地后悔。突然，他听说父亲回到了宫殿，吓得连忙跳起身来。

“儿子，”赫拉克勒斯大声地叫着，“儿子，你在哪里呀？拔出宝剑来，对准你的父亲，对准我的脖子，杀死我吧！这样才能解脱你的母亲赐予我的痛苦！”然后，他又绝望地转向站在一旁的人，向他们伸出双手，大声地说：“没有一杆长矛，没有一头野兽，没有一支巨人的队伍能够制服我。可是一个女人的手征服了我！我的儿子，杀死我吧，再去惩罚你的母亲！”

名师批注

英雄末路，肉体和精神上的双重苦痛折磨着他，他宁愿有尊严地死去，也不愿卑微不堪地活着。

当许罗斯告诉他，母亲是无意之中害了他，并且为了抵罪已经自尽时，赫拉克勒斯顿时惊呆了，他的情绪由悲愤转为悲哀。他让儿子许罗斯同他以前爱过，并成了他的俘虏的伊俄勒结婚。

因为特尔斐的神谕中说，赫拉克勒斯必将死在特拉奇斯地方的俄塔山上，所以他不顾身体疼痛，仍然叫人把自己抬到俄塔山的山顶上。他又叫人架起了一堆木柴，把他搁在木柴堆上，并命令点火，可是没人愿意执行这一命令。最后，他的朋友菲罗克忒忒斯看到他痛苦难忍，经不住他再三恳求，才站出来准备点火。

赫拉克勒斯为了感谢他，就把自己的一把战无不胜的弓箭送给他。木柴刚被点燃，天上就闪起了闪电，助长了火势。最后，从天上降下一朵祥云，在隆隆的雷声中将这位不朽的英雄送到奥林匹斯圣山。

当木柴烧成灰烬时，伊俄拉俄斯和别的一些朋友准备捡拾他的遗骨，才发现那里什么都没有。毫无疑问，赫拉克勒斯应了神祇的话，已从凡人变成了天神。他们给他献祭，尊奉他为神祇。后来，所有的希腊人都把他当神来崇拜。

在天上，他碰到了雅典娜。她把这位英雄引入诸神的行列。赫拉宽恕了他，还把自己的女儿赫柏嫁给了他。赫柏是永恒的青春女神，他们住在奥林匹斯圣山上，生育了很多美丽的永生的孩子。

名师批注

一个英雄，终于完成了他所有的使命，结束了他所有的苦难。

名师点拨

赫拉克勒斯是带着特殊使命降临人间的，当他历经磨难并完成所有使命后，其肉身在人间熊熊的大火中神奇地消失，他成了天神。

赫拉克勒斯在苦难面前从未退缩过，以坚韧不拔的意志经过了一次次考验。每个人在生命中都会经历磨难和历练，当看到那些饱经考验的人披荆斩棘、克服重重困难并最终取得胜利时，我们获得的不仅是精神的洗礼、心灵的慰藉，更多的是前行的力量。

好词多积累

踌躇　躲躲闪闪　通情达理　再三恳求

佳句任你评

★他浑身冒出了豆粒大的汗珠，那件紧身衣像用铁铸在他身上似的，他一阵阵地颤抖，好像毒蛇在咬他。

★木柴刚被点燃，天上就闪起了闪电，助长了火势。最后，从天上降下一朵祥云，在隆隆的雷声中将这位不朽的英雄送到奥林匹斯圣山。

大家来思考

1. 得伊阿尼拉被称为“误中奸计的美女”，请说一说为什么。
2. 用涅索斯的毒血制成的血膏是一种什么东西？
3. 你从赫拉克勒斯的一生中得到了哪些启示？

忒修斯

名师带你读

在希腊神话里，每个人在世间都带着使命而来。文中的忒修斯也如赫拉克勒斯一样，为救世而来。那么，忒修斯创下了哪些功绩？

潘狄翁的儿子埃勾斯与兄弟们一起将非法篡权的墨提翁的儿子们逐出阿提刻，此后他做了雅典的国王。埃勾斯安稳地统治着雅典，统治了很久。唯有一件事使他闷闷不乐：他没有子女。后来他去得尔福神示所找阿波罗的预言家，询问光明之神，为什么众神不赐予他子女。预言家却只给了他一个含糊不清的答复。埃勾斯久久地思索着，竭力想猜透其中的含义，可是捉摸不透。

名师批注：埃勾斯十分惧怕有很多个儿子并对他怀有敌意的兄弟帕拉斯。

后来，他去特洛曾城找国王庇透斯，请他帮忙猜测阿波罗神示的秘密。庇透斯当即猜出了其中的含义。他知道埃勾斯一定会生一个儿子，这个儿子将来还会成为雅典最伟大的英雄。庇透斯希望特洛曾城有幸能成为伟大英雄的故乡，于是他将自己的女儿埃特拉嫁给了埃勾斯。

埃特拉做了埃勾斯妻子之后，果然生了一个男孩，可这是海神波塞冬的儿子，不是埃勾斯的儿子。新生儿被取名为忒修斯。忒修斯出生不久，国王埃勾斯就必须离开特洛曾回雅典。

名师批注：忒修斯实际上是埃勾斯的儿子，庇透斯却对外面说他是海神波塞冬的儿子。特洛曾人把波塞冬看作城市的保护神，对他特别尊重，国王的女儿为一位受人敬仰的神生了一个儿子，这是一件光荣的事。

临走前，埃勾斯把自己的剑和鞋放在特洛曾城附近山上的一块巨石下边，然后对埃特拉说："等我的儿子忒修斯能搬动这块巨石，拿到我的剑和鞋之后，你打发他带着剑和鞋来雅典找我。凭着剑和鞋，我就会知道他是我的儿子。"

忒修斯渐渐长大，不仅健壮英俊，而且沉着机智、勇气过人。一天，母亲埃特拉把儿子带到海边的岩石旁，向他吐露了他的身世，并要他取出可以向他父亲埃勾斯证明自己身份的宝剑和鞋，然后带上它们到雅典去。

忒修斯抱住巨石，毫不费力地把它掀到一旁。他佩带着宝剑，又把鞋子穿在脚上。尽管母亲和外祖父一再要求他走海道，他却不愿意乘船。

那时候从哥林多地峡前往雅典的陆路到处都有拦路的强盗和恶徒。虽然有一些强盗已被赫拉克勒斯打死了，可是当赫拉克勒斯在吕狄亚的女王翁法勒手下当奴隶的时候，因为没有人能够制止他们，希腊的暴力活动又猖獗起来，从伯罗奔尼撒到雅典的旅途上到处都充满了危险。

名师批注

因杀死了朋友伊菲托斯(欧律托斯的儿子)，赫拉克勒斯为了赎罪，给吕狄亚的女王翁法勒当了三年奴隶。

忒修斯的外祖父庇透斯给忒修斯一一描述了这批强盗和恶徒，特别强调了他们对外乡人非常残暴。可是忒修斯决心以赫拉克勒斯为榜样。当忒修斯只有五岁的时候，赫拉克勒斯前来拜访过他的外祖父，忒修斯也荣幸地跟大英雄同桌用餐。赫拉克勒斯用餐时把披在身上的狮子皮解下来，放在一旁。其他孩子看到狮子皮都吓跑了，可忒修斯一点儿也不怕。他走过去，从一位仆人手上接过斧子，大胆地朝狮子皮扑了过来。他还以为眼前是一头真狮子呢！自从这次见了赫拉克勒斯，他就一直仰慕这位英雄，并想着将来怎样像赫拉克勒斯一样建立功绩。此外，赫拉克勒斯和忒修斯还有亲戚关系。他们的母亲是表姐妹，因此，十六岁的忒修斯怎么能眼看着自己的表兄到处建功立业，自己却回避斗争呢?

"人们把我当作海神的儿子，如果我从海上安全渡过去，如果作为信物的鞋子上没有沾上征战的灰尘，宝剑上也没留下血迹，我的父亲会怎么说呢？"忒修斯的这些话讲得慷慨激昂，外祖父听了很高兴，因为他过去也是一位勇敢善战的

名师批注

少年忒修斯是一个有梦想、不甘于平庸的人，并且有信念朝着梦想勇敢坚定地前行。

英雄。母亲听了儿子的话，连忙为儿子祝福。忒修斯整理了行装，勇敢地踏上征途。

这条路充满艰险。路途中，忒修斯必须排除许多艰难险阻，同时也就必然建立许多功绩。忒修斯刚刚走到特洛曾的厄庇道洛斯城附近，就遇上了巨人珀里斐忒斯。珀里斐忒斯和他的父亲赫菲斯托斯一样，也是跛足，但是人高马大，双手强劲有力。珀里斐忒斯十分残暴，没有一个旅人能通过他所居住的山区，这位巨人用他的铁棒将所有过往的路人全部打死。然而，忒修斯轻而易举地战胜了珀里斐忒斯。这是忒修斯的第一件功绩，他拿起被他打死的珀里斐忒斯的铁棒，作为这次胜利的标志。

一直到伊斯特摩斯，忒修斯都没有遇到危险。在伊斯特摩斯的松林——波塞冬的圣林里，忒修斯遇到了扳松贼辛尼斯。他是一个心狠手辣的强盗。他用独特且残酷的办法杀害所有过路人。他先将两棵松树扳下来，使树冠相接，再把不幸的旅人捆绑在两棵树的树梢上，然后松开那两棵树。两棵树带着巨大的力量挺直树干，同时也就将不幸的旅人的身子撕成两半。忒修斯为所有遭受辛尼斯残害的旅人报了仇。他捆缚住强盗，强劲有力的双手扳下两棵巨松，再将辛尼斯绑在两棵松树的树梢上，然后松开两棵巨松。凶残的强盗就这样被处死了，用的就是他原先杀害无辜旅人的方法。穿越伊斯特摩斯的道路现在畅通了。为了纪念这次胜利，忒修斯在战胜辛尼斯的地方创立了伊斯特摩斯竞技会。

忒修斯之后走的是经过克洛密翁城的路。该城四周被堤丰和厄喀德那所生的一头巨大凶恶的野猪糟蹋得一片荒芜。城中居民央求年轻的英雄为民斩除这头妖孽。忒修斯追上野猪，挥剑将它砍死。

忒修斯又继续上路。伊斯特摩斯最险恶的地方是在墨伽拉边境，这里有高插云天的陡峭的山岩，悬崖脚下是涛声如吼、浪花飞溅的大海，忒修斯在这里又遇上了新的危险。悬崖边缘住着强盗斯喀戎，他强迫经过此处的旅人替他洗脚，

名师批注

渲染环境的险恶，为下文忒修斯遇到困难做铺垫。

可当旅人俯身刚要为他洗脚的时候，这个凶残的强盗就猛踹一脚，将不幸的旅人踹下悬崖，使其掉入波涛汹涌的大海。旅人在突出水面的尖利的岩礁上摔死，尸体即被巨大的海龟吞噬。然而，这一次斯喀戎刚想踹忒修斯，忒修斯却一把抓住强盗的一只脚，将他扔进了汪洋大海。

在离厄琉西斯城不远处，忒修斯被迫与刻耳库翁搏斗，就像赫拉克勒斯当初被迫与安泰俄斯搏斗一样。强大的刻耳库翁已经害死了许多人，可是忒修斯双手抱住刻耳库翁，就好像有一把铁钳将他扼住，最后将他勒死了。这样，忒修斯也救了刻耳库翁的女儿阿罗珀，他把这个地方的统治权交给阿罗珀与波塞冬所生的儿子希波托翁。

过了厄琉西斯，忒修斯来到阿提刻的刻菲索斯河谷，去找强盗达玛斯忒斯。达玛斯忒斯的外号叫普洛克儒斯忒斯，意思是抻人匪。这个强盗想出一种特别残忍的方法来残害每一个过往的旅人。他有一张床，他强迫落到他手中的人躺到床上。如果床长人短，普洛克儒斯忒斯就把不幸的人抻长，直至双脚触到床头。如果是床短人长，普洛克儒斯忒斯就砍掉不幸者的双脚。忒修斯把普洛克儒斯忒斯本人摔倒在床上。对于这个巨人来说，不消说，床显得太短了。于是忒修斯以其人之道还治其人之身，将普洛克儒斯忒斯处死了。

名师批注

以其人之道还治其人之身，真是大快人心。

这是忒修斯在去雅典途中建立的最后一件功绩。忒修斯不愿身上沾着辛尼斯、斯喀戎、普洛克儒斯忒斯等人的斑斑血迹进雅典，他请求费塔利得斯家族的人在仁慈宙斯的祭坛旁为他举行特殊的宗教洗礼仪式。费塔利得斯人十分热情地接待这位青年英雄。他们满足他的请求，为他清洗了身上的血污。现在，忒修斯可以进雅典见自己的父亲埃勾斯了。

名师点拨

顺风可以飞得更快，逆风则可以飞得更高。忒修斯和赫拉克勒斯一样，在艰难险阻面前迎难而上，一次又一次地创造了奇迹。这种坚忍不拔的精神，昭示出生命的蓬勃与无惧、不屈与顽强，谱写了生命最动人的乐章。

好词多积累

闷闷不乐　含糊不清　捉摸不透　慷慨激昂　人高马大　轻而易举　心狠手辣　高插云天

佳句任你评

★虽然有一些强盗已被赫拉克勒斯打死了，可是当赫拉克勒斯在吕狄亚的女王翁法勒手下当奴隶的时候，因为没有人能够制止他们，希腊的暴力活动又猖獗起来，从伯罗奔尼撒到雅典的旅途上到处都充满了危险。

★伊斯特摩斯最险恶的地方是在墨伽拉边境，这里有高插云天的陡峭的山岩，悬崖脚下是涛声如吼、浪花飞溅的大海，忒修斯在这里又遇上了新的危险。

大家来思考

1. 忒修斯为什么不从海道走，而是要走陆路呢？
2. 忒修斯是怎样战胜扳松贼辛尼斯和强盗达玛斯忒斯的？

忒修斯在雅典

名师带你读

忒修斯来到雅典城，却又遭奸人毒害，他能否逃过这一劫，顺利和父亲相认呢？

忒修斯到了雅典，可是并没有得到他所期望的平静和快乐。这里的市民互不信任，城市一片混乱。他父亲埃勾斯的王宫也笼罩在魔影里。

美狄亚自从离开了科任托斯，和绝望的伊阿宋分手后，也来到雅典，并且骗取了国王埃勾斯的宠爱。美狄亚答应用魔药让国王恢复青春，所以两人同居度日。美狄亚精通魔法，知道忒修斯到了雅典。她生怕被忒修斯赶出王宫，便劝说埃勾斯，在进宫的那位外乡人进餐时用毒药把他毒死，说他是个危险的奸细。埃勾斯根本不认识自己的儿子。他看到市民们相互争斗，以为是外乡人在捣鬼，因此猜疑一切新来的人。

忒修斯进宫来用早餐，他非常高兴能让父亲辨认一下面前的人到底是谁。可这时装有毒药的酒杯已经端到他面前了，美狄亚焦急地等待着年轻人喝酒。忒修斯却把酒杯推到一旁，他渴望在父亲面前展示一下当年的信物。他装作要切肉，抽出从前父亲压在岩石下的宝剑，想引起父亲的注意。埃勾斯一看到这熟悉的宝剑，立即起来扔掉了忒修斯面前的酒杯。他向忒修斯询问着。当他确信面前的青年就是他从命运女神那里祈求得来的儿子时，他张开双臂，拥抱儿子，并向周围

知识链接

科尔喀斯公主美狄亚与异乡前来取金羊毛的伊阿宋一见钟情，她设计拿走了金羊毛，背叛了父亲与国家，杀死弟弟后与伊阿宋一起出逃。但是在历尽艰辛，流亡到科任托斯，又养育了两个儿子之后，伊阿宋却背叛了美狄亚，欲同科任托斯公主结婚。悲愤难抑的美狄亚毒死了公主和她的父亲，又亲手杀死自己的儿子们，留下失去新娘、断绝子嗣的丈夫伊阿宋独自痛苦地生活。

的人做了介绍。忒修斯也把旅途上的险遇说给他们听。雅典人热烈地欢迎这位年轻的英雄。诡计多端的美狄亚被国王驱逐出境，逃到故乡科尔喀斯。

埃勾斯的儿子回到雅典的消息传到了埃勾斯的兄弟帕拉斯的儿子们耳中。随着忒修斯的到来，他们想在埃勾斯死后掌管雅典的希望落空了，因为埃勾斯现在有了法定继承人。冷酷的帕拉斯家族不肯放弃对雅典的统治权，决心用武力夺取统治权。

帕拉斯家族的五十个兄弟以父亲为首前来攻打雅典。他们知道忒修斯力量强大，于是想出一个计策：部分帕拉斯家族的人兵临雅典城下，部分暗中埋伏，准备给埃勾斯以突然袭击。

名师批注

侧面烘托出帕拉斯家族的人不得人心，命中注定忒修斯将歼灭他们。

可是帕拉斯家族的报信人勒俄斯将他们的计划泄露给了忒修斯。年轻的英雄当机立断，决定采取行动。他先袭击暗中埋伏的帕拉斯人，将他们全数歼灭。雅典城下的帕拉斯家族兄弟们得知设伏的兄弟被歼，吓得立即狼狈逃窜。现在，埃勾斯在儿子的保护下又能安稳地管理雅典了。

忒修斯不愿待在雅典无所事事。他决定去为阿提刻除害，打死蹂躏践踏马拉松四郊的一头野牛。这头野牛是赫拉克勒斯根据欧律斯透斯国王的命令，从克里特牵到迈锡尼，然后放到野外的。这头公牛跑到阿提刻，成了所有庄稼人的巨大灾难。忒修斯无所畏惧地起程去建立这一伟大功绩。

他在马拉松遇见一位老妇人赫卡拉。她将英雄视为贵客，建议英雄在去建立新的功绩之前先向宙斯献祭，祈求宙斯在他与凶猛的野牛进行危险的搏斗之时保护他。忒修斯听从了赫卡拉的劝告。

忒修斯很快就找到了野牛，野牛向英雄扑来，可英雄抓住了它的双角。野牛猛地往前冲，但未能挣脱忒修斯强劲有力的手。他将牛头按在地上，捆住野牛，将其制服。忒修斯把野牛牵到雅典，献祭阿波罗。

名师点拨

英雄具备一种精神，一种敢于斗争、不怕苦、不怕累、不怕流血的大无畏精神；英雄具有一种激情，一种生命不息、奋斗不止的激情。生命因这种精神、这种激情而精彩。

好词多积累

魔影　泄露　蹂躏　践踏　诡计多端　当机立断　狼狈逃窜

佳句任你评

★野牛向英雄扑来，可英雄抓住了它的双角。野牛猛地往前冲，但未能挣脱忒修斯强劲有力的手。他将牛头按在地上，捆住野牛，将其制服。

大家来思考

在与帕拉斯家族的战斗中，忒修斯是如何取胜的？

忒修斯当了国王

名师带你读

忒修斯当了雅典国王，他会是一位杰出的管理者吗？在他的统治下，雅典城发生了什么变化？

埃勾斯死后，忒修斯当了国王。事实表明，他不仅在战斗中是英雄，而且在治理国家方面也是天才。他让人民安居乐业，得到幸福。在这方面，他甚至超过了自己的榜样赫拉克勒斯。

在忒修斯执政之前，阿提刻的大多数居民居住在雅典小城和周围的农庄以及稀稀落落的村庄里。如果要把村民们召集起来，那真是一件十分困难的事。

忒修斯执政后，把整个阿提刻地区的居民全部集中在城里，把零星的村庄组织起来，建成一个统一的国家。他并没有使用武力去完成这一伟大的事业，而是周游各方，亲自去各个村镇，找各方人商谈，征得他们的同意。说服穷人和平民并不费事，因为他们和富人联合起来并不吃亏。

名师批注

针对贫民、富人、贵族等不同阶层的人采取不同的对策，并对自身的权力作出限制，这些都体现了忒修斯身为统治者的英明。

为了说服富人和有权势的人，忒修斯宣布限制国王的权力，并答应制定一部保障他们自由的宪法。“至于我本人，”他说，“我只愿在战争时当你们的首领，平时当一名保护宪法的人。我认为我们所有的居民都应该享受平等的权利。”

许多贵族认识到这种改革可能会为他们带来利益，因此持欢迎态度。还有一些守旧的人畏惧忒修斯在民众中的威信及他的权力和惊人的胆量，因此趁着忒修斯还没有强迫他们的时候，也纷纷表示愿意接受他的劝说。

接着，忒修斯取消了各个市镇单独的市议会和独立的机构，在市中心建立了一个共同的市议会。他还给全体居民规定了一个假日，并称为泛雅典节，即全体雅典人的共同节日。从此，雅典才发展成为一个真正的城市，被越来越多的人所接受、传颂。

从前，雅典只是一座国王的城堡，建造的人把它称作开克虏帕斯堡，周围只有几间居民的住房。为了扩大这一城市，忒修斯保证所有居民享有同等权利，以此吸引新的移民。他希望雅典成为一个多民族聚居的中心。同时，为了避免大量的人涌来造成混乱，他在新城内把居民分为贵族、农民和手工业者三个阶级，并为各阶级规定了独自的权利和义务。

作为国王，忒修斯也限制自己的权力。正如他亲口答应的那样，他让国王的权力受到贵族议会和人民会议的节制。

名师批注

在忒修斯的一系列管理措施中，“人民”和“民主”的精神贯穿其中。

名师点拨

忒修斯不仅是一个伟大的英雄，还是一个政绩斐然的雅典国王。他一生致力于建功立业，即使身处王位也未曾消磨掉为人民谋福利的志向。忒修斯用他的行动诠释着生命的价值，正所谓“高山有疾路，独行终不疑”。

好词多积累

零星　周游　安居乐业　稀稀落落

佳句任你评

★他并没有使用武力去完成这一伟大的事业，而是周游各方，亲自去各个村镇，找各方人商谈，征得他们的同意。

大家来思考

忒修斯为改变雅典城做出了哪些努力？

许阿铿托斯

名师带你读

希腊神话中的“变形神话”分两种：第一种是人变成动物，如变成鹿或蜘蛛；第二种是神或人变成植物，如阿波罗的朋友许阿铿托斯死后变成了风信子。

斯巴达国王年少的儿子许阿铿托斯像奥林匹斯神一样俊秀洒脱。他是箭神阿波罗的朋友。阿波罗常常到欧洛塔斯河畔的斯巴达城找他的朋友许阿铿托斯，他们一起到山坡上的密林中打猎，或者一起从事斯巴达人所热衷的竞技比赛，借以娱乐和消磨时光。

有一天，时近炎热的中午，阿波罗和许阿铿托斯在进行投掷铁饼的比赛。铁饼一次又一次地飞上天空，一次比一次飞得高。现在，强劲有力的阿波罗使出全力将铁饼掷了出去。铁饼飞上云端，然后又像闪烁的星星一样落向地面。许阿铿托斯跑向铁饼将要着地之处，想早点捡起铁饼再投掷，好让阿波罗看看他这个少年竞技家在投掷铁饼方面丝毫不比阿波罗这位神祇逊色。可是铁饼落地之后又弹跳起来，带着一股可怕的力量击中了跑上前来的许阿铿托斯的头。许阿铿托斯一声惨叫跌倒在地，殷红的鲜血涌出伤口，染红了英俊少年黑色的鬈发。

> 名师批注
>
> 投掷铁饼的比赛除了用来娱乐和消磨时光，还能体现男性的一种力量美。

阿波罗惊惧不已地跑上前去，扶起朋友，将他满是鲜血的头搁在自己的膝盖上，竭力为他止血，可是没有成功。许阿铿托斯的脸色变得苍白，一向炯炯有神的双眼暗淡了；他的头无力地低垂着，就像被正午的骄阳晒蔫的野花的花冠。

阿波罗绝望地喊叫道：“我亲爱的朋友，你要死了吗？你是被我害死的呀！我为什么要掷铁饼？啊，我要是能赎罪，和你一起去冥国，那该多好啊！我为什么要永生？为什么不能跟你去呢？”

阿波罗将快要咽气的朋友紧紧搂在怀里，泪珠纷纷洒落在许阿铿托斯沾满鲜血的鬈发上。

许阿铿托斯死了，他的灵魂飞向哈迪斯的冥国。阿波罗站在死者遗体旁边轻声说道：“英俊的许阿铿托斯，你将永远活在我心中。你的英名也将永世流传。”

瞧，果真应了阿波罗说的这句话——从许阿铿托斯的血液中长出一朵鲜红的风信子花，花瓣上印有阿波罗悲伤的叹词。人们怀念许阿铿托斯，在许阿铿托斯节期间，纷纷为他举行祭典仪式。

名师批注

用肖像描写和比喻的修辞手法渲染许阿铿托斯受伤后的状况；语言描写体现出阿波罗的自责、忏悔与悲伤。

名师点拨

在希腊神话中，许多植物的起源与神、英雄有关，这体现出希腊人对植物世界的深刻观察，以及他们对整个自然环境变化的一种解释方法。

古希腊变形神话中所反映出的强烈的生命意识和崇高的悲剧精神，深刻地影响了后世的精神生活和文学创作。

好词多积累

殷红　强劲有力　炯炯有神

佳句任你评

★现在，强劲有力的阿波罗使出全力将铁饼掷了出去。铁饼飞上云端，然后又像闪烁的星星一样落向地面。

★许阿铿托斯的脸色变得苍白，一向炯炯有神的双眼暗淡了；他的头无力地低垂着，就像被正午的骄阳晒蔫的野花的花冠。

★阿波罗将快要咽气的朋友紧紧搂在怀里，泪珠纷纷洒落在许阿铿托斯沾满鲜血的鬈发上。

大家来思考

1. 许阿铿托斯的悲剧是如何发生的?
2. 希腊神话中还有哪些类似的变形神话?

宙斯与海伦

名师带你读

汉武帝时期，乐师李延年向汉武帝献了一首诗："北方有佳人，绝世而独立。一顾倾人城，再顾倾人国。宁不知倾城与倾国？佳人难再得！"这首诗的意境同样适用于希腊神话中的美女海伦，为什么呢？

英雄廷达瑞俄斯被兄弟希波科翁驱逐出国。在长期的颠沛流离之后，他投奔埃托利亚国王忒斯提俄斯，国王收留了他。国王看中英雄，把像女神一样美丽的女儿勒达嫁给他。后来宙斯的儿子赫拉克勒斯攻占了特洛伊城，杀死了拉俄墨冬，打败了希波科翁。这时廷达瑞俄斯才带着美丽的妻子返回斯巴达，执掌起斯巴达的王权。

勒达生养了四个子女。美丽的海伦和波吕丢刻斯是她与雷神宙斯所生，而克吕泰涅斯特拉和卡斯托耳是她与廷达瑞俄斯的骨肉。

海伦长相俊美，凡人女子无人可比，连女神见了都嫉妒。她还是个姑娘的时候，就被忒修斯抢走，后来两位哥哥重新把她夺了回来，送到父亲家中。

名师批注

英雄忒修斯在前往斯巴达的途中看见年幼的海伦在阿耳忒弥斯神殿内跳舞，惊为天人，于是把她抢回家。此后忒修斯试图劫夺冥王哈迪斯之妻，但失败遭囚禁，后被赫拉克勒斯所救而脱身。这期间，海伦的兄长攻破城池，救出海伦。

许多求婚者接二连三地来到廷达瑞俄斯宫中，向世上最美丽的海伦求婚，谁都希望她能成为自己的妻子。廷达瑞俄斯犹豫不决，不知该将女儿海伦嫁给哪位英雄才好。他担心如果将女儿嫁给某位英雄，那么其他求婚的英雄都会嫉妒这个幸运儿，并与之争斗，触发一场巨大的内乱。最后，足智多谋的英雄俄底修斯给廷达瑞俄斯出了这样一个主意：

“让美丽的海伦自己做主她愿做谁的妻子，并让所有求婚者发誓，无论海伦选定谁做丈夫，其他人绝不能对他动武，而且在他遇到危难时全力给予帮助。”

廷达瑞俄斯采纳了俄底修斯的建议。所有求婚者都发了誓，而海伦从他们中间选定一人做丈夫，她选的就是阿特柔斯的儿子——英俊的墨涅拉俄斯。

墨涅拉俄斯娶了美丽的海伦。廷达瑞俄斯死后，墨涅拉俄斯即位，成了斯巴达国王。他在廷达瑞俄斯的王宫里过着无忧无虑的日子，却没有料到与美丽海伦的结合竟会给他日后的生活带来如此众多的灾难。

名师批注

为后文因海伦而引发的战争做铺垫。

名师点拨

这一章详细交代了海伦无可匹敌的美丽和魅力。忒修斯的劫掠、许多求婚者的行动、女神的嫉妒、廷达瑞俄斯国王的担忧、俄底修斯的建议等都反衬出海伦非比寻常的美。

好词多积累

颠沛流离　接二连三

佳句任你评

★他在廷达瑞俄斯的王宫里过着无忧无虑的日子，却没有料到与美丽海伦的结合竟会给他日后的生活带来如此众多的灾难。

大家来思考

你认为海伦的美色是她的幸运还是不幸？

珀琉斯和忒提斯

名师带你读

宙斯是一个十分好色的神，曾追求过海中神女忒提斯。当他从普罗米修斯口中得知忒提斯生的儿子将超过他这个父亲时，这位众神之王决定把忒提斯嫁给一个凡人。这个凡人是谁？在他们的婚礼上又发生了什么事？

著名英雄珀琉斯是埃阿科斯的儿子，宙斯的孙子。普罗米修斯揭示的那个重大秘密，就是要把忒提斯嫁给珀琉斯。诸神决定照此办理，不过珀琉斯必须与忒提斯单独决斗，并且战胜她。

赫菲斯托斯把诸神的意愿告诉了珀琉斯，珀琉斯立即前往忒提斯常常休息的山洞。珀琉斯躲在山洞里等候忒提斯。忒提斯浮出海面，走进山洞。珀琉斯扑上前去，伸出强有力的双手，抱住忒提斯。忒提斯拼命挣脱。她先后变成狮子、蛇、海水，但是珀琉斯始终没有让她逃脱。忒提斯失败了，现在她必须做珀琉斯的妻子。

在马人喀戎宽敞的山洞里，诸神向珀琉斯和忒提斯庆贺婚礼。婚礼宴会颇为豪华。奥林匹斯山的所有神祇都前来参加这个婚宴。阿波罗的金竖琴奏起了动听的乐曲，缪斯女神们唱起了歌，时序女神和美惠女神在缪斯女神的歌声和阿波罗琴声的伴奏下跳起了舞，雅典娜和年少的女神阿耳忒弥斯在其中显得艳丽出众，而阿佛洛狄忒的美貌更是压倒群芳。

名师批注

在前面的章节中，普罗米修斯讲出了宙斯怎样才能摆脱厄运的重大秘密：“叫宙斯别与海中神女忒提斯成亲，因为命运女神给忒提斯抽了一支签：不管谁做忒提斯的丈夫，他们生下的儿子都会比父亲强大。让众神把忒提斯嫁给英雄珀琉斯，忒提斯和珀琉斯生的儿子将是全希腊最伟大的英雄。”

众神开怀畅饮，赫尔墨斯和战神阿瑞斯也参加舞蹈。喀戎送给珀琉斯一杆用珀利翁山上像钢铁一样坚硬的白蜡树做成的长枪，波塞冬送给他几匹马。

名师批注

纷争女神厄里斯因为没有得到公平的对待，所以挑起了三女神的纷争，最终给人类带来了灾难。

宴会上，众神喜气洋洋，唯有纷争女神厄里斯独自在喀戎的山洞附近孤单地徘徊，她在怨恨诸神不邀请她。纷争女神厄里斯决定向诸神报复，引起他们的纷争。她取来一个金苹果，在苹果上写了几个字：送给最美丽的女神。厄里斯悄悄走到筵席旁，将金苹果扔在桌子上。

众神发现这个金苹果，拿起来，看到了上边写的一行字。可谁是最美丽的女神呢？宙斯的妻子赫拉、女战神雅典娜和女爱神阿佛洛狄忒立即为此争吵起来。她们互不相让，谁都想要金苹果。于是，她们来找诸神和人类的君王宙斯，想要解决这场纷争。

宙斯拒绝当裁判。他拿起苹果交给赫尔墨斯，吩咐他把三位女神带往特洛伊城郊，让特洛伊国王普里阿摩斯英俊的儿子帕里斯去裁决三位女神中谁最美丽，谁该得到金苹果。这样，珀琉斯的婚宴便以三位女神的争吵而结束。三位女神的这场纷争必然给人们带来许许多多的灾难。

名师点拨

珀琉斯和忒提斯的婚礼是受到众神保护和祝福的，可纷争女神因未被邀请而故意送了一个刻有“送给最美丽的女神”的金苹果，结果引起赫拉、雅典娜、阿佛洛狄忒三位女神的纷争，埋下了特洛伊战争的种子。

好词多积累

压倒群芳　开怀畅饮　喜气洋洋

佳句任你评

★珀琉斯扑上前去，伸出强有力的双手，抱住忒提斯。忒提斯拼命挣脱。她先后变成狮子、蛇、海水，但是珀琉斯始终没有让她逃脱。

★阿波罗的金竖琴奏起了动听的乐曲，缪斯女神们唱起了歌，时序女神和美惠女神在缪斯女神的歌声和阿波罗琴声的伴奏下跳起了舞，雅典娜和年少的女神阿耳忒弥斯在其中显得艳丽出众，而阿佛洛狄忒的美貌更是压倒群芳。众神开怀畅饮，赫尔墨斯和战神阿瑞斯也参加舞蹈。

大家来思考

为什么纷争女神厄里斯要送一个刻有“送给最美丽的女神”的金苹果呢？

帕里斯的裁决

名师带你读

帕里斯被宙斯指定为评判人，评判三位女神谁最美，帕里斯最终做了一个什么判定呢？

名师批注

交代帕里斯的出生经历。预言显然预示了特洛伊战争因帕里斯而起，然而无论凡人做出怎样的挽救行动，都无法阻止命运带来的灾难。

赫尔墨斯和三位女神飞速前往伊得山麓去见帕里斯。普里阿摩斯的儿子帕里斯此时正在那里放牧。

在帕里斯出生前夕，他的母亲赫卡柏做了一个噩梦，梦见特洛伊全城要被大火烧毁。赫卡柏十分害怕，把梦境告诉了丈夫普里阿摩斯。普里阿摩斯去请教预言家，预言家对他说，赫卡柏将生下一个儿子，这个儿子将是毁灭特洛伊的灾星。后来赫卡柏果真生了一个儿子，普里阿摩斯吩咐仆人阿革拉俄斯把新生儿送往伊得山，扔到密林中。可是普里阿摩斯的儿子并未死，一头母熊哺育了他。一年之后阿革拉俄斯发现了他，将他抱回家当亲生儿子抚养，并给他起名帕里斯。帕里斯就在牧人中间长大，长成一个英俊非凡的青年。帕里斯的臂力在同龄伙伴中也是出众的。他不仅常常在猛兽和强盗袭击时救下畜群，而且常常拯救自己的同伴。正因为他臂力过人、胆识超群，所以伙伴们称他为阿勒克珊德洛斯（击败好汉的人）。帕里斯在伊得山的森林中日子过得倒也安定。他对自己的处境也颇为满足。

就在这时候，三位女神和赫尔墨斯来找帕里斯。看见女神和赫尔墨斯，帕里斯很害怕，想拔腿逃跑，可是他怎能在

迅疾如思维的赫尔墨斯面前逃走呢？

赫尔墨斯拦住帕里斯，将苹果递给他，亲切地说：“快拿着苹果，帕里斯。你看看站在你面前的三个女神，请把苹果交给她们之中最美丽的那个。宙斯命令你当解决三位女神纷争的裁判。”

帕里斯颇感窘迫。望着三位同样美丽的女神，他无法断定哪一位女神最美丽。

这时候，三位女神争先恐后地上前想说服青年把苹果交给自己。她们向帕里斯保证，要给他巨大的奖赏。赫拉答应给他整个亚细亚的统治权，雅典娜许给他战斗的胜利与光荣，而阿佛洛狄忒保证把宙斯和勒达的女儿——最美丽的凡人女子海伦嫁给他。

名师批注

三个女神分别拿出自己的杀手锏，希望帕里斯最终把金苹果交到自己手中。可以说三种诱惑摆在帕里斯面前：权力、荣誉和爱情。最终打动帕里斯的是爱情。

帕里斯听了阿佛洛狄忒的许诺，未多加考虑便将苹果给了她。这样一来，帕里斯认为三位女神中最漂亮的是阿佛洛狄忒。

从此以后，帕里斯成了阿佛洛狄忒的宠人，不论他想干什么，阿佛洛狄忒时时处处都帮助他。但是赫拉和雅典娜痛恨帕里斯，她们痛恨特洛伊，痛恨特洛伊的所有人。她们决心摧毁特洛伊城，消灭该城的全体居民。

名师点拨

帕里斯是可悲的，一出生就被自己的父母抛弃到伊得山的密林中，后来又被宙斯指定为裁决金苹果的评判人。从帕里斯成长的环境来看，伊得山的森林中没有战争的纷争，一切都是那么祥和，因此他不追求名利，而把纯洁美好的爱情看得比什么都重要；并且，由于被王室抛弃，帕里斯没有接受任何王室后裔该受的教育，因此他对特洛伊、对王室并不认为有什么责任可言。因此，在选择金苹果主人的时候，帕里斯选择了美神阿佛洛狄忒，而得罪了分别象征权力和智慧的两位女神赫拉和雅典娜。

好词多积累

英俊非凡　臂力过人　胆识超群　争先恐后

佳句任你评

★帕里斯就在牧人中间长大，长成一个英俊非凡的青年。帕里斯的臂力在同龄伙伴中也是出众的。他不仅常常在猛兽和强盗袭击时救下畜群，而且常常拯救自己的同伴。正因为他臂力过人、胆识超群，所以伙伴们称他为阿勒克珊德洛斯（击败好汉的人）。

★赫拉答应给他整个亚细亚的统治权，雅典娜许给他战斗的胜利与光荣，而阿佛洛狄忒保证把宙斯和勒达的女儿——最美丽的凡人女子海伦嫁给他。

大家来思考

你认为帕里斯的裁决公平吗？怎么解释他的这种裁决？

拐走海伦

名师带你读

爱美之心人皆有之，如果襄王有梦，神女无心，再强烈的爱也成不了爱情。帕里斯和海伦之间轰轰烈烈的爱情是如何成为特洛伊战争的导火索的？

帕里斯在特洛伊竞技会上力压其他对手，并被普里阿摩斯认出而正式成为王子。虽然现在帕里斯是王子，可女神阿佛洛狄忒总是促使他想起美丽的海伦。于是，在阿佛洛狄忒的唆使下，帕里斯打算驾船去海伦的住地斯巴达城。

普里阿摩斯那个能预知未来的儿子赫勒诺斯警告帕里斯，说他将有杀身之祸，可是帕里斯对此不以为然。他登上大船，朝着无边无际的茫茫大海驶往彼岸。

普里阿摩斯的女儿卡珊德拉看到帕里斯的船离开故乡的海岸，心中充满了绝望。能预卜未来的她双手伸向青天，高喊道："啊，灾难，伟大的特洛伊的灾难！我们大家的灾难！我看见神圣的伊利翁被大火包围，它的子弟满身血污，纷纷葬身火海！我看见外乡人把哭哭啼啼的特洛伊妇女和姑娘带去奴役！"虽然卡珊德拉这样高声大喊，可是没有人相信她的预言，没有人能阻止帕里斯。

帕里斯的大船越驶越远。海上刮起了可怕的风暴，然而风暴也不能将帕里斯阻挡。他途经未来敌人所居的富庶的佛提亚、萨拉弥斯和迈锡尼，最后抵达拉科尼亚的海岸。

名师批注

普里阿摩斯也就是当年赫拉克勒斯攻打特洛伊城时所放的波达耳刻斯。他的姐姐赫西俄涅曾被赫拉克勒斯送给朋友忒拉蒙为妻。现在他很思念姐姐，于是帕里斯主动请缨，率领军队讨还赫西俄涅。其实这只是帕里斯想去找海伦的借口。

知识链接

卡珊德拉：拥有预言能力的女预言家，是一名遭诅咒的女先知，预言准确，然而无人听信。

美丽的王后海伦听说一位外国王子即将率领强大的战船来到锡西拉岛，便怀着女性的好奇心，想看看这位王子和他的武装随从。于是，她动身前往锡西拉岛，准备在阿耳忒弥斯神庙里隆重献祭。

名师批注：体现了海伦的不安分，为帕里斯拐走她提供了可能性。

她走进神庙时，帕里斯正好献祭完毕。他看到端庄的王后走进来，说不出的惊羡，那双高举着向天祈祷的手不禁垂落下来。他几乎不能控制自己，因为他感到好像又见到了他在牧场放牧时曾经见过的爱神阿佛洛狄忒。他早就听说海伦美艳动人，他觉得爱情女神送来的这位女子要比传说中的美女海伦还要美丽得多。现在，斯巴达的王后站在他面前，她能与爱情女神媲美。他顿时明白，这便是爱情女神赠给他的美女。他一心想得到她，父亲委托远征的计划顷刻间都被抛到九霄云外。他觉得自己带领成千上万的士兵远征就是为了得到海伦。

正当帕里斯沉思时，海伦也在打量这位从亚细亚来的俊美的王子。他一头长发，穿着东方闪亮的金丝长袍，身材魁梧，十分动人。顿时，她丈夫的形象从意识中消失了，取而代之的是这位年轻而英气勃勃的外乡人，他深深地烙在她的心上。

名师批注：详细描写帕里斯和海伦见面后两人的内心活动，为后来两人私奔做铺垫。

献祭完毕，海伦回到斯巴达的宫中。她竭力想从心中抹去那个异国王子的形象，强迫自己想念仍然逗留在皮洛斯的丈夫墨涅拉俄斯。但不久帕里斯带着几个随从来到斯巴达，进入王宫。王后海伦按照礼仪热情地接待了前来造访的王子。

帕里斯王子讲话温文尔雅、言词动听，眼睛里燃烧着激情的火焰，又弹得一手好琴，琴音美妙，使海伦迷醉得不能自制。帕里斯见到海伦心旌摇荡，便忘了父亲的委托和此行的使命，心中只有爱情女神迷人的许诺。

名师批注：进一步渲染帕里斯的非凡魅力，他眼里的爱火已经烧到了海伦的心里。

他召集跟他一起来到斯巴达的全副武装的士兵，答应满足他们的任何条件，说服他们帮助他。然后，他带领士兵们冲进王宫，把王宫的财富掳掠一空，并劫走了美丽的海伦。海伦表面上在反抗，可是心底里并非不愿意跟他走。

名师批注：她反抗是因为她知道自己的身份是墨涅拉俄斯的妻子，不应该跟别的男人走，但是她又无法抗拒爱情的魔力。

帕里斯带着战利品驶过爱琴海时，海面上突然风平浪静。在载着帕里斯和海伦的船只前面，波浪自动分开，年老的海神涅柔斯从水中伸出戴着芦花花冠的头，胡须和头发上滴着水。船只像被钉子钉在水面上一样，一动不动。

这时，涅柔斯大声向他们宣布了一个可怕的预言："不祥的鸟飞翔在你们的船前！希腊人带着军队追来了，他们将要拆散你们罪恶的结合，摧毁普里阿摩斯的古老帝国！唉，达耳达尼亚人要为你们付出多少生命！帕里斯，雅典娜已戴上战盔，持着盾牌了！这一场血战要经历多年，一旦等到指定的时日来临时，特洛伊人的老家将被希腊人烧成灰烬！"年老的海神说完预言又潜入海里。

帕里斯听到这预言，心里非常恐惧。不一会儿，海面上又吹起了欢快的顺风。海伦躺在他的怀里，他马上就把这可怕的预言忘得一干二净了。

名师批注

帕里斯听到预言后很恐惧，然而爱情带来的满足感淹没了他的恐惧，使得他再次沉溺其中，失去了理智，忘记了道德与责任。

后来，战船来到克拉纳岛，他们在岛前下锚登陆。墨涅拉俄斯轻率而薄情的妻子海伦自愿跟帕里斯结婚，他们举行了隆重的婚礼，沉浸在新婚的快乐中。两个人都忘掉了家庭和祖国。他们依靠带来的财宝，在岛上过着豪华奢侈的生活。好几年过去了，他们才航行回特洛伊去。

名师点拨

汉语中有个形容美人的成语叫"倾国倾城"，这里的"倾"字一语双关，既可指美艳非凡、令人倾倒，也可指倾覆邦国。海伦便是这样一位倾国的美女。其实，海伦的美丽本身并没有错，但是借美丽之名抛却责任与担当，让膨胀的欲望蔓延至不可收拾，那就只能落得个千夫所指的下场。

好词多积累

唆使　富庶　媲美　魁梧　杀身之祸　美艳动人

九霄云外　温文尔雅　心旌摇荡　全副武装

佳句任你评

★他一头长发，穿着东方闪亮的金丝长袍，身材魁梧，十分动人。顿时，她丈夫的形象从意识中消失了，取而代之的是这位年轻而英气勃勃的外乡人，他深深地烙在她的心上。

★帕里斯王子讲话温文尔雅、言词动听，眼睛里燃烧着激情的火焰，又弹得一手好琴，琴音美妙，使海伦迷醉得不能自制。帕里斯见到海伦心旌摇荡，便忘了父亲的委托和此行的使命，心中只有爱情女神迷人的许诺。

大家来思考

1. 这个章节里出现了几次预言家的预言，对故事的发展有何作用？
2. 你如何看待帕里斯和海伦的行为？

墨涅拉俄斯

名师带你读

墨涅拉俄斯不仅失去了心爱的妻子海伦，而且他所有的财富都被帕里斯洗劫一空，他的尊严受到极大的伤害，对此他做了哪些事情？

海伦和帕里斯刚刚离开墨涅拉俄斯的王宫，诸神即派女使者伊里斯去找墨涅拉俄斯。伊里斯来到墨涅拉俄斯面前，将发生的不幸告诉他。墨涅拉俄斯当即踏上归途，很快就回到斯巴达。得知海伦私奔、珍宝被盗，他勃然大怒。墨涅拉俄斯立即去找兄弟阿伽门农，商议如何向恩将仇报的帕里斯报复。

知识链接

阿伽门农是迈锡尼王，墨涅拉俄斯是斯巴达的国王。墨涅拉俄斯与阿伽门农召集希腊境内几乎所有的国王对特洛伊开战。

阿伽门农满怀同情地接待了自己的兄弟，建议他立即召集原先立誓要在危难时刻竭尽全力帮助他的各路英雄。阿伽门农提议率领这些英雄及其军队，对特洛伊发动战争。墨涅拉俄斯采纳了阿伽门农的建议，与他一起先去皮罗斯，去见年迈的国王涅斯托耳。

涅斯托耳是全希腊最有智慧的老人。他亲自参与建立了许多伟大的功绩，在漫长的一生中见过许许多多的英雄，并且具有丰富的作战经验。

涅斯托耳亲切地接待了墨涅拉俄斯和阿伽门农。他对帕里斯的罪恶行径无比愤恨，决定亲自参加对特洛伊的征讨，还决定带儿子特拉绪墨得斯和安提罗科斯一起出征。涅斯托耳还答应与阿特里代兄弟一起遍访希腊各路英雄，鼓动他们都来参加这场征战。

许多英雄决定参加这次远征，其中包括像战神阿瑞斯一样强壮有力的狄俄墨得斯、优卑亚国王机敏的儿子帕拉墨得斯、克里特国王伊多墨纽斯、赫拉克勒斯的朋友菲罗克忒忒斯。参加这次远征的还有两位埃阿斯：一位是萨拉弥斯国王大埃阿斯，另一位是来自罗克里斯的俄琉斯的儿子小埃阿斯。除此之外，还有其他许多英雄参加这次远征。

可是还必须让伊塔刻岛的国王——聪明过人的俄底修斯参加远征。俄底修斯不愿离开伊塔刻，因为他不久前娶了美丽的珀涅罗珀，刚生了儿子忒勒玛科斯。他怎么肯抛弃安宁的生活和心爱的妻儿，远航去特洛伊城下呢？何况这一去，说不定永远不能回故乡。所以俄底修斯一得知墨涅拉俄斯和阿伽门农、涅斯托耳、帕拉墨得斯来到伊塔刻，就下决心要欺骗他们。

名师批注

俄底修斯是智慧的化身，攻克特洛伊城如果没有他的智慧是攻不下来的。

他故意装疯，套上一头牛、一头驴去耕地，还往地里撒盐。帕拉墨得斯看出俄底修斯的诡计，决定让俄底修斯自己承认装疯。帕拉墨得斯抱来裹在襁褓中的忒勒玛科斯，将他放在俄底修斯耕作必然经过的犁沟中。俄底修斯停了下来。无论他要留在伊塔刻的愿望多么强烈，他也不能因此而伤害自己唯一的儿子。

帕拉墨得斯就这样揭穿了俄底修斯的诡计，俄底修斯不得不告别故乡伊塔刻岛，告别妻儿，踏上远征特洛伊的征途，并且一去就是许多年。从此，俄底修斯记恨帕拉墨得斯，下决心对帕拉墨得斯进行报复，因为是帕拉墨得斯迫使他参加了这次远征。

名师批注

俄底修斯一去就是二十年。他历经特洛伊战争十年，又由于迫害帕拉墨得斯而被众神惩罚在外漂泊十年，才终于回到了妻儿身边。

还有一位英雄必须召来参加远征，他就是国王珀琉斯与神女忒提斯的儿子阿喀琉斯。预言家卡尔卡斯预言，要想攻破特洛伊，必须让阿喀琉斯参加远征，命运注定阿喀琉斯要建立永不磨灭的光荣业绩，他必定会成为特洛伊战争中最伟大的英雄。

名师批注

如果说俄底修斯在特洛伊战争中代表出谋划策的智者，那阿喀琉斯则代表身经百战的战神。此二人缺一不可。

然而，阿喀琉斯的女神母亲知道儿子将要死在特洛伊城下，于是把儿子藏在斯库洛斯岛的吕科墨得斯宫中，穿着女装与国王的女儿们住在一起。

为了找到阿喀琉斯，让其加入联军，狄俄墨得斯与俄底修斯装扮成商人来到斯库洛斯岛。俄底修斯设计，在衣料、首饰等物中杂放剑、盾、盔甲等物，并摆放到众公主面前，然后在宫院里发出战斗的呼声、军号声和武器碰撞声。众公主逃跑，唯有阿喀琉斯拿起剑盾去保卫王宫，于是俄底修斯和狄俄墨得斯认出了阿喀琉斯，并让他与他的朋友帕特洛克罗斯、长者福尼克斯加入联军。临行时，珀琉斯送给儿子当年自己结婚时众神送给他的铠甲、马人喀戎所赠的长矛以及海神波塞冬的马。

名师批注

俄底修斯的智慧再次展现出来。

名师点拨

这个章节就像一篇小说的人物一览表，把所有的参战者一一交代出来。这些人在特洛伊战争中扮演着不同的角色，他们将建立伟大的功勋，当然很多人也要为此而付出惨痛的代价，这是战争的必然结果。

好词多积累

永不磨灭

佳句任你评

★预言家卡尔卡斯预言，要想攻破特洛伊，必须让阿喀琉斯参加远征，命运注定阿喀琉斯要建立永不磨灭的光荣业绩，他必定会成为特洛伊战争中最伟大的英雄。

大家来思考

有人说特洛伊战争是为了一个对丈夫不忠的女人而发动的战争，有人则认为这样说对海伦不公平，你认为呢？

特洛伊城

名师带你读

有人说，翻开古希腊的神话故事书，可谓琳琅满目，其中最为人们津津乐道的当属特洛伊战争的故事。那么特洛伊到底是一座怎样的城池呢？

特洛伊人虽然还不知道庞大的希腊战船已经逼近他们的国土，但是自从希腊使节离开以后，全国上下人心惶惶，大家都担心战争的来临。

这时，帕里斯率领船队，载着被他劫持的王后和众多的战利品回来了。普里阿摩斯国王看到这不祥的儿媳走进宫中，心里并不高兴，召集儿子们和贵族举行紧急会议。可是他的儿子们不以为然，因为帕里斯已经分给他们大量财宝，还把海伦带来的漂亮侍女送给他们成婚。他们受到财宝和美女的诱惑，再加上年轻好战，因此商量的结果是保护这位外乡来的女人，将她留在王宫里，决不还给希腊人。

> 名师批注
> 帕里斯用金钱和美女收买特洛伊贵族，使他们与自己共进退，体现了他的聪明。

但城里的居民十分害怕希腊人攻城。他们对王子和他抢来的美女深感不满，只是出于对年迈国王的敬畏，才没有坚决反对宫中新来的女人。

特洛伊城的城池非常坚固，并且实力强大。特洛伊城为伊罗斯所建，伊罗斯是宙斯的儿子达耳达诺斯的曾孙。达耳达诺斯从阿耳卡狄亚来投奔国王透克洛斯，透克洛斯将女儿嫁给他，并将部分国土作为嫁妆陪嫁，达耳达尼亚城也就建

> 名师批注
> 交代特洛伊城的特点，为后文希腊人攻打特洛伊做铺垫。

在这块土地上。达耳达诺斯的孙子叫特洛斯，特洛斯的儿子就是伊罗斯。有一次，伊罗斯去佛律癸亚参加英雄竞技比赛，他战胜了所有英雄，得到了一百个童男童女和一头花母牛作为奖励。佛律癸亚国王吩咐他跟着花母牛走，母牛在哪里停下，他就在哪里筑城，这座城也将获得巨大的光荣。伊罗斯照佛律癸亚国王说的做了。他跟随花母牛往前走，花母牛走到一个山丘上停了下来，于是伊罗斯便在这个山丘上着手建城。他祈求宙斯给他降下事业成功的吉兆。第二天早晨，他发现面前有一尊木雕的雅典娜神像，这便是将要建筑的新城的护城神像。在伊罗斯治理该城期间，只有位于山丘上这一部分城区有城墙围绕，而山脚下那部分城区则无城墙护卫，这一部分城区的城墙后由波塞冬和阿波罗建成，因为他俩根据诸神的吩咐，必须为特洛伊的国王——伊罗斯的儿子拉俄墨冬效劳。特洛伊城由波塞冬和阿波罗建成的这一段城墙坚不可摧，只有英雄埃阿科斯代他俩砌的那一段能被攻破。

名师批注：介绍特洛伊城的来历。

名师批注：进一步强调特洛伊城的坚固，而其致命的弱点也为下文特洛伊城被攻破埋下了伏笔。

在希腊英雄准备征伐特洛伊的时候，正在执掌特洛伊政权的是伊罗斯的孙子普里阿摩斯。当初赫拉克勒斯攻陷特洛伊城，国王拉俄墨冬的儿子皆被杀死，唯有幼子普里阿摩斯一人幸存。普里阿摩斯很富有，他与妻子赫卡柏所居的宫殿富丽堂皇。普里阿摩斯有五十个子女，其中儿子赫克托耳气度不凡、胆识超群、臂力过人。

名师批注：赫克托耳是特洛伊第一勇士，被称为“特洛伊的城墙”。这里重点介绍赫克托耳，暗示他在特洛伊战争中的重要地位。

特洛伊实力强大，希腊英雄与英勇善战的特洛伊人交战必然艰苦卓绝，但是一旦战胜特洛伊人，攻下特洛伊城，将会威名远扬。

名师点拨

本章节重点交代了特洛伊城池的两大特点：一是牢不可破、坚不可摧的防御工事，可谓固若金汤，易守难攻；二是雄厚的财力。攻打特洛伊城对希腊人来说是一个极大的挑战。

好词多积累

人心惶惶　不以为然　富丽堂皇　气度不凡　英勇善战　艰苦卓绝　威名远扬

佳句任你评

★在伊罗斯治理该城期间，只有位于山丘上这一部分城区有城墙围绕，而山脚下那部分城区则无城墙护卫，这一部分城区的城墙后由波塞冬和阿波罗建成，因为他俩根据诸神的吩咐，必须为特洛伊的国王——伊罗斯的儿子拉俄墨冬效劳。

大家来思考

普里阿摩斯国王看到海伦走进宫中，心里为什么不高兴？他召集儿子们和贵族举行紧急会议的目的是什么？

围攻特洛伊

名师带你读

希腊人扬帆起航，浩浩荡荡地驶向特洛伊。这场历经十年的攻打特洛伊的战争开始了。那么，战争之鼓是以怎样的形式敲响的呢？

菲罗克忒忒斯被弃

希腊人乘着船向特洛伊驶去，航行非常顺利。克律塞岛遥遥在望，在这座荒凉的小岛上建有小岛的庇护者——神女克律塞的祭坛。希腊人必须找到这个祭坛，并在祭坛上向神女献祭，因为他们的预言家曾说过：只有途中停靠克律塞岛并上岛献祭，他们才能攻下特洛伊城。

赫拉克勒斯的朋友菲罗克忒忒斯知道这座祭坛的位置，自告奋勇带领诸位英雄去祭坛。小岛上荒无人烟，到处长满低矮的灌木丛。走了一会儿，他们总算看见了早已倒塌的祭坛。英雄们正朝祭坛走去，突然从灌木丛中爬出一条又粗又长的大蛇，这条蛇是在这里守卫祭坛的，它在菲罗克忒忒斯的脚上咬了一口。菲罗克忒忒斯大叫一声，倒在地上。等英雄们跑到他身边，已为时太晚，蛇毒已侵入他体内。

菲罗克忒忒斯剧痛难忍，一股股脓血从伤口中涌出，周

知识链接

菲罗克忒忒斯：他就是前文中点火帮赫拉克勒斯解除痛苦的人，赫拉克勒斯为了感谢他，将神弓与毒箭赠予他。

围的空气立刻被污染得臭不可闻。菲罗克忒忒斯无法忍受痛苦的折磨，日夜不停地呻吟。他的呻吟搅得希腊将士不得安宁，伤口散发出的恶臭令他们实在无法忍受，大家开始抱怨。最后，希腊军队的首领们采纳俄底修斯的建议，决定将菲罗克忒忒斯随便扔到一处海岸上。

名师批注：菲罗克忒忒斯中毒后生不如死，但更令人心寒的是被同伴们抛弃。

在船队航经楞诺斯岛的时候，希腊军队的首领们将昏睡的菲罗克忒忒斯抬到楞诺斯岛荒凉的海边。他们把菲罗克忒忒斯安置在山岩之间，身边摆着他的弓箭及衣物、食品。就这样，他们抛弃了这位英雄，可是没有这位英雄的弓箭，希腊军队注定攻不破特洛伊城。菲罗克忒忒斯在这荒凉的海岸上足足受了九年苦难。后来，希腊人不得已来岛上找菲罗克忒忒斯，央求他帮助。这是特洛伊战争进行到第十年的事了。

名师批注：菲罗克忒忒斯被抛弃这一情节增添了特洛伊战争的曲折性。

希腊军队撇下菲罗克忒忒斯之后继续航行，终于来到特洛伊的海岸边，而在这里等待他们的是无穷无尽的危难，以及克服危难之后的伟大功勋。

名师批注：多大的危难也挡不住希腊人建功立业的强烈进取心和征服世界的英雄主义热情，因为他们身上充盈着旺盛的生命力。

普洛忒西拉俄斯之死

希腊人渐渐驶近特洛伊的海岸边，这时，他们发现特洛伊国王英勇善战的儿子赫克托耳早已率领强大的特洛伊军队严阵以待。希腊军队怎么靠岸，怎样登陆呢？所有英雄心中都明白，第一个登上特洛伊海岸的人必死无疑。

英雄普洛忒西拉俄斯渴望建立丰功伟绩，本想首先跳上岸与特洛伊人厮杀，可是又不敢贸然行事，因为他也知道这样的预言：第一个踏上特洛伊土地的希腊人必定身亡。知道这个预言的还有俄底修斯。瞧，俄底修斯为了率领诸位英雄登陆，自己不惧死亡，将盾牌抛到岸上，然后从船上灵巧地跳到盾牌上。

普洛忒西拉俄斯看见已经有一个希腊人首先踏上了特洛伊的土地，可是他并没有注意到，俄底修斯没有直接踩在特洛伊的土地上，而是踩在自己的盾牌上。这时，普洛忒西拉俄斯心中充满了对建立功勋的渴望，将一切都置之脑后。他从船上跳到岸上，拔出利剑冲向敌群。身强力壮的赫克托耳一抖手中的长枪，长枪就刺中了年轻的普洛忒西拉俄斯的要害。普洛忒西拉俄斯倒在岸边死去了，他是第一个以自己的鲜血染红特洛伊土地的人。

名师批注

简要概括战争的惨烈程度，虽然只有一句话，但是我们可以想象出那血流成河、尸横遍野的场面。

希腊将士一齐跳下战船，扑向敌群。一场血战天昏地暗，特洛伊军队动摇了、败退了，他们躲进易守难攻的特洛伊城。第二天，双方说定暂时休战，以便清理和安葬各自阵亡的将士。

希腊军队安葬了所有死者之后，着手建立坚固的营寨。他们将战船拖上岸，摆在西革翁山与洛忒翁山之间的海岸边，构成一道长长的营垒。他们还挖掘了壕沟作为防御工事，而在营寨两头设下阿喀琉斯和大埃阿斯的营帐，以便时刻监视敌军，防止特洛伊军队偷袭。营寨中央耸立着阿伽门农豪华的中军大帐，他被希腊人选为联军统帅。阿伽门农的营帐旁边有一块召开公民大会用的空地。足智多谋的俄底修斯将自己的帐篷设在公民大会广场的旁边，以便随时能出席公民大会，了解军营内发生的各种重大事情。尽管他当初极不情愿参加这次远征，但是现在他成了特洛伊人的劲敌，他希望希腊军队无论如何都要攻下特洛伊。

和谈破裂

知识链接

安忒诺耳：特洛伊城的一位睿智的长老，是特洛伊战争中有远见的主和派。

希腊人设置并加固了营寨之后，便派墨涅拉俄斯国王和俄底修斯去与特洛伊人谈判。明智的安忒诺耳在自己家中热情地接待来使，设下丰盛的宴席款待墨涅拉俄斯和俄底修斯。安忒诺耳希望双方能够签订和约。

普里阿摩斯得知希腊联军的使者到达后，立即召开公民大会，准备答应墨涅拉俄斯的要求。墨涅拉俄斯和俄底修斯也出席了公民大会。墨涅拉俄斯在会上提出了他们的要求，要求特洛伊人归还他的妻子海伦和被帕里斯窃去的珍宝。俄底修斯也作了发言，这位伊塔刻岛足智多谋的国王的发言使特洛伊人个个听得全神贯注，他说服特洛伊人满足墨涅拉俄斯的要求。

特洛伊公民大会准备接受墨涅拉俄斯提出的一切条件，就连美丽的海伦现在也后悔自己不该为了帕里斯而离开丈夫墨涅拉俄斯。安忒诺耳也劝说众人满足墨涅拉俄斯的要求。他十分明白特洛伊人与希腊人之间的战争将会带来多少灾难。但是普里阿摩斯的儿子帕里斯不愿与希腊人讲和。难道要强迫他交出海伦？莫非要从他手中夺走所有掳来的珍宝？他不愿服从公民大会的决定，他的兄弟也都支持他。已被帕里斯收买的安提玛科斯甚至要求特洛伊人将墨涅拉俄斯绑起来斩首，但是普里阿摩斯和赫克托耳不允许。公民大会意见分歧，无法形成一致的决议。

这时候，特洛伊的预言家赫勒诺斯站起来说，特洛伊人不必害怕与希腊人交战，众神已经答应帮助特洛伊人。特洛伊人听信了赫勒诺斯的话，就断然拒绝了墨涅拉俄斯的要求。希腊使者一无所获地离开特洛伊城。现在，特洛伊人与希腊人之间的战争一触即发。

特洛伊人坚守易守难攻的特洛伊城不出，就连赫克托耳也不出城应战。希腊军队三次围攻特洛伊都没有成功。于是他们着手清扫特洛伊城的外围，攻占与特洛伊结盟的忒涅多斯岛、勒斯玻斯岛和珀达索斯、吕耳涅索斯等城邦。他们还摧毁了特洛伊境内的许多城市，占领了赫克托耳的岳丈厄斯提翁统治的忒拜城。阿喀琉斯一天之内就斩杀了安德洛玛刻（赫克托耳的妻子）的七个兄弟，她的父亲厄斯提翁也战死了。但是阿喀琉斯并不作践厄斯提翁的尸体，怕招来诸神的愤怒，他将厄斯提翁的尸体安葬了。安德洛玛刻的母亲也被

知识链接

公民大会：古希腊城邦的最高权力机关，由国王或议事会召集，全体成年男子(战时全体战士)参加，讨论、决定各项重大问题；通常用举手或喊声表决，按少数服从多数的原则作出决议。

名师批注

呼应前文，再一次强调特洛伊城的易守难攻。“清扫”“攻占”“摧毁”“占领”等动词的使用，体现出希腊人所向披靡的气势，也表现了战争的残酷。

名师批注

阿喀琉斯初试锋芒，显示了英勇无比的作战能力。

俘获，被带回希腊人的营寨。阿喀琉斯在忒拜城缴获了大量战利品。他俘虏了阿波罗的祭司克律塞斯美丽的女儿克律塞伊斯，布里修斯美丽的女儿布里塞伊斯。希腊将士把克律塞伊斯分给阿伽门农。

特洛伊城四周均已被希腊军队荡平。现在特洛伊人谁都不敢出城，因为一出城就可能被杀或被俘，要不就会被卖为奴隶。

就这样，特洛伊城被围困了整整九年，城内的居民受尽了苦难。许多英雄在此期间阵亡。可是最大的苦难还在后头，因为特洛伊最终还是沦陷了。

帕拉墨得斯之死

名师批注

战争如一头噬人的猛兽，把身强力壮的人类精英毁灭殆尽。

希腊军队苦战九年也历尽艰辛，许多将士、英雄死于敌人之手。足智多谋的俄底修斯出于仇恨与嫉妒害死了聪明过人的帕拉墨得斯。

名师批注

突出了帕拉墨得斯所作的贡献，也体现了他的聪明与才智。

帕拉墨得斯为希腊军队提出过许多高明的建议。他用草药给希腊将士们医治伤病；他建立了灯塔，使出营的水军在漆黑的夜间能顺利返回驻地。希腊将士全都敬重帕拉墨得斯，所以俄底修斯憎恨他。俄底修斯还记得当初自己为了逃避远征特洛伊而装疯卖傻，就是帕拉墨得斯揭穿了他。想到这儿，他对帕拉墨得斯的仇恨愈发强烈了。俄底修斯长久以来一直处心积虑地要陷害帕拉墨得斯。现在他终于有机可乘了，因为帕拉墨得斯建议希腊联军终止战争，返回故乡。俄底修斯想出一个阴险的计划。

黑夜，俄底修斯将一袋金子偷偷塞进帕拉墨得斯的营帐，然后到处散布说，帕拉墨得斯建议希腊军队停止围攻特洛伊城不是无缘无故的，他之所以出这样的主意，是因为他已被普里阿摩斯收买。希腊联军中有不少人对帕拉墨得斯不满，他们认为，如果听从帕拉墨得斯停止攻城的建议，那么他们就失去了攻克特洛伊城之后获得大量战利品的机会。所有这些对帕拉墨得斯不满的人乐于相信俄底修斯的诽谤。

俄底修斯看到许多人渐渐相信帕拉墨得斯已经叛变，于是又散布谣言使众人深信普里阿摩斯确已收买帕拉墨得斯。另外他向阿伽门农报告，说帕拉墨得斯通过一个佛律癸亚籍的俘虏与普里阿摩斯联络，而这个佛律癸亚人在离开希腊人的军营去特洛伊的途中被俄底修斯手下的兵丁抓获并已处死。俄底修斯还假借普里阿摩斯的名义给帕拉墨得斯写了一封信，信中说，那袋金子是普里阿摩斯送给帕拉墨得斯的，作为他劝说希腊军队停止围攻、撤回故乡的酬劳。俄底修斯将此信交给佛律癸亚籍俘虏，吩咐他把信送给普里阿摩斯。这个佛律癸亚人刚刚走出希腊人的军营，俄底修斯手下的兵丁便一拥而上，将其杀害，而把信送给自己的国王。俄底修斯拿着这封信匆匆赶到阿伽门农的营帐。阿伽门农接到报告，立即召集希腊各部分军队的首领来自己的营帐。

名师批注

极尽笔力描写俄底修斯如何设计陷害帕拉墨得斯。

帕拉墨得斯应召前来，丝毫不知自己面临什么样的危险。俄底修斯在诸位首领面前指控帕拉墨得斯叛变。尽管帕拉墨得斯竭力分辩，说自己从无叛变的念头，但是毫无效果。俄底修斯建议搜查帕拉墨得斯的帐篷，以获取罪证。派去搜查的人果然在他的营帐里找到一袋金子。现在所有的人都深信帕拉墨得斯是叛徒，于是立即成立法庭，判处帕拉墨得斯死刑，决定用石块将他砸死。

无辜的帕拉墨得斯戴着沉重的锁链，被带到海边。帕拉墨得斯恳求希腊将士不要杀死他，不要对他这个毫无罪过的人处以这样凶残难堪的死刑，可是一切都是徒然，没有人肯听他这个被强加了叛徒罪名的人的话。临刑之时，帕拉墨得斯没有一声呻吟，没有一句怨言。临死时，他只轻轻说了这样一句话：

“真理啊，我为你惋惜，你在我之前死亡了。”

说完这句话，希腊最英明的英雄就辞世了，尽管他为希腊人提供了如此多的重大帮助，但这并不能挽救他。后来，

名师批注

正义女神涅墨西斯从天上看到了这一切。她决定惩罚希腊人以及骗他们犯罪的俄底修斯，使他们遭到灾难。特洛伊战争结束后，俄底修斯被众神诅咒，在爱琴海及北海漂泊十年，才得以返回家乡伊塔刻。

希腊人为帕拉墨得斯的死付出了惨重的代价。

阿伽门农不仅处死了帕拉墨得斯，还不让人安葬帕拉墨得斯的尸体，而是暴尸于海岸，让凶禽猛兽来撕食，这使帕拉墨得斯的灵魂四处漂泊。强大的大埃阿斯看不过去，他不相信帕拉墨得斯会叛变，于是为帕拉墨得斯举行了葬礼，体面地安葬了帕拉墨得斯。

名师点拨

在上古时代，部落对部落的战争本就是为了掠夺财富、奴隶和家畜而引起的。因此，在战场上冲锋在前、表现英勇、起到表率作用的英雄们自然就能分到更多的战利品。另外，古希腊文化的基调是人本主义，重视个体生命、珍视个人价值、张扬个人欲望是其精神要旨，而最能展现个体价值的途径有两个：一是战争，一是冒险。于是，特洛伊战场就为这些英雄赢得荣誉提供了绝佳的舞台。因此从文中可以看到，战争能为英雄们带来双重利益，既可以帮助他们分得物质财富，更可以让他们展现能力和智慧，赢得不朽的声名。

好词多积累

遥遥在望　自告奋勇　荒无人烟　严阵以待　丰功伟绩　贸然行事
天昏地暗　易守难攻　足智多谋　处心积虑　一触即发

佳句任你评

★一股股脓血从伤口中涌出，周围的空气立刻被污染得臭不可闻。菲罗克忒忒斯无法忍受痛苦的折磨，日夜不停地呻吟。

★希腊将士一齐跳下战船，扑向敌群。一场血战天昏地暗，特洛伊军队动摇了、败退了，他们躲进易守难攻的特洛伊城。

大家来思考

1. 帕拉墨得斯为什么建议希腊联军终止战争，返回故乡？
2. 如何理解“真理啊，我为你惋惜，你在我之前死亡了”？

阿喀琉斯与阿伽门农的争吵

名师带你读

军队在作战中如果能上下一心，精诚团结，最后必然凯旋；但如果主帅与主将起内讧，那么只能以失败告终。阿喀琉斯与阿伽门农之间发生了怎样的矛盾？他们的矛盾给希腊军队带来了怎样的后果呢？

希腊军队围攻特洛伊的第十年年初，阿波罗的祭司克律塞斯来到希腊人的军营。他向所有希腊将士恳求归还他的女儿克律塞伊斯，他愿支付巨额的赎金。大家听了克律塞斯的恳求，同意收取巨额赎金，将克律塞伊斯归还给她的父亲。可是强大的国王阿伽门农听了勃然大怒，对克律塞斯说："老头子，快离开，别再到我的军营来，虽说你是阿波罗的祭司，但我也会杀你的。我不会还你女儿，她一辈子都得受奴役。如果你还想活着回家，就别惹我生气。"

名师批注

体现了阿伽门农暴躁的性格，这位希腊联军主帅缺少将帅特有的一种稳重和豁达。

克律塞斯恐惧地离开了希腊人的军营，悲愤地走向海边。他在海边向阿波罗哀求："银弓之神啊，听听你忠实仆人的祈求吧！你要用你的箭为我的委屈向希腊人报仇。"

阿波罗听见了祭司克律塞斯的祈求。他身挎银弓和箭筒，飞速离开奥林匹斯山。阿波罗的怒火在胸中燃烧着，脸色比黑夜还要阴沉。他来到阿伽门农的军营前，从箭筒中取出一支金箭，射向军营。阿波罗银弓的弓弦发出威严的嗡嗡声，紧接着他又射出第二支、第三支箭……那箭如同冰雹，带着

名师批注

瘟疫给希腊军队带来难以抚平的伤痛和难以估量的损失。

死亡飞向希腊人的军营。可怕的疫病袭击了希腊军队，许多希腊将士倒毙了，到处燃起葬化的篝火，似乎是希腊人死亡的时候来临了。

瘟疫已经肆虐了九天。第十天，伟大的英雄阿喀琉斯根据赫拉的建议，召集所有英雄举行公民大会商议对策。待所有将士到会之后，阿喀琉斯就对阿伽门农说："阿特柔斯的儿子，我们只能返航回故乡。你也看到了，我们的将士不仅在战斗中阵亡，而且因染上瘟疫而倒毙。不过，我们可以先问问占卜家，他们会告诉我们，我们怎么惹怒了银弓之神阿波罗，他为什么要给我们的军队降下可怕的疫病。"

名师批注

侧面衬托出阿伽门农的威严与暴躁。

阿喀琉斯刚说完这番话，曾多次向希腊人揭示诸神旨意的预言家卡尔卡斯站了起来。卡尔卡斯说，他可以说出银弓之神发怒的原因，但是有一个条件，就是必须保护他不受国王阿伽门农的伤害。

阿喀琉斯以阿波罗的名义发誓，保证保护卡尔卡斯。这时，卡尔卡斯才说："勒托的儿子阿波罗之所以发怒，是因为国王阿伽门农侮辱了他的祭司克律塞斯，阿伽门农驱逐了克律塞斯，不许他用高额赎金赎回女儿。我们只有将黑眼睛的克律塞伊斯归还她的父亲，再用一百头公牛向阿波罗献祭，那时阿波罗才会宽恕我们。"

名师批注

体现了阿伽门农的贪婪、蛮横，其性格缺陷注定了希腊军队在这场战争中的曲折之路。

听了卡尔卡斯这番话，阿伽门农大怒。他开始痛恨阿喀琉斯。他只好同意将克律塞伊斯交还给她父亲，不过要求独得克律塞伊斯的全部赎金。阿喀琉斯谴责阿伽门农自私贪财，阿伽门农听了更是火冒三丈。他扬言要行使权力，多占阿喀琉斯、埃阿斯或俄底修斯三人之中一人所分得的克律塞伊斯的赎金。

名师批注

阿喀琉斯可以不顾自己的生命来帮助别人，但是当他的尊严被人践踏、荣誉被人掠夺时，他绝不会妥协与退让。

阿喀琉斯高声嚷道："我们分得的奖赏从来都不能与你相比，你却还要抢夺属于我们的那一份。我们来此作战并非为了自己，只是为了帮助你和墨涅拉俄斯。既然你想从我手中抢夺我应得的一份战利品，那我不如返回故乡佛提亚，我不愿为增加你的战利品和珍宝而战。"

“好呀，你回佛提亚去吧！”阿伽门农说，“所有国王之中，我最恨的就是你！就你无事生非，挑起争吵。我丝毫不怕你发怒。我告诉你，既然阿波罗希望把克律塞伊斯还给她父亲，那我就还，但是我要从你手中夺回女俘布里塞伊斯作为补偿。你会知道我的权力该有多么大！我要让所有人都不敢与我抗争！”

听了阿伽门农这番恫吓的话，阿喀琉斯简直暴跳如雷。他从剑鞘中拔出利剑，就要扑向阿伽门农。突然，阿喀琉斯觉得有人轻轻触摸他的头发。他回头一看，吓了一大跳——他身后站着雷神宙斯的女儿雅典娜，当然其他人看不见她。雅典娜是赫拉派来的，宙斯的妻子不希望阿喀琉斯和阿伽门农之中的任何一个人死亡，对这两位英雄，她都一样宠爱。

阿喀琉斯哆哆嗦嗦地问雅典娜：“啊，雷神宙斯的女儿，你为什么来这里？难道你只是为了看一看阿伽门农有多么张狂吗？他马上就要被自己的骄横葬送了！”

“不，强健的阿喀琉斯，”雅典娜说，“我来此并非为了这个。如果你还肯服从奥林匹斯众神的意志，那么我是来为你制怒的。快别拔剑了，唇枪舌剑也就够了，你就狠狠地抨击阿伽门农吧。相信我！不久的将来，你在这里，就在这个位置上，会因为所受的委屈而得到数倍的补偿。你就服从永生的众神的意志吧。”

阿喀琉斯服从了众神的意志，把剑插回剑鞘，雅典娜又回到光明的奥林匹斯山上了。

阿喀琉斯又对阿伽门农说了许多怒气冲冲的话，骂阿伽门农是吸血鬼、酒徒、胆小鬼、恶狗。阿喀琉斯将自己的权杖扔在地上，并以此发誓，求他帮助攻打特洛伊的时候会来临的，那时阿伽门农再来恳求就为时已晚了，因为阿伽门农对他的侮辱太粗暴了。

皮罗斯英明睿智的老国王涅斯托耳竭力为争吵的双方调解，但是白费了一番口舌，阿伽门农不听劝说，阿喀琉斯也不肯和解。珀琉斯的儿子带着朋友帕特洛克罗斯及英勇善战的密耳弥多涅人怒气冲冲地回自己的营帐去了，胸中仍然燃

名师批注

希腊军队中的主力离开了战场，这给希腊军队带来了巨大的灾难，也给特洛伊军队提供了胜利的机会。

烧着对阿伽门农的愤恨。

与此同时，阿伽门农命令将一艘快船推下海，吩咐将献给阿波罗的祭品和克律塞斯美丽的女儿送到船上。这艘船由俄底修斯押解，前往厄斯提翁所在的忒拜，而军营中的希腊将士则按照阿伽门农的命令向阿波罗敬献大量的祭品，祈求阿波罗宽恕，消除军中流行的瘟疫。

阿伽门农派出的海船在无边无际的茫茫大海上劈波斩浪，飞速行进，最后终于到达忒拜港。在俄底修斯的带领下，一队希腊士兵离船上岸，护送克律塞伊斯前往她父亲的家。俄底修斯对克律塞斯说："啊，阿波罗的祭司！我遵照阿波罗的旨意送还你的女儿。我们还送来一百头公牛，以此献祭伟大的阿波罗，祈求他宽恕希腊将士，免除深重的灾难。"

名师批注

阿伽门农为什么派俄底修斯去忒拜呢？因为俄底修斯的聪明、机智和杰出的口才有可能平息阿波罗祭司的怒火，从而使阿波罗解除希腊人的瘟疫。

年老的克律塞斯看到女儿归来，喜出望外，怜爱地搂住克律塞伊斯。人们立即着手向阿波罗献祭。克律塞斯向箭神央告道："银弓之神啊，请听我的祈求！以往你一直听我的央告，现在你也要听，快免除希腊人的巨大灾难，快制止致命的瘟疫！"

阿波罗听到克律塞斯的祈求，制止了希腊军营中流行的疫病。克律塞斯向阿波罗献祭之后，举行了盛大的宴会。来忒拜的希腊人快快活活地开怀畅饮。少年们来回奔走，将客人们的酒杯斟得满满的。希腊少年们唱起了赞美阿波罗的颂歌，美妙的歌声四处传扬。

在俄底修斯押船去忒拜期间，阿伽门农果然如他对阿喀琉斯威胁时所说的那样干了。他叫来塔尔堤比俄斯和欧律巴忒斯这两个传令官，让他们去领布里塞伊斯。他俩受阿伽门农派遣，不得已来到阿喀琉斯的营帐，阿喀琉斯这时正坐在营帐旁沉思。

两人走到强健的英雄面前。这时，阿喀琉斯对他们说："两位传令官，你们好。我知道你们毫无过错，过错全在于阿伽门农。你们是来领布里塞伊斯的。帕特洛克罗斯，我的朋友，把布里塞伊斯交给他们。不过，他们将会亲眼看到需要我来拯救希腊人于死亡的时刻来临，那时候丧失理智的阿伽门农将无法挽救希腊将士。”

阿喀琉斯洒下悲伤的眼泪，离开朋友，独自走到空旷的海边。面对大海，他张开双臂高声呼唤母亲忒提斯：“我的母亲啊，既然你生下我这注定短命的儿子，那雷神宙斯为什么还要夺回我的荣誉？国王阿伽门农侮辱我，抢去了我因战功而应得的奖赏。我的母亲啊，你听见我的声音了吗？”

神女忒提斯听见阿喀琉斯的呼唤，便告别了华丽的宫殿，来到岸上。她坐在心爱的儿子身边，搂住儿子问道：“我的儿啊，你为什么哭得这样伤心？把你的痛苦告诉我吧。”

阿喀琉斯告诉母亲，阿伽门农粗暴地侮辱了他。他恳求母亲飞上光明的奥林匹斯山，央求宙斯惩罚阿伽门农；让宙斯帮助特洛伊人，让特洛伊人把希腊军队赶回战船上去；让阿伽门农懂得，侮辱希腊最勇敢的英雄是多么的不明智。阿喀琉斯告诉母亲，宙斯不会拒绝她的请求。

名师批注

人们对一些事情力不从心甚至无能为力时，都愿意把最后的希望寄托在神的身上，阿喀琉斯也不例外。

“我心爱的儿子啊，”忒提斯痛苦地哭喊道，“我为什么要生下你，让你遭受那么多的苦难？现在你将不久于人世，你比别人都要不幸。你别那样悲伤！我会去光明的奥林匹斯山，我会恳求宙斯帮助你。你可得待在帐篷里，再别参加战斗。现在宙斯不在奥林匹斯山，他与所有永生的神都去出席埃塞俄比亚人举行的宴会了。等十二天之后宙斯回来，我要跪在他的脚下，但愿我能求动他！”

忒提斯告别悲愁的儿子，而阿喀琉斯回到英勇善战的密耳弥多涅人的营帐里。从这一天起，阿喀琉斯既不出席首领会议，也不参加战斗。他愁苦地坐在自己的帐篷里，尽管他渴望取得战斗荣誉。

第十二天清早，神女忒提斯裹着灰蒙蒙的云雾从海底前往奥林匹斯山。她跪倒在宙斯面前向他恳求。

忒提斯恳求道：“我求你帮助我为儿子复仇。从前我曾为你效劳，现在你应接受我的请求。在希腊人央求我儿子帮助他们之前，在他们重新对我儿子表示恭敬之前，你得让特洛伊人取胜。”

宙斯久久没有回答忒提斯，可是忒提斯再三央求他，最后，宙斯长长地叹了一口气，说：“忒提斯，你要知道，你的要求会激起赫拉的愤怒，她会恨我。本来她就一直责备我帮助特洛伊人作战。现在，你赶快离开巍峨的奥林匹斯山，免得赫拉看见你。我答应满足你的要求。”

说完，宙斯就威严地皱起眉头，他头上的毛发也都竖了起来，整座奥林匹斯山为之抖动。忒提斯放心了，匆匆离开奥林匹斯山，返回海底。

宙斯来到众神畅饮的宴会上。众神全都起身欢迎宙斯，没有一个人敢坐着与他打招呼。当众神和人类之王在金宝座上坐定之后，赫拉就对宙斯说：“刚才你与哪一个永生的神秘密磋商？你总是对我隐瞒你的想法和打算。”

“赫拉，”宙斯说，“你别指望什么时候能了解我全部的想法。该知道的你会比其他神祇早知道，但是你别想打听我的秘密，连问都不要问。”

“啊，乌云的聚散者，”赫拉说，“你知道，我从来就不刨根问底打听你心中的秘密。你向来决定任何事情都不许我过问。不过我很担心，今天忒提斯来求你去为她的儿子阿喀琉斯报仇，求你杀害大批的英雄，我知道，你已答应满足她的请求。”

名师批注

赫拉是聪明的神，但她在宙斯眼里并不是聪明的妻子。她的嫉妒令宙斯反感。

宙斯威严地瞧了赫拉一眼，他讨厌妻子时时刻刻窥视着他。他怒气冲冲地命令赫拉老老实实地坐着别吭声。如果她不想遭受惩罚，那就服从他的命令。赫拉害怕宙斯发怒，于是坐在金宝座上不再吭声。宙斯与赫拉的这场争吵吓得众神不敢说话。这时只有跛足的赫菲斯托斯站起身来责怪父母不该为凡人的事情争吵。

“如果往后我们为凡人的事情争吵，那么众神的宴会将再也不会有欢乐。”赫菲斯托斯说。他请求母亲赫拉服从宙斯的威力，因为宙斯发怒是很可怕的，他会把所有奥林匹斯神都赶下宝座。

赫菲斯托斯对赫拉重提往事，当初雷电之神宙斯朝赫拉发火，他跑去帮助母亲，结果被宙斯贬到地上。赫菲斯托斯取来一个大酒杯，斟满仙酒，端给母亲赫拉，赫拉脸上露出了笑容。赫菲斯托斯又用高脚酒杯从酒樽中舀出一杯杯仙酒，跛着脚送到诸神面前。看到跛脚的赫菲斯托斯一瘸一拐地在宴会厅中来回走动，众神都笑了。宴会重新呈现出喜悦的气氛，众神听着阿波罗金竖琴的琴声和诸位缪斯的歌声，无忧无虑地喝着酒，直到太阳下山。宴会结束后，众神各回各的卧室，不一会儿，整座奥林匹斯山进入了安宁的梦乡。

名师批注

神界的安宁与人间的战争形成鲜明对比，令人不禁深思：神的职责是什么呢？

名师点拨

阿喀琉斯是个英勇善战、不怕牺牲的英雄，在特洛伊战争中，他叱咤风云、所向披靡、攻城略地，建立了无数功勋。但当阿伽门农声言要抢走他心爱的女俘时，他认为自己的自尊和荣誉受到了极大的伤害，于是怒而退出了战场，任凭自己的同胞成批成批地死于特洛伊人的刀剑之下。在阿喀琉斯眼里，尊严与荣誉高于一切。

好词多积累

火冒三丈　暴跳如雷　唇枪舌剑　劈波斩浪　刨根问底

佳句任你评

★阿波罗银弓的弓弦发出威严的嗡嗡声，紧接着他又射出第二支、第三支箭……那箭如同冰雹，带着死亡飞向希腊人的军营。可怕的疫病袭击了希腊军队，许多希腊将士倒毙了，到处燃起葬化的篝火，似乎是希腊人死亡的时候来临了。

大家来思考

1. 阿伽门农和阿喀琉斯因何争吵？争吵的结果如何？

2. 天下没有一个父母不希望自己的孩子平安长大，而忒提斯明明知道阿喀琉斯将命丧战场，为什么还请求宙斯帮助自己的儿子呢？

公民大会

名师带你读

宙斯如何去完成忒提斯的请求？等待希腊人的将是怎样的困难与险阻？

名师批注

这句话具有承上启下的作用。

奥林匹斯山上永生的神全都睡着了。希腊人的军营和特洛伊城也都沉入酣梦之中。但是雷神宙斯并未合眼，他在考虑如何为受辱的阿喀琉斯复仇。最后，他决定让阿伽门农做一个幻梦。

宙斯叫来幻梦之神，派他去希腊人的军营，到阿伽门农身边。宙斯对幻梦之神说："幻梦，你迅速飞到阿伽门农面前，鼓动他率领希腊将士投入战斗。你对他说，今天他一定能攻占特洛伊城，因为赫拉已经说服所有的神都不帮助特洛伊军队。特洛伊城现在已面临毁灭。"

名师批注

涅斯托耳是阿伽门农和墨涅拉俄斯准备攻打特洛伊时第一个邀请的人，他的话对阿伽门农很有影响。

梦神化作阿伽门农最敬重的长者涅斯托耳，进入了阿伽门农的梦中，并对他说了宙斯吩咐自己说的那些话。阿伽门农惊醒了，但是梦中听见的那些话仍在耳边回响。这位迈锡尼国王匆匆起身，穿上阔气的衣衫，手执金权杖，前往希腊战船所在的海岸。

这时，朝霞满天，预示着伟大的太阳神赫里阿斯就要飞上天空。阿伽门农叫来传令官，让他们召集所有将士来参加公民大会。强健的迈锡尼国王将各部分军队的首领叫到涅斯托耳的战船旁边，向他们讲述了自己的梦境。

众首领一致同意准备投入战斗。但是阿伽门农在将军队遣往特洛伊城外的战场之前，打算先对他们做一番试探。他决定向公民大会提议返回故乡。在诸位首领商议的时候，将士们陆续来到会场。数不清的人群就像山洞里飞出来的蜂群一样聚集在一起。公民大会的会场上，人流如潮，人声鼎沸。传令官们竭力维持秩序，让人们安静下来，以便宙斯的后裔们能够发言。

名师批注：此句运用比喻的手法，把人群比作蜂群，生动形象地写出了会场人之多。

会场上终于安静下来。阿伽门农手持权杖，首先站起来发言。他谈起战争带来的沉重负担，谈到希腊人在特洛伊城下长期作战未能取胜，看来希腊军队无法攻破坚固的特洛伊城，不得不无功而还，撤回祖国。

希腊将士听了心情无比激动，就像南风和东风刮过海面，海上腾起冲天的巨浪。将士们大喊大叫，争先恐后地冲向战船。他们奔跑的脚步声震动了大地，滚滚的尘土腾空而起。军营四处喊声震天，大家急急将战船推下水，谁都想早点返航回故乡。

名师批注：希腊将士们的反应充分显示出他们对战争的厌倦和对故乡亲人的思念，这已经超出他们对功名的追求。这也说明了阿伽门农的试探有一定的道理，如果一支军队有了厌战的情绪，还如何能打胜仗？可见阿伽门农是一个有谋略的统帅。

希腊将士的喊声一直传到奥林匹斯山。赫拉担心希腊人撤除对特洛伊城的围困，于是派雅典娜去希腊人的军营，阻止他们撤离。雅典娜如同一阵狂风，从奥林匹斯山驰往希腊人的军营，来到俄底修斯跟前，对他说："莱耳忒斯高贵的儿子，难道你们一致决定离开这里逃回故乡？莫非你们要把美丽的海伦留在这里，让普里阿摩斯和全体特洛伊人都高兴？你快去说服大家，不要放弃围困特洛伊！"

俄底修斯听见女神威严的声音，立即扔下斗篷，向战船跑去。他从迎面走来的阿伽门农手中拿过最高权力的标志——权杖，劝说所有首领和士兵，不要将战船推下水，快回去继续开公民大会。俄底修斯挥起权杖殴打那些吵嚷得特别厉害、急于离开特洛伊海岸的士兵。人们又都返回原先集会的场所。

名师批注：俄底修斯此举是杀鸡给猴看，起到惩一儆百的作用。

高声大喊的人群就像永不平静的大海的浪涛，撞击海岸的山岩，发出雷鸣似的巨响。最后大家都回到自己的位置，安静下来，只有忒耳西忒斯一人继续大叫大嚷。忒耳西忒斯常常毫无顾忌地反驳国王，他特别仇视俄底修斯及忒提斯的儿子阿喀琉斯。

现在，忒耳西忒斯尖声喊叫并辱骂阿伽门农。他大喊大叫，说阿伽门农捞足了战利品和女奴，说士兵们俘虏了特洛伊的名人显贵，而阿伽门农因此大捞赎金。忒耳西忒斯呼吁大家尽快返回故乡，把阿伽门农一人撇在特洛伊城下，得让他明白，他们这些士兵是否在战斗中奋不顾身地帮了他的忙，是不是他的忠实奴仆。

忒耳西忒斯竭尽所能地怒骂阿伽门农。他还谴责阿伽门农侮辱阿喀琉斯，同时又指责阿喀琉斯胆怯畏缩。忒耳西忒斯的吵嚷声被足智多谋的俄底修斯听见了。俄底修斯走到他面前，声色俱厉地说道："蠢家伙，不许你辱骂国王，不许你再说回国！这场战争，结局如何尚难预料，但是你听着并且记住：我会说到做到的！如果我再听见你这个疯子骂国王阿伽门农，我不抓住你，不剥光你的衣服，不痛打你一顿，将疼得痛哭流涕的你撵回船上去，那我誓不为人，那我就不是忒勒玛科斯的父亲。"

俄底修斯威严地吼叫之后，挥起权杖朝忒耳西忒斯的背上猛击一下。忒耳西忒斯疼得泪如雨下。他的背上鼓起一道血红的印痕。忒耳西忒斯吓得瑟瑟发抖，皱起眉头，抬手抹去脸上的泪水。在场所有的人望着忒耳西忒斯这副样子，忍不住都大声地笑了，他们说："俄底修斯在会场和战场上建立了许多丰功伟绩，但是这次的功绩最大。他制服了这个饶舌的家伙！现在忒耳西忒斯再也不敢辱骂宙斯所宠爱的国王们了。"

俄底修斯接着又对出席公民大会的人发言，而雅典娜变成传令兵站在他身旁。俄底修斯劝说希腊将士不要撤离特洛伊，他说："如果不攻下特洛伊就返回故乡，那么我们将蒙受耻辱。难道我们能像孤儿寡母一样因为胆怯而逃回家乡？难道我们忘却了卡尔卡斯的预言，忘了应该忍耐？莫非大家全都忘却了当初宙斯在奥利斯港降下的预兆？只有在战争的第

名师批注

充分显示了俄底修斯的智慧和辩才。他的话能激活将士们内心对荣誉的渴求，点燃士兵们浴血奋战的热情。

十年，希腊人方能攻克特洛伊城。”

俄底修斯这番话重新激起了大家对建立战功的强烈欲望。希腊将士高声呼喊着赞同俄底修斯的意见，四周回荡着响亮的声音。这时，智慧的长者涅斯托耳站起身来，人们立即又安静了。涅斯托耳也建议希腊军队留下来与特洛伊人战斗。他提议在作战时按部落、家族编组军队，让部落、家族之间互相支援。这样一来，哪个部落的首领和将士勇敢，哪个部落的首领和将士畏怯，便可一清二楚。那时候人们也会明白，特洛伊城至今尚未攻克到底是什么原因，是众神有意为难，还是首领们不懂军事。

阿伽门农对此表示同意。他命令将士们先去吃饭，然后准备投入战斗。“让那些待在战船旁边躲避参战的人倒霉去吧。”全军将士齐声高喊，那喊声仿佛狂风巨浪。公民大会很快就结束了，大家纷纷赶回营帐。

名师批注

这就是阿伽门农想要的气氛。全军士气受到了空前的鼓舞，侧面衬托出阿伽门农是一位多谋善断的统帅。他懂得如何调动大家的积极性，为胜利做好充足的精神准备。

为了增强体力，希腊将士在投入战斗之前先饱餐了一顿。他们一起向神献祭，祈求神在战争时保护他们。阿伽门农还向宙斯敬献了祭品。他在四周站着希腊最著名英雄的祭台旁摆上一头肥壮的公牛，然后祈求宙斯保佑希腊人获胜，在黑夜降临之前帮助他攻破坚固的特洛伊城，占领国王普里阿摩斯的王宫，保佑他用长枪刺穿赫克托耳的盔甲，将赫克托耳消灭。然而，伟大的宙斯并不听阿伽门农的祈祷，这一天为迈锡尼国王安排了许多挫折。献祭结束，涅斯托耳开始催促各部落首领率军前往战场。

首领们匆匆赶回各自的部队，命令传令兵们召集士兵；然后将所属将士编成战斗队形，开赴特洛伊城下。大地在士兵和战马的脚下呻吟。整个斯卡曼德洛斯河谷布满了军队。所有将士心中都燃烧着与特洛伊人厮杀的欲望。雅典娜在队伍中来回奔跑，向士兵们灌输百折不挠的勇气，激励他们勇敢地投入战斗。各部落首领乘坐战车行进在部队前头，尤其是阿伽门农，特别威严出众，俨然是雷神宙斯。士兵们迈着整齐的步伐，一列紧接着一列，开赴特洛伊城下。

名师批注

希腊人做好了全方位的准备，如果没有雷神的阻挠，相信希腊人必会迎来属于自己的胜利。

名师点拨

文中最有意思的地方是小人物忒耳西忒斯的出现，他给悲壮的故事带来一点风趣，给严肃的战争带来一丝活力。我们付之一笑的同时，也有更多的思考。小人物的生存之痛是最让人无言以对和无可奈何的，他们往往因为无力把握现状和改变命运而显得渺小可怜，但偌大的历史舞台，往往正因为这些默默无闻的小角色而成就了鼎鼎大名的大人物。

好词多积累

人流如潮　人声鼎沸　声色俱厉　瑟瑟发抖　百折不挠

佳句任你评

★数不清的人群就像山洞里飞出来的蜂群一样聚集在一起。公民大会的会场上，人流如潮，人声鼎沸。

★希腊将士听了心情无比激动，就像南风和东风刮过海面，海上腾起冲天的巨浪。将士们大喊大叫，争先恐后地冲向战船。他们奔跑的脚步声震动了大地，滚滚的尘土腾空而起。

★忒耳西忒斯疼得泪如雨下。他的背上鼓起一道血红的印痕。忒耳西忒斯吓得瑟瑟发抖，皱起眉头，抬手抹去脸上的泪水。

大家来思考

1. 阿伽门农为什么要对军队进行一番试探，向公民大会提议返回故乡？

2. 雅典娜的出现对故事的发展起到什么作用？能不能把关于雅典娜的文字去掉？

特洛伊人的胜利

名师带你读

在宙斯的帮助下，特洛伊人取得了胜利。希腊士兵和特洛伊人在战场上有何表现？没有阿喀琉斯参与的战争是否精彩呢？

名师批注

诗意的语言烘托出浪漫、温馨的氛围。

清晨，晨光女神厄俄斯飞上天空，东方燃起了彤红的霞光，这时，宙斯将众神召集到光明的奥林匹斯山上。他对众神说："永生的众神，你们听着！今天谁都不许离开巍峨的奥林匹斯山去为希腊人或特洛伊人助战。谁不听我的话，我就把谁打入地狱的最底层，让他知道我比永生的众神都要厉害。如果你们想试试我的力量，那你们就取一根金链，将它坠到地面，你们都到地面上去，试试能不能用这根金链将我拉下奥林匹斯山。我只需用一只手抓住金链，就可以把你们连同大地、海洋一起提上来。"

宙斯这番威胁性的话语使众神个个胆战心惊。女神雅典娜对宙斯说："伟大的雷神啊，我们都知道你有无限的力量，可我们全都为希腊人悲伤，莫非他们注定要灭亡？"

名师批注

几个"金"字体现了宙斯的威严与权力。

宙斯回答："我并不想坑害希腊人。"说完这句话，宙斯套上金鬃马，拿起金鞭子，穿着金衣服，登上金马车。他扬鞭催马，飞驰于大地与天空之间，前往高高的伊得山。他飞落在山巅，观看希腊人和特洛伊人备战。

双方军队开赴战场，很快就遭遇了。惊心动魄的战斗再次爆发。时值正午，宙斯取出金天平，将特洛伊人和希腊人的命运筹码放在天平上称。结果特洛伊人的命运筹码翘上了天，而希腊人的命运筹码沉到了地，这意味着特洛伊人将有好运，而许多希腊人将要死亡。

伊得山上伟大的宙斯发出一声惊雷，将闪闪电光投向希腊人的阵营。希腊军队一片惊惶，将士们纷纷逃窜，争先恐后地躲进营寨。战场上只剩下涅斯托耳，他的一匹马被帕里斯的箭射伤，人立起来在原地打转。涅斯托耳竭力想砍断挽具，可是未能成功。赫克托耳驾车朝他驰来。

年老的涅斯托耳眼看就要丧命，幸亏狄俄墨得斯及时赶来救助。狄俄墨得斯还呼唤俄底修斯来帮忙，可是俄底修斯未听见他的喊声。狄俄墨得斯将涅斯托耳扶到自己的战车上，然后驱车冲向赫克托耳。狄俄墨得斯向赫克托耳投出长枪，可是投偏了，长枪击中赫克托耳驭手的胸膛，驭手倒地身亡。赫克托耳的战马扭头逃跑。英雄阿耳刻普托勒摩斯跳上战车充当赫克托耳的驭手。

名师批注

从侧面写出了战争的激烈和战场的混乱。

如果希腊人看到狄俄墨得斯占了上风，大概会停止败退。可是这时，宙斯将闪电投掷于狄俄墨得斯的战马眼前，电光耀眼而可怕，战马禁不住回头奔逃。涅斯托耳劝说狄俄墨得斯不要恋战，因为宙斯不让他取胜。尽管狄俄墨得斯很想继续冲杀，但他还是听从了涅斯托耳的劝告，策马奔向正在奔逃的希腊人群。

名师批注

狄俄墨得斯在战场上表现出了难以置信的英雄气概，但是宙斯却不给他建立功勋的机会。

特洛伊人高声呐喊，并向希腊人射出密集的箭。赫克托耳嘲笑掉头奔逃的狄俄墨得斯。狄俄墨得斯三次回头想交战，可是三次响起宙斯可怕的滚滚雷鸣。赫克托耳明白，宙斯用雷鸣来预告特洛伊人将取得胜利。赫克托耳鼓励特洛伊将士乘胜追击，扬言要冲进希腊人的营寨，烧毁他们的战船。

女神赫拉听到赫克托耳的威胁，大为恼火。她恳求海神波塞冬帮助希腊人，可是伟大的海神拒绝了。

激烈的战斗已经把希腊人逼到军营跟前了。赫拉提醒阿伽门农重新鼓舞将士的士气。阿伽门农登上俄底修斯的战船，向将士们大声呼喊，号召他们英勇保卫自己的营寨。他向宙斯恳求帮助，恳求他别让希腊人惨遭特洛伊人的毒手。

宙斯动了怜悯之心，给希腊人送来吉兆：一只苍鹰飞临宙斯的祭台上空，将它爪子上抓着的一头小鹿投到祭台上。

希腊将士看到这一吉兆，精神大振，向特洛伊军队发起反击。其中最勇敢的莫过于狄俄墨得斯。他独自杀死了许多特洛伊英雄。其他希腊英雄在战斗中也很勇猛，最突出的要数大埃阿斯的异母兄弟透克洛斯。他用弓箭接连射死许多特洛伊英雄。透克洛斯还打死了赫克托耳的驭手——他的朋友阿耳刻普托勒摩斯。赫克托耳大怒欲狂，向透克洛斯扑了过去。他举起一块巨石，砸中透克洛斯的肩窝，透克洛斯痛苦地呻吟。要不是大埃阿斯用盾牌护住兄弟，并命令卫兵将他抬到战船旁边，透克洛斯准被赫克托耳结果了性命。

名师批注

战争更加激烈，气氛更加紧张。赫克托耳与透克洛斯的较量，显示出赫克托耳横扫千军的威力。

宙斯再次激发起特洛伊将士的勇气，一直把希腊军队逼到战船边。赫克托耳在敌群中勇猛冲杀，势不可当。看到这种情况，赫拉又怜悯希腊将士了，说服雅典娜驰往救助。雅典娜同意了。她穿上铠甲，与赫拉一起乘车离开光明的奥林匹斯山。宙斯在高高的伊得山上看见飞驰的女神，心中充满了愤怒，派众神的使者伊里斯去阻挡两位女神，并扬言要对她们动怒。赫拉和雅典娜害怕宙斯发怒，满腹悲愁地返回奥林匹斯山。不一会儿，宙斯也回到奥林匹斯山。

名师批注

赫拉与雅典娜的行为更突出了人间战场的激烈。而宙斯的话又一次强调了只有阿伽门农与阿喀琉斯真正和解，才能解决希腊军队的危机。

当宙斯问起两位女神为何悲伤，赫拉禁不住宙斯的威吓，只得照实回答：她们在为希腊人忧愁。宙斯告诉赫拉，在阿伽门农未与阿喀琉斯和解，未给予他丰厚的赠礼以表示歉意以前，特洛伊人将一直节节取胜。

太阳下山了，黑夜笼罩大地。流血的战斗暂时中止。根据赫克托耳的提议，特洛伊军队不撤回特洛伊城，就在战场上宿营，而特洛伊城由少年和老头负责守卫。赫克托耳希望第二天能彻底取得胜利，把希腊军队驱逐出特洛伊。特洛伊人在战场上燃起不计其数的篝火，它们如同群星在茫茫暗夜中闪烁。

名师批注

运用比喻的修辞手法，形容这次胜利让特洛伊人看到了希望。

名师点拨

预言家预言特洛伊城必将被希腊人攻破，但是特洛伊人并没有因此而坐以待毙，而是在坦然接受命运安排的同时，极力在有限的生命中追求、拼搏与奋斗，创造辉煌。这就是希腊神话之精神，人类注定无法逃过死亡这一劫，但身为人类的我们并不能因此而消极厌世、碌碌无为，而应努力活出自己的精彩与价值。

好词多积累

胆战心惊　惊心动魄　乘胜追击　势不可当

佳句任你评

★伊得山上伟大的宙斯发出一声惊雷，将闪闪电光投向希腊人的阵营。希腊军队一片惊惶，将士们纷纷逃窜，争先恐后地躲进营寨。

★太阳下山了，黑夜笼罩大地。流血的战斗暂时中止。

★特洛伊人在战场上燃起不计其数的篝火，它们如同群星在茫茫暗夜中闪烁。

大家来思考

1. 你怎样看待狄俄墨得斯在战场上的表现？

2. 宙斯用金天平来称量希腊人和特洛伊人的命运筹码，体现了希腊神话的什么特色？

阿伽门农与阿喀琉斯和解

名师带你读

阿伽门农因为暴躁和贪婪的个性导致阿喀琉斯退出了战场，致使希腊军队在战场上吃尽了战败的苦头。在事实面前，他低下了高昂着的头，向阿喀琉斯伸出了和解之手……阿喀琉斯会跟阿伽门农握手言和吗？

名师批注

作为统帅，应该为军队的失败负责任，“沮丧”二字表明了阿伽门农内心深处的自责与悔恨。

特洛伊军队连连获胜，使阿伽门农非常惆怅，他派传令官去召集各部分军队的首领来商议对策。首领们到齐后，阿伽门农首先沮丧地开口发言，说现在不得不撤离特洛伊，返回希腊，因为这看来是宙斯的意愿。狄俄墨得斯愤怒地反驳阿伽门农说，如果阿伽门农想撤，那他不妨独自一人离开特洛伊，而其他首领将留下来继续战斗，直至攻破特洛伊城。涅斯托耳也建议不要撤离。这位长者还建议阿伽门农举办宴会，在宴会上讨论下一步的行动，同时派出部分军队保卫营寨的安全。

名师批注

从某种意义上来说，涅斯托耳是阿伽门农的精神支柱，所以每次阿伽门农都能很诚恳地接受涅斯托耳的意见。

阿伽门农采纳了涅斯托耳的意见。他派七位首领率领七百名青年士兵保护希腊军营。其他首领均聚在阿伽门农的营帐中参加宴会。在宴会上，涅斯托耳又建议阿伽门农与阿喀琉斯和解。阿伽门农听从了涅斯托耳的建议，当着诸位首领的面宣布，他要送给阿喀琉斯大量的礼物，并将布里塞伊斯归还给他，等凯旋之后再将一个女儿嫁给他，还要划出一些城市作为嫁妆。诸位首领一致赞同阿伽门农的决定，决计派几位深得阿喀琉斯喜爱的英雄，前往阿喀琉斯的营帐与其谈判。出发前，涅斯托耳还给他们作出许多指点。

当阿伽门农的使者来到阿喀琉斯的营帐前时，阿喀琉斯正在弹奏竖琴，吟唱英雄颂歌。他的朋友帕特洛克罗斯也坐在他身旁。阿喀琉斯热情地欢迎诸位英雄，并设下丰盛的宴会招待大家。酒足饭饱之后，俄底修斯开口向珀琉斯的儿子道明来意，劝他与阿伽门农和解。

名师批注

阿喀琉斯始终没有从被侮辱的阴影中走出来，通过吟唱英雄颂歌来排解内心的忧愁。

俄底修斯介绍了特洛伊军队在赫克托耳率领下向希腊军队步步进逼的战况，罗列了阿伽门农为了与他和解而答应给予他的礼物。俄底修斯提醒阿喀琉斯不要忘记父亲送他出征时对他的叮咛——父亲曾告诫他避免内讧。然而阿喀琉斯仍拒绝与迈锡尼国王阿伽门农和解，他无法忘却当初阿伽门农对他的侮辱。阿喀琉斯说，即使阿伽门农给他的礼物与埃及忒拜的全部财富一样多，他也决不与阿伽门农和解。阿喀琉斯倔强耿直，甚至扬言要回佛提亚。

深为希腊军队的命运担忧的福尼克斯仍在苦口婆心地劝说阿喀琉斯与阿伽门农和解。他恳请阿喀琉斯千万不要像墨勒阿革洛斯在库勒忒斯人与埃托利亚人大战时那样干，然而阿喀琉斯仍缄口不语。

名师批注

当年，墨勒阿革洛斯把糟蹋父亲田园的野猪杀死。后来，库勒忒斯人和埃托利亚人为野猪的头和皮发生战争，他在战斗中杀死舅父，被母亲阿尔泰亚所诅咒而死。

这时，大埃阿斯扭头招呼俄底修斯和他一起立刻离开阿喀琉斯的营帐，回去将阿喀琉斯的答复通报给全体首领。然而大埃阿斯用激将法这最后一招也未能奏效，阿喀琉斯依然毫不妥协，只是说，如果赫克托耳烧毁希腊人的战船，攻到他的营帐和战船旁边，那时他就与赫克托耳对阵。

诸位英雄默默地走了。大埃阿斯和俄底修斯回到阿伽门农的营帐，将阿喀琉斯的答复转告给诸位首领。首领们听了都默不作声。最后，狄俄墨得斯建议暂时别再去打扰阿喀琉斯，因为阿伽门农答应给他礼物，这无疑平添了他目空一切的傲慢气势。狄俄墨得斯提议美美地吃上一顿，睡上一觉，恢复一下体力，以便第二天继续浴血奋战。

可是阿伽门农不能入睡，他躺在床上辗转难眠，不时发

名师批注

希腊军营和特洛伊军营形成鲜明的对比，前者沉浸在战败的寂寥中，后者则一派欢欣场景。这样的对比使阿伽门农痛苦不堪。

出沉重的叹息声。然后，他披着衣服走出营帐。看着营寨四周特洛伊人燃烧着的篝火，听着特洛伊军营中悠扬的笛声和连绵不绝的欢声笑语，阿伽门农非常惊讶，再看一下自己的营寨，不禁心头揪紧，痛苦地扯着自己的头发。

阿伽门农遇上了墨涅拉俄斯。墨涅拉俄斯也没有睡着，也为那些为了他的事情而来特洛伊城下的希腊将士所面临的厄运焦虑不安。兄弟二人决定召开首领会议。墨涅拉俄斯去召集诸位英雄，阿伽门农去找涅斯托耳。

名师批注

阿伽门农既害怕第二天的战争仍然失败，更害怕希腊人有更多的伤亡，此时的他俨然是一个有责任心的统帅形象。

等见到了涅斯托耳，阿伽门农向他叙说了心中的忧虑，请求他一起去参加会议。涅斯托耳立即起身，与阿伽门农一道去召集各位英雄。他俩叫来了俄底修斯，接着又去叫狄俄墨得斯。狄俄墨得斯头枕盾牌正在睡觉，身边的地上插着一杆长枪。他们四人召集齐各位英雄，又前去查哨，看到守夜的卫兵们坐在那里精神振作地凝视着四周，谛听着特洛伊军营里的动静。

首领们越过壕沟，坐在寨墙外边的田野上。这时，涅斯托耳提议派几名将士潜入特洛伊的军营，探听他们下一步的行动：是继续向希腊人进攻，还是准备撤回特洛伊城内。

狄俄墨得斯立即自告奋勇，要去执行这一危险的任务，并提议再选一位英雄与他同行。许多英雄都要与狄俄墨得斯一起去。这时，阿伽门农吩咐狄俄墨得斯自己挑选一位同伴。狄俄墨得斯选了雅典娜的宠人俄底修斯。他深信俄底修斯多谋善断、机智灵敏，他俩一同前去，哪怕陷入火海也能安然脱险。狄俄墨得斯与俄底修斯赴会时未带兵器，诸位首领将自己的兵器给了他们，狄俄墨得斯和俄底修斯披挂停当了。

名师批注

多隆其貌不扬，但很富有。他听说可以得到阿喀琉斯的战车和骏马，不禁怦然心动，表示愿意去敌营侦察情况，最后被狄俄墨得斯和俄底修斯砍下了头颅。

正当希腊人派出侦探前往特洛伊军营打听虚实的时候，特洛伊人也在商议派探子前来探听希腊军营的戒备情况。欧墨得斯的儿子、出名的善奔跑的多隆要求前去执行这项任务。他打定主意直接潜入希腊人的战船边，窃听希腊军队首脑会议的内容。

多隆拿上武器，披上狼皮，朝希腊人的营寨走去。但很快，多隆便被狄俄墨得斯和俄底修斯发现。狄俄墨得斯和俄底修斯卧倒在地，避开多隆，然后像两只追扑野兔或羚羊的猎狗似的朝多隆猛追。

“站住！”狄俄墨得斯冲着多隆大喝一声，“不然我就投出长枪，你将无法逃避死亡！”

狄俄墨得斯投出长枪，但是让长枪在多隆的肩头上飞过。多隆吓得面无人色，赶忙停下脚步。狄俄墨得斯和俄底修斯将他捆绑起来。多隆恳求饶命。两位英雄盘问多隆：“为什么来希腊人的军营？谁让你来的？特洛伊人和他们盟邦的军队在军营中是如何配置驻扎的？”

多隆期望两位英雄放他一条生路，于是将一切都对他们说了，还向他们指出拥有神马和金盔甲的色雷西亚国王瑞索斯的驻扎地点——这位国王不久前率领色雷西亚军队赶来支援特洛伊人。然而，狄俄墨得斯和俄底修斯并未放过多隆。两位英雄剥下多隆的头盔和狼皮铠甲，夺走了他的兵器。俄底修斯将多隆的武器摆好，准备返回时带走，接着两位英雄便朝色雷西亚人的营地快步走去。

他俩悄悄摸到睡在营地中央的瑞索斯国王身旁。狄俄墨得斯就像一头冲入羊群的雄狮，勇猛地扑向熟睡之中的色雷西亚将士。他一人就砍杀了十二个色雷西亚勇士，还砍死了国王瑞索斯。俄底修斯解下瑞索斯的神马的缰绳，将它们牵出色雷西亚人的营地。

名师批注

“摸”字用得特别妙，表现出二人的小心谨慎之态。

狄俄墨得斯还想把载有金盔甲的战车赶回来，但女神雅典娜出现在他面前，对他说：“你该考虑回希腊军营了，堤丢斯的儿子。是回去的时候了，否则，等某个与你为敌的神祇唤醒特洛伊人，你就不得不狼狈而逃。”

狄俄墨得斯听了女神的话，纵身跃上瑞索斯的神马。俄底修斯跨上另一匹神马，两位英雄就急急奔回希腊人的军营了。

阿波罗看见雅典娜帮助狄俄墨得斯和俄底修斯，于是立即前往特洛伊人的军营，唤醒了瑞索斯的亲戚希波科翁。希波科翁翻身起床一看，神马不见了。他立即喊瑞索斯，可是无人答应。特洛伊人的军营里一片恐慌。闻声跑来的人看到狄俄墨得斯和俄底修斯造成的惨景，无不胆战心惊。而狄俄墨得斯和俄底修斯顺路捡起多隆的兵器，返回希腊军队首领聚首等待他们的地方。

俄底修斯将他俩如何逮住多隆，狄俄墨得斯如何杀死色雷西亚国王瑞索斯及十二位著名英雄，他们又是如何获得瑞索斯的神马的经过叙述了一遍。诸位英雄将狄俄墨得斯和俄底修斯赞扬了一番。希腊将士得知他俩立下如此功绩，个个为之欢欣鼓舞。人们把瑞索斯的神马拴在狄俄墨得斯的营帐旁边，俄底修斯则将多隆的武器搬到自己的战船上。

名师批注

希腊神话中的英雄都很重视自己的战利品。

名师点拨

阿喀琉斯因为一己之怒，拒绝了阿伽门农的和解请求，哪怕俄底修斯明确地告诉他希腊人所受的苦难，阿喀琉斯仍然没有被打动，这充分显示古希腊神话与中国上古神话中的英雄观念并不相同。

中国上古神话中的英雄们大多为了改善人类的生存环境、提高人民的生活质量而历尽艰辛、不辞劳苦，例如后羿为救民于水深火热之中，振臂挽弓射九日，神农为救民于病痛折磨之中，遍尝百草舍生死。这些英雄没有半点私心杂念，其行为动机是高尚的。

而希腊神话中的英雄们独断专行，虽然也组成团队，但都有着各自鲜明的个性，如同当今好莱坞个人英雄主义电影中的主人公一样。他们信奉的是“荣誉即吾命”，而非“集体至上”，比如阿喀琉斯和希腊英雄跨海攻打特洛伊，主要是为了追求个人荣誉，实现自身价值。

好词多积累

苦口婆心　目空一切　辗转难眠　焦虑不安　欢欣鼓舞

佳句任你评

★看着营寨四周特洛伊人燃烧着的篝火，听着特洛伊军营中悠扬的笛声和连绵不绝的欢声笑语，阿伽门农非常惊讶，再看一下自己的营寨，不禁心头揪紧，痛苦地扯着自己的头发。

★狄俄墨得斯就像一头冲入羊群的雄狮，勇猛地扑向熟睡之中的色雷西亚将士。他一人就砍杀了十二个色雷西亚勇士，还砍死了国王瑞索斯。

大家来思考

1. 阿伽门农和阿喀琉斯和解成功了吗？你怎样看待这件事？

2. 狄俄墨得斯去特洛伊军营刺探消息时，为什么选中俄底修斯同他一块去？

希腊人在寨边的战斗

名师带你读

战斗还在继续，惨状还在升级，希腊英雄们前赴后继，个个都展现出英雄的风采。他们用自己的鲜血染红了战场，用自己的英勇谱写着一曲又一曲英雄的颂歌。

名师批注

“华丽的铠甲”显示了阿伽门农位高权重，“沉重的长枪”写出其大有英勇杀敌之势。

早晨，天刚微微发亮，宙斯便派纷争女神去希腊人的军营。女神登上俄底修斯的巨大战船，威严地高声大喊，在将士们心中煽起厮杀的渴望。国王阿伽门农身穿华丽的铠甲，晃动着手中沉重的长枪，也在高声鼓动英雄们投入战斗。希腊英雄们徒步开赴战场。

特洛伊将士勇敢地迎战，赫克托耳身先士卒，战绩卓著。士兵们在战场上勇猛冲杀，犹如一群群凶猛的豺狼。纷争女神望着腥风血雨的战场，心中痛快欢畅。其他神祇都已离开战场，回光明的奥林匹斯山上的宫殿去，一路抱怨宙斯帮助特洛伊军队。而宙斯正喜气洋洋地观战。

名师批注

体现了阿伽门农对弟弟的感情之深。

在这场战斗中，阿伽门农勇猛顽强，用沉重的长枪刺死了许多特洛伊英雄。他斩杀了普里阿摩斯的两个儿子——伊索斯和安提福斯，还杀死了安提玛科斯的两个儿子。安提玛科斯的两个儿子哀求阿伽门农饶他们一条活命，然而没有成功。阿伽门农恨他们的父亲安提玛科斯，因为他受帕里斯贿赂，提议将出使特洛伊的墨涅拉俄斯处死。

如同大火吞噬森林，树木在火海中纷纷倒下，特洛伊英雄们接二连三地被阿伽门农砍倒在地。战车在战场上隆隆驰过，可是车上的英雄早被阿伽门农挑下来，僵卧于尘土之中。特洛伊军队终于动摇了，逃跑了，但逃到斯开亚门前又稳住了阵脚。

宙斯看见特洛伊军队败退，当即吩咐女神伊里斯去找赫克托耳，让他看见阿伽门农受伤时就立即投入战斗；再告诉他，宙斯将赋予他巨大的力量，他可以将希腊军队一直逼到战船旁。伊里斯立即执行宙斯的命令。

赫克托耳跳下战车，鼓舞特洛伊人的士气。与此同时，阿伽门农仍在接二连三地砍杀特洛伊英雄。他又杀死了安忒诺耳的儿子伊菲达玛斯。安忒诺耳的长子科翁想为兄弟报仇，他用长枪刺伤了阿伽门农的肘部，阿伽门农就挥剑砍下了他的头颅，安忒诺耳的长子倒在自己弟弟尸体的旁边。阿伽门农伤口剧痛难忍，无法继续战斗，只得退出战场。

名师批注

阿伽门农在这场战斗中展现出无比的勇猛之势，其所向披靡的英雄形象令人称赞。

赫克托耳看见阿伽门农乘车退下，立即大声鼓动本方将士，自己也投入了战斗。赫克托耳接连杀死希腊的许多英雄。希腊人又面临着死亡的厄运。

这时，俄底修斯唤来狄俄墨得斯增援，两位英雄有力地反击特洛伊军队的进攻。狄俄墨得斯看见赫克托耳渐渐逼近，便朝他投出长枪，长枪击中了赫克托耳的头盔。可是阿波罗不让长枪穿透头盔，这才使赫克托耳逃脱了本已不可避免的死亡。但是赫克托耳受了这猛烈的一击，禁不住倒在地上晕了过去。

名师批注

要不是神祇的帮助，狄俄墨得斯差一点就杀死特洛伊最伟大的英雄了，可见其武艺超群、勇猛异常。

当狄俄墨得斯冲过人群去捡长枪的时候，赫克托耳醒了，跳上战车，逃离死地。狄俄墨得斯非常生气，因为这一次他又没能杀死赫克托耳。狄俄墨得斯举起长枪刺死一名特洛伊英雄，当他俯身剥取死者铠甲的时候，恰巧被帕里斯看见，帕里斯放箭射伤了他。狄俄墨得斯在俄底修斯盾牌的掩护下拔出身上的箭，可是他受伤了，无法继续作战，只得撤离战场。

这时，特洛伊人将俄底修斯团团围住，就像猎犬围住走出森林的雄狮。俄底修斯咆哮着站立在中间，用长枪反击向他进攻的特洛伊将士。特洛伊的许多英雄都死在俄底修斯的尖枪下。他刺死了索科斯的兄弟卡洛波斯。索科斯要为兄弟报仇，投出长枪击穿俄底修斯的盾牌，扎伤了俄底修斯的肋骨。俄底修斯虽已负伤，但仍击退了索科斯。在索科斯逃跑时，他的长枪刺中索科斯的背部。俄底修斯刺死索科斯之后，这才拔出身上的长枪，热血从伤口中涌出。

名师批注

俄底修斯不但辩才无人匹敌，而且具备王者气度。此处突显了他作战勇猛的特点。

特洛伊人发现俄底修斯已经受伤，便都向他冲来。伊塔刻的国王大声求援，大埃阿斯匆匆赶来相助，用如塔楼一样高大的盾牌护住俄底修斯。狄俄墨得斯乘机搀着俄底修斯冲出敌群，送他到战车上。就这样，俄底修斯也撤出了战斗。

大埃阿斯投入战斗，用长枪刺杀多名特洛伊将士。与此同时，帕里斯用箭射伤了希腊英雄玛卡翁的右肩。涅斯托耳根据伊多墨纽斯的请求，将受伤的玛卡翁送回希腊军营。

知识链接

玛卡翁：希腊军医，最后战死在特洛伊。

赫克托耳的驭手刻布里俄涅斯看见大埃阿斯在逼攻特洛伊军队，便将情况报告给赫克托耳。赫克托耳立即驰往增援。宙斯使大埃阿斯心里感到害怕，他将巨大的盾牌背在背上，开始慢慢撤退，那样子就像被一群猎狗和勇敢的牧人驱赶的狮子，慢慢离开畜群。

大埃阿斯在撤退途中还不时停下来，以盾牌作为掩护，对攻到身边的特洛伊人作一番抵挡。英雄欧律皮罗斯看见正在撤退的大埃阿斯，立即上前支援。可是他也被帕里斯的箭射伤，只得被迫撤离战场。幸亏一群希腊人前来救援，大埃阿斯才安然无恙地撤回营寨。

在希腊军营中，阿喀琉斯正站在战船的尾部观战。他看见涅斯托耳运回一位受伤的英雄，便叫来朋友帕特洛克罗斯，让他去找涅斯托耳打听，负伤的是不是玛卡翁。

帕特洛克罗斯急急来到涅斯托耳的营帐，发现负伤的果然是玛卡翁，人们正在为他准备饮食。皮罗斯国王涅斯托耳看见帕特洛克罗斯，立即邀他一起吃喝，可是帕特洛克罗斯谢绝了——他急着回去向朋友阿喀琉斯报告。

涅斯托耳将特洛伊人逼攻希腊人以及希腊英雄受伤的情况都告诉帕特洛克罗斯，并请他与阿喀琉斯一起出兵救援。他建议帕特洛克罗斯去向阿喀琉斯借盔甲，穿上他的盔甲，率领密耳弥多涅人投入战斗，这样，特洛伊人就可能把他当成阿喀琉斯，因而停止战斗，这时希腊军队则可以摆脱艰巨的战斗，稍做歇息。

名师批注

希腊人惨败的景象，玛卡翁、欧律皮罗斯等人的负伤，涅斯托耳的叙述，这些都触动着帕特洛克罗斯的心，也激起了他走向战场的一腔热血。

帕特洛克罗斯接受涅斯托耳的建议，回去见阿喀琉斯。他下定决心要说服阿喀琉斯准许他参战。在回去的路上，帕特洛克罗斯遇见了腿上还留着箭、伤口在冒血的欧律皮罗斯。帕特洛克罗斯十分怜悯这位英雄。他将欧律皮罗斯搀扶到战船上，拔出他腿上的箭，又为他敷上草药。欧律皮罗斯将特洛伊军队进逼希腊军队的战况又对帕特洛克罗斯述说了一遍。

战斗仍在激烈进行。寨墙与壕沟已难以保护希腊将士。不过特洛伊军队还无法立即越过壕沟，占领后边躲藏着希腊士兵的寨墙。赫克托耳企图乘着战车越过壕沟，可是战马不敢跨越，掉头向一侧跑去。这时，特洛伊军队根据英雄波吕达玛斯的建议，分为五个大队，由各自的首领指挥发起冲击。

特洛伊军队的首领将战车留在壕边，徒步投入战斗。只有英雄阿西俄斯没有下车。他想在追击败退的希腊人的过程中，率领所属大队顺势突入希腊军营，一举攻到战船旁边。可是他在寨墙旁边遭到波吕波厄忒斯和勒翁透斯这两位拉庇泰英雄的反击。两位英雄就像两棵粗壮的橡树，守卫在寨墙的大门口。他们英勇地反击来袭的敌人，这时寨墙上又飞出冰雹似的石块和飞蝗般的箭。拉庇泰人击退了阿西俄斯，消灭了特洛伊的许多英雄。可是赫克托耳和波吕达玛斯率领的大队特洛伊将士又逼近寨门。

名师批注

比喻句分别写出了两位英雄的强壮威猛，以及希腊军队的顽强抵抗。

这时，宙斯降下了重要预兆。特洛伊军队上空突然出现一只苍鹰，苍鹰爪子上抓着一条蛇。那蛇扭动着身子，朝鹰的胸脯咬了一口。苍鹰一声惨叫，将蛇扔到特洛伊军队的人群中，转眼飞得无影无踪。

波吕达玛斯看见这个不吉利的征兆，便向赫克托耳建议暂停战斗，不要急着去攻占希腊人的军营。但是赫克托耳不听他的建议，率领所属大队逼近寨墙前。

这时，宙斯刮起可怕的狂风，硕大的沙石直扑希腊人的战船。但希腊人仍然英勇地守卫着自己的营寨。特洛伊人开始捣毁寨墙，希腊将士用石块和长枪进行还击。两个埃阿斯都在鼓动希腊将士坚定地守住营寨。

强健的萨耳珀冬用盾牌作掩护，手执长枪，攻到营寨前，同时还呼喊吕喀亚英雄格劳科斯来助战。墨涅斯透斯守卫着营门，派人去叫两位埃阿斯来救援。大埃阿斯和他的兄弟透克洛斯及潘狄翁赶来支援墨涅斯透斯。大埃阿斯举起一块巨石，猛地砸向已经爬上寨墙的英雄厄庇克罗斯，透克洛斯用箭射伤了格劳科斯。可是萨耳珀冬仍不后退。他成功地摧毁了一段寨墙，但还是被大埃阿斯和透克洛斯合力击退了。

萨耳珀冬鼓励吕喀亚将士发动新的进攻。他们再次冲到寨墙前，但是希腊军队严密防守，未让吕喀亚军队攻占寨墙。虽然吕喀亚人未攻下寨墙，可是希腊人也未能将他们赶走。双方势均力敌，谁也不占上风。

最后，特洛伊人还是攻进了希腊的军营，首先冲进希腊军营的还是赫克托耳。他抓起一块两人合力用杠杆方能勉强撬动的巨石，砸向希腊军营的大门。如此巨大的石头砸过来，无论大门还是门闩都承受不住，只听见轰隆一声巨响，营门被砸成碎片。赫克托耳怒目圆睁，冲进了军营，特洛伊军队紧随赫克托耳也攻了进去。希腊人的寨墙被攻破了，将士们纷纷逃窜，整个营寨内一片惊惶。

名师批注

动作、神态描写突出了赫克托耳力大无穷、所向无敌。

名师点拨

希腊人此刻打的是营寨保卫战。与其说这是一场惊心动魄的战斗，不如说是英雄们展示个人风采的舞台。阿伽门农、狄俄墨得斯、俄底修斯、大埃阿斯等英雄接连登场，展示出一幕幕“血染的风采”。以赫克托耳为领袖的特洛伊人的进攻更是勇猛无敌，最终攻入了希腊军营的大门。

好词多积累

身先士卒　腥风血雨　安然无恙　怒目圆睁

佳句任你评

★如同大火吞噬森林，树木在火海中纷纷倒下，特洛伊英雄们接二连三地被阿伽门农砍倒在地。战车在战场上隆隆驰过，可是车上的英雄早被阿伽门农挑下来，僵卧于尘土之中。

★两位英雄就像两棵粗壮的橡树，守卫在寨墙的大门口。他们英勇地反击来袭的敌人，这时寨墙上又飞出冰雹似的石块和飞蝗般的箭。拉庇泰人击退了阿西俄斯，消灭了特洛伊的许多英雄。

★赫克托耳怒目圆睁，冲进了军营，特洛伊军队紧随赫克托耳也攻了进去。希腊人的寨墙被攻破了，将士们纷纷逃窜，整个营寨内一片惊惶。

大家来思考

1. 希腊人在营寨守卫战中有哪些可圈可点的地方？
2. 这个章节中有没有感动你的小细节，说说理由。

帕特洛克罗斯的功绩

名师带你读

作为阿喀琉斯最好的朋友，帕特洛克罗斯在阿喀琉斯拒绝出战的时候挺身而出，血洒疆场，谱写了一曲悲壮的英雄赞歌。

特洛伊军队攻入希腊军营的时候，帕特洛克罗斯正坐在受伤的欧律皮罗斯身边。当看见攻进来的特洛伊军队时，帕特洛克罗斯吃惊得一跃而起，高喊着跑向阿喀琉斯的营帐。

名师批注

帕特洛克罗斯的眼泪是为希腊人的惨败而流，更是为英雄受伤而流，从中可见他悲天悯人的情怀。

他眼中流淌着悲苦的泪水，走到阿喀琉斯面前。阿喀琉斯问他："帕特洛克罗斯，你为什么要像小女孩一样哭泣呀？你听到佛提亚有什么坏消息了吗？或许你在为战死的希腊人而哭泣？把你痛苦的原因告诉我吧。"

"阿喀琉斯，"帕特洛克罗斯回答，"希腊人蒙受了巨大的灾难！最英勇的希腊英雄都受了重伤。难道你真的忍心不帮助希腊人吗？"帕特洛克罗斯就这样向阿喀琉斯恳求，却不知道这是在自寻死亡。

名师批注

阿喀琉斯的内心也在挣扎，但因尊严被践踏而受到的耻辱还未消除，所以他不想投入战斗。此刻的阿喀琉斯是个人尊严至上的绝情的自私形象。

阿喀琉斯看到希腊人陷入困境。他听见战场上只有赫克托耳一个人的声音。这意味着除他之外希腊军队中已无伟大的英雄在战场上驰骋。阿喀琉斯不希望希腊军队覆没。他把自己的武器借给帕特洛克罗斯，并说定，当他的战船受到威胁时，帕特洛克罗斯方可投入战斗，出兵反击特洛伊军队，不让他们焚烧战船。但是阿喀琉斯不准帕特洛克罗斯率领密耳弥多涅人去特洛伊城下，他担心自己的好朋友会阵亡在战场上。

就在两位朋友谈话的时候，阿喀琉斯发现自己的一艘战船被赫克托耳点燃了。他怒吼道：“帕特洛克罗斯，快！我看见我的战船冒起了烈焰。你快武装起来！我要亲自集合密耳弥多涅人去作战！”

帕特洛克罗斯匆匆穿上阿喀琉斯的铠甲，却没有拿阿喀琉斯的长枪，因为这支长枪特别沉，只有阿喀琉斯一人能用。阿喀琉斯的驭手奥托墨冬在为他套车。阿喀琉斯整好了队伍。密耳弥多涅人全都渴望着投入战斗，就像凶残的豺狼随时准备扑向小鹿。阿喀琉斯鼓励属下将士英勇战斗，多立战功，让阿伽门农知道当初他侮辱希腊最伟大的英雄是多么无知轻率。

名师批注

在希腊军的惨败面前，密耳弥多涅人早已坐不住了，终于有机会征战沙场。比喻的修辞手法形象地突出了他们劲头十足的气势。

密耳弥多涅人高声呐喊着扑向敌人，军营里到处响起惊天动地的喊声。特洛伊人看见穿着阿喀琉斯铠甲的帕特洛克罗斯，以为是阿喀琉斯不计与阿伽门农的旧恶，赶来援救希腊军队了。现在，特洛伊人个个都想逃跑了。帕特洛克罗斯冲到战斗最激烈的地段，举起长枪，向正在普洛忒西拉俄斯战船附近作战的特洛伊人刺去。特洛伊人吓得连连后撤。

名师批注

通过描写帕特洛克罗斯，侧面衬托出阿喀琉斯希腊第一英雄的地位，其铠甲就足以令敌人闻风丧胆。

但是特洛伊人并未立即撤出希腊营寨，只是从战船边撤离。希腊人追击特洛伊人，许多特洛伊英雄在此时丧生。特洛伊军队无法再在希腊营寨内坚持。希腊英雄一个个都像凶残的豺狼，扑向特洛伊将士。特洛伊人越过壕沟，冲向野外，此时又有许多人丧命。大埃阿斯一心要杀赫克托耳。赫克托耳虽然知道眼看到手的胜利又要丧失，但仍不撤退，竭力阻挡追击特洛伊军队的希腊人。最后他力不从心，只得撤退，战车载着他飞跃壕沟，回到野外。

帕特洛克罗斯鼓动希腊将士继续追击，他自己也策马冲向壕沟。神马拉着战车跃过壕沟，又在原野上奔驰起来。帕特洛克罗斯在寻找赫克托耳，可是赫克托耳早已乘车逃跑了。

特洛伊军队在原野上急急逃窜，扬起了滚滚尘土。他们

知识链接

萨耳珀冬：宙斯与凡人女子所生的儿子，当希腊人进攻特洛伊时，他和表兄格劳科斯率吕喀亚人参战，在战场上显示出无所畏惧的英雄气概。

逃向特洛伊城内。然而帕特洛克罗斯还是截住了部分败兵，将他们赶回到战船旁边，并用长枪刺死了其中的许多人。

萨耳珀冬看到如此众多的英雄惨遭帕特洛克罗斯的毒手，于是号召所属的吕喀亚人停下来，稳住阵脚。他要与帕特洛克罗斯厮杀。萨耳珀冬跳下战车，等待帕特洛克罗斯。帕特洛克罗斯也跳下战车。两位英雄互相扑向对方，仿佛是在高高的山岩顶上嘶叫着争夺猎物的两只老鹰。

宙斯看见了这场决斗，不由得怜悯他的儿子萨耳珀冬，想挽救他的生命。女神赫拉听见宙斯的怨言，奉劝他不要去救他儿子。她告诉宙斯，许多神祇的儿子都在特洛伊城下作战，而且许多人已经阵亡。如果宙斯前去拯救自己的儿子，那么其他神祇也要去救自己的儿子。如果萨耳珀冬命中注定要死亡，那么宙斯只得听凭萨耳珀冬惨遭帕特洛克罗斯杀害。宙斯听了赫拉的劝告，便向特洛伊田野洒下一片染血的露水，以此来祭奠注定死在帕特洛克罗斯手下的儿子。

帕特洛克罗斯首先投出长枪，扎死了萨耳珀冬的忠实仆人。萨耳珀冬也急忙投出长枪，可是并未击中帕特洛克罗斯，却将帕特洛克罗斯战车的一匹辕马射杀了。两位英雄再次举枪投掷，可是萨耳珀冬又投偏了，而帕特洛克罗斯的长枪正中萨耳珀冬的胸部。

名师批注

英勇的国王萨耳珀冬死得何其壮烈！

吕喀亚国王萨耳珀冬就像一棵被樵夫齐根伐倒的橡树，轰然倒地。萨耳珀冬大声呼唤朋友格劳科斯："我的朋友格劳科斯，你要号召吕喀亚将士为自己的国王萨耳珀冬英勇战斗，你自己也要为我作战。如果我身上的盔甲被希腊人剥取，那就是你永远都无法洗刷的耻辱。"萨耳珀冬胸中发出一声垂死的呻吟，死神便合上了他的双眼。

格劳科斯听到朋友的呼唤，悲痛欲绝。可是他自己也受伤了，无法去帮助朋友。他呼唤神祇，求神祇医治他的创伤。阿波罗听见格劳科斯的恳求，便来治愈他的创伤。格劳科斯召集吕喀亚人及特洛伊的英雄埃涅阿斯、阿革诺耳、波吕达玛斯和赫克托耳去抢夺萨耳珀冬的尸体。诸位英雄匆匆聚到一起来帮助格劳科斯。帕特洛克罗斯也召请希腊英雄来支援。最先赶来的是两个埃阿斯。

围绕萨耳珀冬的尸体，双方展开了激烈的争夺战。宙斯在儿子尸体上空布下了一片黑暗，使这场战争变得更加惨烈。两方军士短兵相接，刀枪叮当作响，仿佛许许多多的樵夫在山上的森林中砍伐树木。萨耳珀冬的尸体横躺在地上，盖满了灰尘和血污，身上插着箭矢。

> 名师批注
>
> 由于神的参与，这场战争变得更加艰辛而曲折。

宙斯目不转睛地望着战场，在考虑是让帕特洛克罗斯死在儿子的尸体旁边，还是让他再建立一些伟大的功绩，把特洛伊人逐到城墙脚下。宙斯决定再延长帕特洛克罗斯的生命，于是先唤起赫克托耳心中的恐惧。

赫克托耳首先逃跑，其他将士也就跟着他逃跑。希腊人剥下了萨耳珀冬身上的盔甲，帕特洛克罗斯吩咐将盔甲送回战船。这时，宙斯叫来阿波罗，吩咐他抱回萨耳珀冬的尸体，洗去上面的灰尘和血污，给尸体涂上香膏，再穿上华丽的衣裳，然后由睡神和死神两兄弟将尸体送回吕喀亚，以便死者的兄弟和朋友将他隆重地安葬。阿波罗执行了宙斯的命令。

这时，帕特洛克罗斯已将特洛伊人驱赶到城墙脚下，可他这是在迎着死亡飞奔。他又杀死了特洛伊的许多英雄。要不是阿波罗在执行宙斯的命令之后登上特洛伊城高高的城楼，帕特洛克罗斯准能攻破特洛伊城。帕特洛克罗斯三次攀登特洛伊城墙，三次都被阿波罗击退。

> 名师批注
>
> 帕特洛克罗斯自从踏上战场，已然知道自己必须面对死亡，却依然大无畏地冲向战场，这种精神令人敬重。

在他第四次冲向城墙的时候，阿波罗冲他威严地喊道：“勇敢的帕特洛克罗斯，快撤离城墙吧！摧毁伟大的特洛伊的英雄注定不是你，而是阿喀琉斯！”

帕特洛克罗斯后撤了，因为他不敢惹怒远射之神阿波罗。

赫克托耳一直撤到斯开亚城门，才勒住战马。他犹豫不决：他应该向帕特洛克罗斯进攻，还是应该下令部下进城坚守？这时，阿波罗变成赫卡柏的兄弟来到赫克托耳面前，建议他在开阔地上向帕特洛克罗斯进攻。赫克托耳采纳了这个建议，当即吩咐驭手刻布里俄涅斯拨转马头回去。

帕特洛克罗斯看见赫克托耳乘车驰来，便跳到地上，右手抓起一块巨石，左手握着长枪，等待赫克托耳驰近。等赫克托耳来到跟前，帕特洛克罗斯投出巨石，砸中了驭手刻布里俄涅斯的脑袋。刻布里俄涅斯立即就从车上栽了下来。

名师批注

冷嘲热讽的话里充满着对特洛伊人的蔑视。

帕特洛克罗斯嘲讽道："刻布里俄涅斯这一下扎得真利索！要是从船上扎入海中，他准能捞到很多牡蛎。我总算开了眼界，特洛伊还有潜水高手呢！"他高声说毕，就冲向刻布里俄涅斯的尸体。

名师批注

双方英雄的打斗场面是惊心动魄的，但此处没有在打斗过程上着墨过多，而是用类比的手法轻轻带过，给读者留下了无限的想象空间。

赫克托耳跳下战车，与帕特洛克罗斯交战，争夺驭手的尸体。于是，双方在刻布里俄涅斯的尸体旁边展开了一场血腥的厮杀。希腊人和特洛伊人的厮杀就像东风欧洛斯与南风诺托斯在峡谷的林中拼斗；两风相斗时，大树弯腰拱背、沙沙作响，树枝互相抽打。两军激战了很久，太阳已经西斜。

帕特洛克罗斯发起三次攻击，每次都刺死几名特洛伊英雄，当他发起第四次攻击的时候，隐藏在黑暗中的阿波罗出来与他作对了。阿波罗站在帕特洛克罗斯身后，朝他的背和双肩猛击数掌。帕特洛克罗斯顿时两眼昏黑。接着，阿波罗又击落他的头盔，这头盔曾经在伟大的珀琉斯头上闪闪放光，现在却在地上滚动。

名师批注

既写出了帕特洛克罗斯即使丧失力量和武器也不失威严的气度，也写出了欧福耳玻斯的胆怯。

帕特洛克罗斯手中的长枪折断了，沉重的盾牌也掉在了地上。这时，阿波罗解开帕特洛克罗斯的铠甲，丧失了力量和武器的帕特洛克罗斯就这样直挺挺地站在特洛伊人面前。对于手无寸铁的帕特洛克罗斯，特洛伊英雄欧福耳玻斯也不敢正面进攻。他从背后用枪刺中了帕特洛克罗斯的脊背，接着就立即躲进了特洛伊的人群中。

帕特洛克罗斯为了避免杀身之祸，渐渐退往希腊人的队伍。赫克托耳看到帕特洛克罗斯已经受伤，就赶上去给了他致命的一枪。赫克托耳就这样杀死了帕特洛克罗斯，他欣喜若狂。

帕特洛克罗斯倒在地上，临死前，对赫克托耳说："赫克托耳，现在你可以为胜利而自豪了。借助宙斯和阿波罗的力量，你获得了胜利。是神祇战胜了我，他们先剥下了我的铠甲。众神要胜我易如反掌，可像你这样的人就是来二十个，我照样可以用长枪将他们统统刺死。阿波罗和欧福耳玻斯先加害于我，你不过是在他们之后击中了我。你得记住我的话：你活不了多久，死神已经来到你身边。命运注定你会死在阿喀琉斯手中。”

名师批注 帕特洛克罗斯的这番话里没有丝毫的胆怯与绝望，而是充满对赫克托耳的蔑视和不服，充分显示了他英勇无畏的气度。

说完，帕特洛克罗斯就死去了。他的灵魂静悄悄地飞往哈迪斯的冥国，心中却在抱怨不该这么早就与年轻力盛的躯体分离。

赫克托耳对着已经死亡的帕特洛克罗斯大声喊道：“帕特洛克罗斯，你不必预言我的死期，说不定阿喀琉斯还是被我的长枪刺中而先死的呢！”说完，赫克托耳从帕特洛克罗斯身上拔出自己的长枪，接着又扑向奥托墨冬——他想夺取阿喀琉斯的神马。

名师批注 战胜帕特洛克罗斯的喜悦激励着赫克托耳继续投入战斗，但是他没有预料到自己的死亡已悄悄来临了。

名师点拨

在希腊神话中，牺牲被认为是生命中不可或缺的一部分，英雄们往往通过牺牲来实现个人价值。确切地说，在希腊神话中，磨难、痛苦以及死亡永远不会成为英雄们的困扰。因为他们知道自己要什么，并且竭尽全力地去追求。这种对于个人价值的追求，成为希腊神话中人物的最终使命。帕特洛克罗斯就是一位这样的英雄。

好词多积累

一跃而起　惊天动地　力不从心　目不转睛　犹豫不决　易如反掌

佳句任你评

★密耳弥多涅人全都渴望着投入战斗，就像凶残的豺狼随时准备扑向小鹿。

★两位英雄互相扑向对方，仿佛是在高高的山岩顶上嘶叫着争夺猎物的两只老鹰。

★宙斯在儿子尸体上空布下了一片黑暗，使这场战争变得更加惨烈。两方军士短兵相接，刀枪叮当作响，仿佛许许多多的樵夫在山上的森林中砍伐树木。

★希腊人和特洛伊人的厮杀就像东风欧洛斯与南风诺托斯在峡谷的林中拼斗；两风相斗时，大树弯腰拱背、沙沙作响，树枝互相抽打。两军激战了很久，太阳已经西斜。

大家来思考

1. 在萨耳珀冬与帕特洛克罗斯的战斗中，宙斯本想帮助自己的儿子萨耳珀冬，后来为何又放弃了？

2. 在帕特洛克罗斯的前后战斗过程中，诸位神祇发挥了哪些作用，导致了什么结果？

争夺帕特洛克罗斯尸体的战斗

名师带你读

帕特洛克罗斯的死给阿喀琉斯带来巨大的悲恸，为了给最好的朋友报仇雪恨，他奔向了战场。杀死赫克托耳，赢得荣誉，成了阿喀琉斯活下去的唯一动力和目标，从而也给读者带来了巅峰对决的精彩一幕……

墨涅拉俄斯看到躺在尘土中的帕特洛克罗斯的尸体，就立即冲了过去。他绝不容许特洛伊人污辱那为他拼杀的英雄的遗体。墨涅拉俄斯像一头威猛的雄狮，一手执盾，一手晃动着沉重的长枪，在帕特洛克罗斯身边来回保护。

曾经用长枪刺中帕特洛克罗斯脊背的欧福耳玻斯也想抢夺帕特洛克罗斯的尸体。他要夺回尸体并为兄弟之死向墨涅拉俄斯复仇，他勇猛地冲向墨涅拉俄斯。他的长枪击中了墨涅拉俄斯的盾牌，但未能将盾牌击穿，而墨涅拉俄斯的长枪猛地刺中了欧福耳玻斯的喉咙。年轻的欧福耳玻斯咕咚一声栽倒在地。

墨涅拉俄斯剥下欧福耳玻斯身上贵重的铠甲，可是阿波罗又鼓动赫克托耳向墨涅拉俄斯进攻。赫克托耳扑向墨涅拉俄斯。墨涅拉俄斯不愿撇下帕特洛克罗斯的尸体退走，他知道这样做会招来所有希腊将士的谴责，可又担心被特洛伊人包围，于是决定召大埃阿斯来支援。他在特洛伊人的进逼下一边慢慢撤退，一边呼喊大埃阿斯。

名师批注

通过前面的解析，我们可以发现，英雄们的行为动机是赢得他人的仰慕和尊重，因此墨涅拉俄斯抢夺的不仅仅是帕特洛克罗斯的尸体，更是自己的尊严。

名师批注

这是特洛伊人第一次得到帕特洛克罗斯的尸体。

赫克托耳已经抓起帕特洛克罗斯的尸体，剥取他身上的阿喀琉斯的铠甲，这时大埃阿斯赶到了。赫克托耳只得撇下尸体撤离。格劳科斯看见这种情形，便责备普里阿摩斯的这个儿子畏缩怯懦，惧怕希腊英雄。格劳科斯的谴责迫使赫克托耳再次投入战斗。赫克托耳召回奉命前往特洛伊城送帕特洛克罗斯的铠甲的手下士兵，然后自己穿上这副铠甲。

宙斯眼见赫克托耳穿着阿喀琉斯的铠甲，心想：不幸的人啊，死到临头你还不知不觉。你穿上了令万人害怕的英雄的铠甲。现在，我要为你的妻子安德洛玛刻永远不能从你手中接过阿喀琉斯的铠甲而再赏给你一次胜利。宙斯拿定主意之后，为了表示要想到做到，又威严地皱起了眉头。

这时，赫克托耳浑身充满不可抑制的力量和勇气。他疾步走到队前，鼓动英雄们英勇战斗。墨涅拉俄斯这时也高声呼喊希腊英雄来保护帕特洛克罗斯的遗体。最先赶到的是俄琉斯的儿子小埃阿斯，接着到来的有伊多墨纽斯、墨里俄涅斯和其他英雄。诸位英雄用盾牌围成一圈，守护着帕特洛克罗斯的尸体。然而特洛伊将士把他们击败了，帕特洛克罗斯的尸体再次被特洛伊人夺得。强壮有力的大埃阿斯赶来驱散了特洛伊军队，夺回了尸体，并刺死了抓住两脚在拖尸体的特洛伊英雄。

名师批注

特洛伊人第二次夺得帕特洛克罗斯的尸体。

争夺帕特洛克罗斯尸体的战斗又趋激烈，特洛伊人再次乱了阵脚。这时，阿波罗又激励埃涅阿斯投入战斗。埃涅阿斯喝住了正在败退的特洛伊军队。战斗更加惨烈，血流遍地、尸体狼藉，如同毁灭一切的烈火一样猛烈。宙斯又将黑暗散布在帕特洛克罗斯尸体的四周。周围一片漆黑，天空似乎已无日月。其实也只有帕特洛克罗斯尸体周围是黑黝黝的，战场上其他地方依然是阳光普照，不见一丝云彩。争夺帕特洛克罗斯尸体的战斗在黑暗中进行着。

名师批注

虽是一笔带过，却不能掩饰凄惨而悲壮的战争场面。

阿喀琉斯的神马在远离战斗的地方为主人的好友之死流下悲痛的眼泪。无论驭手奥托墨冬怎样吆喝驱赶，它们只是低垂着头，站在原地一动不动。它们的鬃毛一直垂到地面。

宙斯看到神马这副悲痛的情状，不由想：不幸的神马啊，你们为什么要被赠送给珀琉斯呢？难道就是为了让你们像人类一样承受痛苦吗？整个宇宙之中最为不幸的生灵就是人类了。不过你们不必忧愁，你们永远不会落入赫克托耳手中。我赋予你们力量，你们就拉着奥托墨冬离开战场。我再给特洛伊人一次胜利吧，就在今天太阳下山之前。

宙斯给神马输入了巨大的力量，于是它们拉着奥托墨冬驰离了战场。阿喀琉斯的驭手举起沉重的长枪，刺死了阿瑞托斯。他剥下了阿瑞托斯的铠甲，心中感到欣慰，也算为帕特洛克罗斯之死报了些许仇。

围绕帕特洛克罗斯尸体的战斗仍在激烈进行中。女神雅典娜变成英雄福尼克斯，驾着血红色的云彩来到正在激战的希腊英雄身边，为英雄们鼓劲。墨涅拉俄斯对福尼克斯说，让雅典娜赶在其他神祇之前先来援助我们吧。变作福尼克斯的女神听了很高兴，即向墨涅拉俄斯身上注入不可战胜的力量。而阿波罗则在为特洛伊人鼓劲。

名师批注

此刻的较量不仅仅是希腊人与特洛伊人的较量，也有神与神的较量，他们的加入使战争变得更加激烈。

血腥的厮杀变得愈来愈残酷了。宙斯抖了抖神盾，响起一声惊雷。希腊诸位英雄心中顿生恐惧。大埃阿斯看到希腊军队败退，心中感到忧愁。他恳求宙斯驱散黑暗，不要加害于希腊人，即使宙斯要毁灭希腊军队，也要让他们在光天化日之下死去。宙斯听到大埃阿斯的央求，驱散了黑暗，太阳再度当空照耀。

大埃阿斯请墨涅拉俄斯快去寻找涅斯托耳的儿子安提罗科斯，打发他去告诉阿喀琉斯，说帕特洛克罗斯已经阵亡，尸体有可能会被特洛伊人抢去。墨涅拉俄斯同意大埃阿斯的要求，找到了安提罗科斯，将帕特洛克罗斯的死讯告诉他。安提罗科斯听过之后无比惊恐，在此之前他还不知道帕特洛克罗斯已经阵亡。涅斯托耳这个年轻的儿子流着悲痛的眼泪，急忙去找阿喀琉斯。

名师批注

暗示了战场上非常混乱，消息传递不灵通。

与此同时，帕特洛克罗斯尸体旁边的战斗越来越激烈。大埃阿斯建议墨涅拉俄斯和墨里俄涅斯把帕特洛克罗斯的尸体抬回营寨，而他自己则断后掩护。特洛伊人一看到两位英雄抬起帕特洛克罗斯的尸体，立即像一群疯狗一样朝他们扑了上来。可是当大埃阿斯转身对着他们，这些特洛伊人立即吓得面无人色，裹足不前。战斗就像毁灭城市、毁灭周围一切事物的大火一样猛烈地持续着。墨涅拉俄斯抱着帕特洛克罗斯的尸体缓慢地走着。大埃阿斯费力地抵挡着埃涅阿斯和赫克托耳率领的特洛伊军队的进攻。

名师批注

用“大火”来比喻战场上的激烈态势，突出了战争的残酷和惨烈。

这时，阿喀琉斯正坐在营帐边，为帕特洛克罗斯久久不归而忧虑。希腊将士再度败退使他十分不安，他已经开始怀疑帕特洛克罗斯是不是阵亡了。突然，涅斯托耳的儿子泪流满面地朝他跑来。他给阿喀琉斯带来了帕特洛克罗斯阵亡的噩耗。阿喀琉斯顿时感到难以形容的哀痛。他双手捧起灶坑中的灰烬，撒在自己头上。灰烬落满了他全身的衣服。阿喀琉斯倒在地上，痛苦地揪扯着头发。年轻的安提罗科斯也在哭泣。他抓住阿喀琉斯的一只手，防备他因极度悲痛而自杀。

名师批注

一系列的动作描写，生动地表现了阿喀琉斯的悲痛与自责。

阿喀琉斯高声号啕着。神女忒提斯听见他的哭声，不禁跟着号哭。她所有的姐妹——海中神女们匆匆赶到她身边，也都一起痛哭。

“姐妹们，”忒提斯高声说道，“我多么痛苦啊！我为什么要生下阿喀琉斯呢？我为什么要将他抚养成人？为什么要放他去特洛伊城下呢？我永远也不可能看到他回珀琉斯明亮的王宫了。短短的一生，他都在遭受折磨，而我却爱莫能助！我现在就去打听，他到底在为什么悲伤！”

忒提斯带着众姐妹匆匆来到号啕大哭的阿喀琉斯面前。她哭着搂住心爱的儿子的头，问道：“你为什么如此高声痛哭？快告诉我。宙斯满足了你的要求，已将希腊军队赶到战船旁边。现在，希腊将士都希望你能助他们一臂之力。”

“亲爱的母亲，这些我都已知道，”阿喀琉斯说，“可这又有什么可高兴的！我失去了帕特洛克罗斯。我爱他胜过爱任何人，我珍惜他就像珍惜我自己的生命。赫克托耳不仅打死他，还抢去了他穿的众神赠给珀琉斯的铠甲。如果我不能用

名师批注

失去最好的朋友，尊严被践踏，阿喀琉斯对赫克托耳的恨无以复加，为后文两个英雄的巅峰对决蓄势。

我的长枪刺死赫克托耳，如果赫克托耳不为帕特洛克罗斯之死付出生命的代价，我就不愿再活在人间。”

“可是这样，你会跟着帕特洛克罗斯丧命！”忒提斯惊喊道。

“既然我不能拯救朋友，那现在就应该让我去死！帕特洛克罗斯临死时肯定呼喊过我。让仇恨消亡吧，它会使明智的人变得疯狂。我要忘却对阿伽门农的愤恨，再上战场，杀掉赫克托耳。我不惧怕死亡！谁都避免不了死亡，就连伟大的赫拉克勒斯都未能逃脱死亡，尽管他深受父亲宙斯的宠爱。我准备在命运注定我丧生之处死去，但我在死之前必须获得伟大的光荣。母亲，你别再阻拦我！你无论如何都阻拦不住我！”

名师批注

阿喀琉斯此时幡然醒悟，为自己的自私而悔恨。

名师批注

人活着的最大意义不是活着，而是有尊严、有价值地活着。

阿喀琉斯就这样回答母亲。

神女忒提斯只求儿子一件事：在她从赫菲斯托斯那里为他取回新铠甲之前，不要去参加战斗。不一会儿，海中神女们都没入海中。忒提斯让她们回去把特洛伊城下发生的事情禀告父亲涅柔斯。忒提斯自己则登上巍峨的奥林匹斯山，去找赫菲斯托斯。

这时，希腊英雄们仍在奋力抵抗特洛伊人的进攻。赫克托耳如同一股烈火追击着希腊人。他接连三次企图抢夺墨涅拉俄斯手中的尸体，可是每次都被大埃阿斯击退。要不是赫拉派出的众神的女使者伊里斯赶来向阿喀琉斯报信，帕特洛克罗斯的尸体准会被赫克托耳抢去。伊里斯鼓动阿喀琉斯去保护朋友的尸体。可是阿喀琉斯无法投入战斗，因为他没有铠甲。这时，伊里斯吩咐阿喀琉斯不穿铠甲、赤手空拳地登上希腊军营的寨墙，借此威吓进攻的特洛伊人。

阿喀琉斯走向寨墙。雅典娜将神盾置于他的肩上，又用金色的云彩和奇异的金光罩在他的头上，阿喀琉斯头上映出的金光直射天空。阿喀琉斯登上寨墙，威严地一声怒吼，雅典娜和着他的吼声也是一声高喊。特洛伊军队中一片惊惶，士兵们吓得掉头就跑。驭手们看到阿喀琉斯头上的金光，一个个惊恐不已。阿喀琉斯威严地连喊三次，每次都使特洛伊

名师批注

特洛伊军队的惊恐之态突出了阿喀琉斯的威武之势——其吼声就可吓退敌军，阿喀琉斯的威名可见一斑。

全军陷入极度恐慌。慌乱之中，又有十二名特洛伊英雄丧生。其中有几个是撞在枪尖上，另外几个是被马蹄踩死的。

希腊人抬起帕特洛克罗斯的尸体，放在担架上，高声哭喊着，抬着担架走向阿喀琉斯的帐篷。阿喀琉斯跟在人群后边，望着他曾亲自派去参加战斗的朋友，放声大哭。

女神赫拉让太阳神赫里阿斯提前降落到大洋河上。黑夜来临，战斗停息，希腊军营进入梦乡。这时，特洛伊人却聚在野外商议。他们全都站着，谁都不敢坐下来，因为害怕阿喀琉斯来袭击。波吕达玛斯建议特洛伊军队先撤回特洛伊城内，不要原地坐等天明，以免遭到阿喀琉斯的进攻。如果在开阔地上受到阿喀琉斯的进攻，那么很多英雄都将死在他的手下。如果特洛伊人站在城上守卫，那么阿喀琉斯只能驾着快马拉的车，围绕特洛伊城徒然奔跑而无法攻破城池。

可是赫克托耳拒绝采纳波吕达玛斯的建议，他下令军队在野外设营，派出岗哨在营帐前警卫。赫克托耳仍抱有幻想，要再度袭击希腊人的战船，将希腊军队驱逐出特洛伊地区。赫克托耳宣称，如果阿喀琉斯决定再次参战，那么他和阿喀琉斯两人之中总有一人会战胜对手而凯旋。雅典娜蒙蔽了特洛伊人的理智，他们就这样在野外设营驻扎下来。

在希腊营寨内，阿喀琉斯抚着朋友的尸体哀哭。他沉痛地哽咽着，仿佛是一头被猎人掳走幼狮的母狮，这头母狮觅食归来发现窝中的幼狮不见了，于是大声哀嚎着在林中四处走动，寻找掳走它子女的猎人的足迹。

名师批注

用失去幼狮的母狮来形容此刻阿喀琉斯的心情，足见其悲恸之深。

“众神啊众神！”阿喀琉斯扬声说道，“我为什么要向帕特洛克罗斯的父亲保证，要和帕特洛克罗斯一起返回故乡？不，我们两人的鲜血注定要染红特洛伊的土地。我的父亲珀琉斯及慈爱的母亲都不能看到我出征归来，安返故乡。亲爱的帕特洛克罗斯啊，让我也死吧，但是在我向赫克托耳复仇和为你举行隆重的葬礼之前我不能死。”

名师批注

阿喀琉斯不是害怕死亡，而是害怕在还没来得及报仇或者还没有做完自己该做的事情时死去。

阿喀琉斯吩咐朋友们洗去帕特洛克罗斯身上的血污，再抹上香膏。朋友们照办了。他们将帕特洛克罗斯的遗体放在华丽考究的床上，盖上一层薄麻布，随后又盖上一条豪华的罩袍。密耳弥多涅人为帕特洛克罗斯哀哭了整整一夜，被阿喀琉斯和帕特洛克罗斯虏获来的特洛伊妇女们也陪着哭了一夜。

名师点拨

个人的尊严与荣誉是英雄们生命的全部意义，他们的血液中激荡着古希腊人对荣誉的渴望。英雄们自信、勇敢，甚至感情用事、放荡不羁，拼尽全力去抢夺帕特洛克罗斯的尸体，这场激烈而持久的搏斗将他们的体力消耗殆尽。而下文中阿喀琉斯的复仇之火将成就特洛伊战场上属于他的辉煌，但他最终也在辉煌中陨落。

好词多积累

不可抑制　裹足不前　号啕大哭　赤手空拳

佳句任你评

★战斗更加惨烈，血流遍地、尸体狼藉，如同毁灭一切的烈火一样猛烈。宙斯又将黑暗散布在帕特洛克罗斯尸体的四周。周围一片漆黑，天空似乎已无日月。

★阿喀琉斯顿时感到难以形容的哀痛。他双手捧起灶坑中的灰烬，撒在自己头上。灰烬落满了他全身的衣服。阿喀琉斯倒在地上，痛苦地揪扯着头发。

★他沉痛地哽咽着，仿佛是一头被猎人掳走幼狮的母狮，这头母狮觅食归来发现窝中的幼狮不见了，于是大声哀嚎着在林中四处走动，寻找掳走它子女的猎人的足迹。

大家来思考

在争夺帕特洛克罗斯尸体的战争中，希腊人和特洛伊人的表现有何异同？

众神助战

名师带你读

从某种程度上讲，特洛伊战争也是神的战争，特洛伊战争就是因三女神争美而开始的。现在，众神也参加了战斗，使特洛伊战争变得更加漫长曲折、艰辛惨烈。

希腊人整装待发，天刚亮，他们就一队接一队地开出军营。他们就像大风吹动的团团雪花一样急急奔向战场。希腊人的队伍无比庞大，海岸在战士们的脚下抖动。

> 名师批注：希腊人因为阿喀琉斯的参战而获得更大的自信和力量，雄赳赳的气势体现了必胜的信心。

珀琉斯的儿子阿喀琉斯已经整装完毕。他穿上赫菲斯托斯为他制造的甲胄，肩挎利剑，手执放光的盾牌，最后，从枪架上取下只有他一人能使用的沉重的长枪，戴上灿若星辰的头盔，走出了营帐。

> 名师批注：详细地描写了阿喀琉斯的装束，一个全副武装、浑身是胆的英雄形象展现在我们面前。

阿喀琉斯两眼放射出愤怒的凶光，无法平息的哀痛仍然在他的心中回荡。驭手为阿喀琉斯套好车，奥托墨冬跳上战车，手中握着马鞭和缰绳，阿喀琉斯也跃上战车。驱车出战的途中，阿喀琉斯对神马恳求道："克珊托斯和巴利俄斯，美丽的波达耳革的孩子们，你们要将我从战场上活着送回来，可不能像对待帕特洛克罗斯那样，将我抛尸于战场！"

神马克珊托斯低下头，突然用赫拉赐予它的说话的能力对阿喀琉斯悲愁地回答："伟大的阿喀琉斯，这次我们仍会载着你活着从战场归来，但是你的末日已经临近。帕特洛克罗斯阵亡也不是我们的过错，是箭神阿波罗害死了他，阿波罗

要让赫克托耳得胜。尽管我们能像仄费洛斯一样飞驰，但是你注定要死在阿波罗的手下。”

阿喀琉斯非常愤怒地喊道：“克珊托斯，你为什么要预言我的死亡？我知道自己注定要死在这远离父母的地方，但是在特洛伊人的鲜血浸透大地之前，在为帕特洛克罗斯报仇雪恨之前，我绝不离开战场！”

名师批注

坚定的话语显示出阿喀琉斯蔑视死亡的英雄气概。

阿喀琉斯说毕，便策马奔赴战场。希腊将士已在田野上列成阵势,并向据守在特洛伊城外高地上的特洛伊人发起进攻。

这时，宙斯派女神忒弥斯去召集众神来商议。所有神祇都聚到宙斯的宫中,就连河川神祇和水泽神女们也都赶来了。雷神宙斯对在座的众神说，他不再介入这场战争，只在奥林匹斯山顶观战,其他所有神祇均可任意支持一方，参与战争。宙斯担心特洛伊人抵挡不住阿喀琉斯猛烈的进攻，担心阿喀琉斯可能违反命运的安排而攻克特洛伊城。

众神立即前往地面。赫拉、雅典娜、波塞冬、赫尔墨斯和赫菲斯托斯站在希腊人一边，而阿佛洛狄忒、阿耳忒弥斯、勒托、阿瑞斯、阿波罗和河神克珊托斯则支持特洛伊人。

名师批注

众神的助战使得特洛伊战争逐步升级，战争场面也更为激烈、残酷。

奥林匹斯山的众神刚一靠近双方军队，女神厄里斯就立即点起战火。雅典娜在希腊军队中奔走并威严地呐喊。与此同时，场上响起了战神阿瑞斯如狂风怒号的吼声。两军相遇了。天空响起了宙斯投出的滚滚惊雷。海神波塞冬摇撼起整个大地。群山从山顶到山脚一齐摇动，坚固的特洛伊城墙和希腊人的战船也晃动不止。冥国的主宰哈迪斯惊惧不已，从宝座上跳起来，担心大地裂开，冥国的可怕惨景会暴露出来，那些惨景就连永生的神祇见了都会不寒而栗。现在，惨烈的战斗爆发了。阿喀琉斯一心只想与赫克托耳对阵厮杀。

阿波罗变成普里阿摩斯的儿子吕卡翁，走到埃涅阿斯面前，对他说，他是女神阿佛洛狄忒的儿子，丝毫不用害怕与卑微的海中神女忒提斯的儿子阿喀琉斯交战。安喀塞斯的儿子受到这一鼓舞，便英勇地冲上前去。

知识链接

埃涅阿斯：特洛伊的盟军首领之一。

安喀塞斯：特洛伊王室的一位旁支成员，一次在伊得山牧羊时,被女神阿佛洛狄忒看到,阿佛洛狄忒迷恋他的美貌，与他生下埃涅阿斯；但他由于泄露了与女神的关系而受到宙斯的惩罚,双目被闪电击瞎。

女神赫拉看见阿波罗帮助埃涅阿斯作战,因而感到害怕。

波塞冬建议众神不要立即介入战斗，先坐在以前赫拉克勒斯筑在海边的土堤上，等阿瑞斯和阿波罗介入之后再投入战斗。站在希腊人一方的众神采纳了波塞冬的意见，坐在远离战场的地方；支持特洛伊人的神祇则坐在卡利科罗涅山的岩石上。

埃涅阿斯与阿喀琉斯相遇了。阿喀琉斯一见面就讥讽安喀塞斯的儿子，说埃涅阿斯在他面前已经败退过一次，建议埃涅阿斯赶快躲回他自己的阵营中。可是埃涅阿斯反唇相讥，说阿喀琉斯拿他当婴儿来吓唬纯属徒劳。埃涅阿斯提醒忒提斯的儿子，别忘了他埃涅阿斯出身于英雄辈出的家族。

埃涅阿斯希望尽快交战，他举起有力的手，猛地向阿喀琉斯投出长枪，可是长枪未能击穿阿喀琉斯的盾牌。阿喀琉斯偏了一下盾牌，其实多此一举，他不曾料到，赫菲斯托斯铸造的盾牌，人的力量是无法击穿的。阿喀琉斯的长枪也击中了埃涅阿斯的盾牌，枪尖击穿了盾牌，可是埃涅阿斯一躬腰，长枪便从他的头顶上方划过。埃涅阿斯吓得两眼发黑，刚才他差点送了命。这时，阿喀琉斯拔出利剑，而埃涅阿斯抱起一块巨石。要不是海神波塞冬不愿让埃涅阿斯死亡，埃涅阿斯这次真是难逃厄运。

波塞冬急忙赶来救助埃涅阿斯。波塞冬捡起阿喀琉斯的长枪，放在他的脚下。大地的震撼者波塞冬在阿喀琉斯眼前布上浓重的黑暗，又用强劲有力的手把埃涅阿斯远远抛离沸腾的战场。波塞冬走到埃涅阿斯面前，对他说，只要阿喀琉斯还活着，他就不让埃涅阿斯上前沿阵地。接着，波塞冬驱散了阿喀琉斯眼前的黑暗。忒提斯的儿子看到自己的长枪就在脚边，埃涅阿斯却不见了，着实感到惊奇。阿喀琉斯明白，众神在保护埃涅阿斯，不过他深信，埃涅阿斯从此再不敢与他交战了。

> **名师批注**
>
> 波塞冬力挺的是希腊人，可是有时他也会为了某种利益而保护特洛伊人。

阿喀琉斯勇猛地冲杀，刺死了特洛伊的许多英雄，同时在寻找赫克托耳。阿波罗不让赫克托耳去进攻阿喀琉斯，只让他待在后方队伍中。可是这时候，阿喀琉斯用长枪刺死了普里阿摩斯的儿子波吕多洛斯。波吕多洛斯是特洛伊国王幸存的儿子中最年轻的一个，深得父亲的宠爱。

赫克托耳眼见弟弟丧生，愤怒得忘却了阿波罗的嘱咐，立即冲向阿喀琉斯。阿喀琉斯一见赫克托耳，可怕的双眼闪射出喜悦的光芒。

名师批注

两位英雄终于对话了，对话里充满着激动与期待，他们迫不及待地想较量一番，看看谁才是战场上的王者。

“瞧，他就是那个以深重的哀伤刺激我心的家伙！”阿喀琉斯喊道，“行啦！现在我们俩站在战场上，再也不能回避了。快点过来吧，以便我能尽快打发你去哈迪斯的冥国！”

赫克托耳说：“现在还不知道鹿死谁手呢。阿喀琉斯，我虽不如你强壮有力，可是已有神祇告诉我，我们两人之中有人注定要丧命。你要知道，我的长枪也是锐利的。”

赫克托耳投出长枪，可是雅典娜吹了一口气，将长枪吹得偏离了方向，落在阿喀琉斯的脚边。阿喀琉斯扑向赫克托耳，这时阿波罗及时赶来救援，用一团浓雾裹住赫克托耳。阿喀琉斯朝赫克托耳接连攻击了三次，每次长枪都没能刺中赫克托耳。

阿喀琉斯第四次发起了攻击，冲着赫克托耳吼道：“又是阿波罗救了你！你以为你每次都能逃脱吗？只要神祇中有我的保护者，我一定能很快追上你。”

名师批注

阿喀琉斯成了特洛伊战场上最耀眼的英雄，仇恨、荣誉激发了他性格中的嗜血因子。比喻修辞形象地展现了他疯狂杀敌的状态。

阿喀琉斯愤怒地扑向其他特洛伊英雄，许多人都在他致命的长枪下丧了命。他就像一团狂暴的烈火在特洛伊人的战阵中无情地肆虐，就像在打麦场上脱粒的时候犍牛的蹄子踩得麦粒飞溅，敌人的身体、盾牌和头盔在阿喀琉斯战马的脚下碎裂飞散。疯狂的阿喀琉斯浑身燃起对战斗荣誉的渴望，他的双手沾满了鲜血。

特洛伊军队溃退了。阿喀琉斯在斯卡曼德洛斯河边追上了特洛伊军队，并将其拦腰截断。于是一部分特洛伊人逃向特洛伊城，可是赫拉降下浓雾，挡住了他们的视线，使他们看不清败逃的通路。另一部分特洛伊人跑到河岸，许多人跳入河中以求逃生。由于士兵纷纷跃入河中，斯卡曼德洛斯河泛起了层层波浪。跳河的人有一些想泅水逃命，有一些则竭力躲入陡岸底下。阿喀琉斯手执利剑，跃入河中，挥剑砍杀逃命的特洛伊人。他生俘了十二名特洛伊小伙子，用皮带缚住他们的双手，吩咐密耳弥多涅士兵将他们押回军营，而他自己又去追杀特洛伊败军。

阿喀琉斯在斯卡曼德洛斯河边追上了曾被他在葡萄园中俘获并卖到楞诺斯岛做奴隶的普里阿摩斯年轻的儿子吕卡翁。不幸的吕卡翁抱住阿喀琉斯的双膝，恳求他的宽恕，并愿意支付巨额赎金。可是阿喀琉斯心中正燃烧着为朋友帕特洛克罗斯报仇的强烈欲望，并不怜悯吕卡翁。既然杰出的勇士帕特洛克罗斯已经身亡，阿喀琉斯自己也会被敌人击中而丧命，那么他为什么还要怜悯吕卡翁？珀琉斯的儿子举起利剑刺进吕卡翁的脖颈，吕卡翁倒地身亡。阿喀琉斯抓起吕卡翁的脚，将尸体抛入斯卡曼德洛斯河喂鱼去了。

阿喀琉斯越战越猛。他威胁特洛伊人说，无论他们怎么向河神斯卡曼德洛斯献祭，斯卡曼德洛斯都不能使他们摆脱他狂怒的攻击，他要一举歼灭所有特洛伊人，为帕特洛克罗斯及所有阵亡的希腊英雄报仇。

名师批注

好一个放肆、狂妄、嗜血的阿喀琉斯！

听了阿喀琉斯傲慢无礼的话，河神愤恨至极。这时，河神的儿子阿斯忒洛珀俄斯决定奋起抵抗阿喀琉斯。阿斯忒洛珀俄斯同时向阿喀琉斯投出两支长枪，其中一支擦伤了阿喀琉斯的右臂肘部。阿喀琉斯也向阿斯忒洛珀俄斯投出沉重粗长的长枪，长枪投偏了，深深扎进河岸的地里。阿斯忒洛珀俄斯企图拔出扎在地里的长枪，但是不能遂愿，这根长枪即使摆在那里他都扛不起来。阿喀琉斯拔出利剑冲向阿斯忒洛珀俄斯，举剑将他刺死，并将尸体抛进斯卡曼德洛斯河。接着，阿喀琉斯又杀死了许多特洛伊英雄。

名师批注

精彩的打斗场面，展现出阿喀琉斯在战场上的雄风以及残忍。

斯卡曼德洛斯河的河神克珊托斯在漩涡中高声喊道：“阿喀琉斯，快把特洛伊人从我的河中赶走，你到原野上去杀他们，别在河中杀！特洛伊人的尸体堵住了我出海的通道。不要再在我的河道中杀戮特洛伊人了！”

“克珊托斯，在将他们赶回特洛伊城、在我与赫克托耳厮杀之前，我不会停止杀戮！”阿喀琉斯回答河神。

克珊托斯转而向阿波罗大声吁求："远射之神啊，你没有执行宙斯给你的命令！难道宙斯不曾命令你要保护好特洛伊人吗？"

斯卡曼德洛斯河的河水汹涌起来，发出可怕的吼声，将死者的尸体冲上河岸，而活着的特洛伊人都被河神藏进河边的洞穴。波浪在跃入水中的阿喀琉斯四周激荡，他再也站不稳了。阿喀琉斯伸手抓住长在河岸上的一棵悬铃木，可是树木马上被斯卡曼德洛斯河的河水冲倒，横在河上，就像一座独木桥。阿喀琉斯跳上岸，在原野上奔跑。河中腾起的可怖的浪头紧追不舍，要把阿喀琉斯吞没。阿喀琉斯几次欲与浪涛搏斗，然而他这个凡人怎能与永生的河神搏斗呢？波涛追上他，浪头凶猛地拍打他的肩头，冲刷着他脚下的土地。

名师批注

阿喀琉斯与河水（大自然）的对抗扣人心弦。虽然阿喀琉斯最终无法战胜河神，但他敢于挑战的勇气令人敬佩。

阿喀琉斯面对苍天大声悲叹："雷神宙斯啊，命运本应注定我被阿波罗的箭射死在特洛伊城下，莫非现在却要可悲地淹死在湍急的山溪中吗？啊，我宁愿死在特洛伊最伟大的儿子赫克托耳手下！"

珀琉斯的儿子刚说完这番话，波塞冬和雅典娜便出现在他面前。两位天神又使阿喀琉斯振作起精神来，吩咐他勇敢战斗，直到把特洛伊人赶回城去，把赫克托耳杀死，并说他一定能取得胜利而凯旋。雅典娜还往阿喀琉斯胸中注入了不可战胜的力量。

现在，河神克珊托斯无法独自与阿喀琉斯争斗，于是又叫他的弟弟小河神西摩伊斯来支援。克珊托斯掀起更高的巨浪来对付阿喀琉斯。巨浪就像高墙，包围了阿喀琉斯。女神赫拉担心阿喀琉斯遭受灭顶之灾，就派儿子赫菲斯托斯去帮助阿喀琉斯与西摩伊斯作战。

原野上燃起了赫菲斯托斯的熊熊烈火，被阿喀琉斯杀死的特洛伊人的尸体也烧着了，而被西摩伊斯掀起的浪涛打湿的荒野很快便干燥了。赫菲斯托斯又点燃了河，河两岸的悬铃木、山毛榉和柳树起火了，就连湿润的芦苇、睡莲都燃烧起来。水中的鱼儿四下逃窜，躲到深水中，以逃避这能烧毁

名师批注

战火从陆地上蔓延到了河里，连河水都能被点燃，可见战争是多么恐怖而具有毁灭性。

一切的烈焰。

西摩伊斯发火了，高声呼喊赫菲斯托斯："赫菲斯托斯啊，没有一位神祇有能力与你抗争！我从来都不敢与你对阵！快把大火扑灭，我永远不再帮助特洛伊人！就让珀琉斯的儿子把他们统统消灭吧！"

大火将河水烧得越来越烫，河水都沸腾了。河水不再流动，热浪烤得河神疲乏不堪。河神向女神赫拉哀求，让她制止儿子并对着众神发誓，永远不再援助特洛伊人，哪怕希腊人纵火焚烧特洛伊城。于是赫拉劝住儿子，赫菲斯托斯这才熄灭了大火。

众神之间发生了激烈的纷争，他们纷纷冲向战场，大地在他们脚下呻吟。宙斯看到众神开始互相厮杀，不禁面露笑容。

战神阿瑞斯向雅典娜发起进攻。他要向雅典娜复仇，因为雅典娜不久以前帮助英雄狄俄墨得斯刺伤了他。阿瑞斯挺枪刺中雅典娜的神盾，可是未能将神盾刺穿。雅典娜抱起一块巨石，砸中阿瑞斯的脖子，将他砸倒在地。阿瑞斯身上的铠甲发出一片铿锵的响声，他的头发也被尘土所遮盖。这时，爱神阿佛洛狄忒赶来援助阿瑞斯，奋力搀扶着阿瑞斯离开战场。可是雅典娜的长枪又刺中了阿佛洛狄忒的胸脯，阿佛洛狄忒跌倒在地上。

名师批注

雅典娜与阿瑞斯的战斗是智慧与野蛮的斗争，而雅典娜的胜利也说明了一个道理：智慧主导着战争的胜利。

这时，海神波塞冬又向阿波罗挑战，但是远射之神阿波罗并不应战。阿波罗不敢与宙斯的兄弟、大地的震撼者波塞冬战斗。女神阿耳忒弥斯责备兄弟阿波罗逃避与波塞冬作战，赫拉听见她的责备，顿时怒火万丈。赫拉抓住阿耳忒弥斯的双手，夺下她的弓，并用弓殴打她。阿耳忒弥斯的箭散落一地，她泪水汪汪，就像一只小鸽逃避鹞鹰一样逃走了。女神勒托捡起箭，拾起弓，去追赶女儿。

阿耳忒弥斯登上奥林匹斯山，痛哭着向宙斯诉说赫拉侮辱了她。其他神祇也都返回奥林匹斯山，其中一些神因为胜利而洋洋自得，另一些神则满腹怨恨。但是阿波罗很快又返回了特洛伊，他担心希腊人违反命运安排而摧毁特洛伊城墙。

年迈的普里阿摩斯从高高的城楼上看见阿喀琉斯在战场上到处追逐特洛伊人，下令打开城门，让特洛伊将士回城躲避。阿波罗则赋予英雄阿革诺耳以大无畏的英勇气概，激励他与阿喀琉斯厮拼。阿波罗自己裹着一团浓雾，站在阿革诺耳的身旁，准备随时为他挡开阿喀琉斯的长枪。

阿革诺耳抖动着长枪，等待阿喀琉斯接近。他猛一挥手，向阿喀琉斯投出长枪，可是长枪遇到阿喀琉斯的护腿甲弹开了。这时，阿喀琉斯向阿革诺耳猛扑过来。阿波罗立即用一团黑雾罩住阿革诺耳，帮助他逃脱了这难以避免的死亡。这时，阿波罗又变成阿革诺耳的模样，撒腿在原野上奔跑起来。阿喀琉斯不知其中奥妙，竟去追赶阿波罗。就这样，阿波罗救了特洛伊人，为他们撤回特洛伊城内赢得了时间。

特洛伊将士躲进城内。激烈的战斗和奔逃使他们十分疲劳，现在他们站在城墙上饮水解渴，擦去身上的汗水。战场上只剩下赫克托耳一人，他仿佛被不可避免的命运所束缚，站立在斯开亚城门口。

名师批注

预示了赫克托耳难以阻挡死亡脚步的临近。

名师点拨

众神助战是特洛伊战争的高潮。由于诸神参战，这场战争显得更加波澜壮阔，充满浪漫气息。人与人的厮杀，人与神的较量，神与神的内讧，使得这个战场分外惊心动魄。然而战争是残酷的，一幕幕血的悲剧令人深思。当然，战争也造就了无数英雄，阿喀琉斯、赫克托耳在战争中显示了他们无比的勇气。

好词多积累

整装待发　灿若星辰　不寒而栗　反唇相讥　英雄辈出　鹿死谁手
灭顶之灾　疲乏不堪

佳句任你评

★他就像一团狂暴的烈火在特洛伊人的战阵中无情地肆虐，就像在打麦场上脱粒的时候犍牛的蹄子踩得麦粒飞溅，敌人的身体、盾牌和头盔在阿喀琉斯战马的脚下碎裂飞散。

★阿喀琉斯跳上岸，在原野上奔跑。河中腾起的可怖的浪头紧追不舍，要把阿喀琉斯吞没。阿喀琉斯几次欲与浪涛搏斗，然而他这个凡人怎能与永生的河神搏斗呢？波涛追上他，浪头凶猛地拍打他的肩头，冲刷着他脚下的土地。

★赫菲斯托斯又点燃了河，河两岸的悬铃木、山毛榉和柳树起火了，就连湿润的芦苇、睡莲都燃烧起来。水中的鱼儿四下逃窜，躲到深水中，以逃避这能烧毁一切的烈焰。

大家来思考

宙斯看到众神开始互相厮杀，不禁面露笑容，为什么？

赫克托耳之死

名师带你读

他是特洛伊的王子，是特洛伊最坚强的守护者，也是特洛伊人最后的防线。他——赫克托耳是如何走完完满而光辉的一生的？

阿喀琉斯久久地追逐着阿波罗。最后，阿波罗停下脚步，在阿喀琉斯面前露出了自己的真面目。阿喀琉斯满腔怒火。要是他能够向阿波罗报仇，那该多解恨啊！阿喀琉斯撇下阿波罗，转身朝特洛伊城墙飞奔而去。

年迈的普里阿摩斯看见阿喀琉斯飞奔而来，惊恐地向赫克托耳哀求："我亲爱的儿子啊，你快进城来！别和阿喀琉斯斯拼了，他比你强壮！你快进城！拯救全体特洛伊人的希望都寄托在你的身上了！"

可是赫克托耳不改初衷，将盾牌靠在城楼边，身子倚着盾牌，等候着仇敌的到来。阿喀琉斯越走越近了。赫克托耳大声喊道："阿喀琉斯，让我们来较量一下，看看是你杀死我，还是我战胜你。"

名师批注

哪怕明知自己会死，也不向命运低头而弃战，赫克托耳不愧为真正的英雄。

阿喀琉斯奋力向赫克托耳投出长枪。赫克托耳突然低头，躲过了这致命的一枪。赫克托耳的长枪投中了阿喀琉斯的盾牌，可一碰就被弹飞了。赫克托耳此时再无长枪，明白自己注定要死了。然而，他还是拔出利剑冲向阿喀琉斯。阿喀琉斯也朝赫克托耳扑来，用长枪刺中了赫克托耳的头。赫克托耳受了致命伤，倒下了！

阿喀琉斯召来所有希腊英雄庆祝他的胜利。他们围在一起用长枪扎赫克托耳躺在地上的尸体。得意忘形的阿喀琉斯想出一个恶毒的主意。他在赫克托耳的双脚上扎了两个孔，用结实的皮带穿过，将尸体倒挂在战车后面。他跳上战车，策马奔驰在茫茫原野上。原野上顿时扬起滚滚尘土。

名师批注

阿喀琉斯把特洛伊最伟大的英雄打倒了。他在欢呼，他在泄愤，他在宣告，这近乎变态的做法体现了他的残暴。

众神在光明的奥林匹斯山上看着阿喀琉斯作践赫克托耳的尸体。阿波罗对阿喀琉斯的这种行为非常不满。众神打算让赫尔墨斯去夺回赫克托耳的尸体，但是女神赫拉、雅典娜及海神波塞冬竭力反对。

赫克托耳的尸体毫无遮掩地搁在阿喀琉斯的营帐旁边已经十一天了。阿波罗谴责众神任凭失去了同情心与良心的阿喀琉斯侮辱赫克托耳的尸体。随后，阿波罗与赫拉爆发了激烈的争吵，直到宙斯出面才制止。

宙斯派众神的使者伊里斯去找神女忒提斯。宙斯决定让忒提斯去找阿喀琉斯，并转达他的命令：让普里阿摩斯以高昂的赎金从阿喀琉斯手中赎回赫克托耳的尸体。在特洛伊的诸位英雄中，宙斯最喜爱的便是赫克托耳。

伊里斯一眨眼便来到忒提斯面前。忒提斯身边围着一群海中神女，她正为儿子的命运洒泪。她从伊里斯口中得知宙斯的意愿，便立即穿上黑色的丧服，登上高高的奥林匹斯山。众神彬彬有礼地迎接她，雅典娜为她在宙斯身旁安排了座位。宙斯将自己的愿望告诉了忒提斯。

名师批注

她这是在为儿子赎罪，表达对死者的哀悼。

忒提斯回到地面，走进她儿子的帐篷。她坐在忧郁的阿喀琉斯身旁，怜爱地抚摩着儿子的手，告诉他，宙斯和所有神祇都为赫克托耳的事怨恨他，要求他准许普里阿摩斯赎回赫克托耳的尸体。阿喀琉斯没有别的办法，只得服从了众神的意志。

宙斯又派使者伊里斯去找普里阿摩斯。彩虹女神伊里斯拍着翅膀来到普里阿摩斯的王宫，可怜的老人还躺在地上为已死的儿子淌泪呢！老人的四周坐着他仅剩下的几个儿子，

名师批注

世界上最痛苦的莫过于白发人送黑发人，更何况作为父亲的他无法替儿子收尸。

他们也个个都泪流满面。伊里斯走到老人身边，以宙斯的名义吩咐他带上大量赎金去希腊军营找阿喀琉斯。伊里斯向普里阿摩斯保证，赫尔墨斯会送他去希腊军营。

听了女神的话，普里阿摩斯当即从地上站起来，吩咐儿子预备装礼物的马车和他要乘的战车，然后朝宫内走去。他走进宫殿，叫来年老的妻子赫卡柏，告诉她，他打算去希腊军营。赫卡柏一听就害怕了，央求丈夫不要去送死，可是普里阿摩斯安慰她，说他是根据奥林匹斯众神的意志去见阿喀琉斯。

普里阿摩斯挑选了大量礼物，做好出发的准备。儿子们将骡子套到车上，并将装礼物的大箱子抬到车上，然后又将马匹套到战车上。普里阿摩斯上了车，扬鞭策马出发了。走在他战车前面的是骡子拉着的礼物车，赶骡的是使者伊代俄斯。为普里阿摩斯送行的人个个痛哭流涕，似乎普里阿摩斯此去必死无疑。

普里阿摩斯出城来到旷野。宙斯派儿子赫尔墨斯去迎候他。赫尔墨斯系上有翼鞋的鞋带，手执能合上凡人双眼的权杖，驰往特洛伊。

普里阿摩斯在河边饮马、饮骡，这时赫尔墨斯变成一个英俊青年来到他面前。普里阿摩斯很害怕，以为这个青年要杀死他，抢他的礼物。可是赫尔墨斯说他是阿喀琉斯的仆役，是来接普里阿摩斯去希腊军营的。老人听了很高兴，赶忙拿出一个贵重的酒杯送给赫尔墨斯，可是赫尔墨斯拒绝了。

名师批注

此时的普里阿摩斯之所以害怕，是因为他担心赎金被人抢走，那样赎回儿子尸体的希望就会落空。

普里阿摩斯让赫尔墨斯上了他的车，然后策马急急赶路。希腊军营的大门口站着卫兵，可赫尔墨斯让他们都沉沉地睡去了。他打开门闩，推开营门，领着普里阿摩斯悄悄进入军营。在普里阿摩斯抵达阿喀琉斯的营帐门口之后，赫尔墨斯才表明自己的真实身份，并吩咐普里阿摩斯放心大胆地进营帐。普里阿摩斯留下伊代俄斯看守礼物，自己则走进阿喀琉斯的帐篷。

阿喀琉斯刚刚吃过饭。普里阿摩斯神不知鬼不觉地走进来，跪倒在阿喀琉斯面前，向他哀求：“伟大的阿喀琉斯啊，想想你那与我一般年迈的老父亲。说不定他的城池也曾遭到邻国围困，无人为他解脱灾难。我也是个不幸的人，我几乎丧失了所有的儿子。你又杀死了我最英勇机智的儿子赫克托耳。就是为了他，我才到你的战船旁边来。同情一下我的苦难吧。请收下我送来的大量赎金吧。你瞧，我的处境是多么不幸。我忍受着任何凡人不曾遭受过的苦难。我不得不吻杀死我儿子的凶手的手啊！”

名师批注

普里阿摩斯悲伤的话语令人动容，深切地表达出一位失去儿子的老人的痛苦和隐忍的父爱。

普里阿摩斯的话唤起了阿喀琉斯对父亲的怀念。想到父亲，阿喀琉斯不禁痛哭起来。普里阿摩斯伸出双手，伏在地上为儿子哀哭。

最后，阿喀琉斯站起身来，扶起普里阿摩斯，并对他说：“不幸的人啊，你一生看到过许多苦难！可你怎敢独自一人来见杀死你许多儿子的人呢？是啊，你胸中有一颗坚强如铁的心。不过，你可以放心，别再哭泣了，坐到这里来。众神注定人们一生要受许多苦难，只有他们永生的神才能避免遭受这些苦难。别再流泪了，眼泪并不能使赫克托耳死而复生。”

名师批注

此时的阿喀琉斯与战场上残忍无情的形象截然相反，他被老人的话语所触动，体现出他的恻隐之心。

“不，阿喀琉斯，”普里阿摩斯说，“你不把赫克托耳还给我，我不坐。快收下礼物，让我看一看我儿子的遗体。”

阿喀琉斯怒气冲冲地望着普里阿摩斯说：“老头儿，你小心别惹怒我！我自己知道应该把赫克托耳的尸体还给你。这是宙斯的旨意，我母亲忒提斯已将此事告诉我。我还知道是神领你来这里的，否则你不敢到希腊人的军营里来。你别说了！我担心自己一怒之下违反宙斯‘怜惜哀求者’的训示。”

阿喀琉斯说毕便走出营帐。他叫来朋友，让他们将普里阿摩斯的马和骡卸了套，再把伊代俄斯领进营帐。

此后，阿喀琉斯的女仆们洗净赫克托耳的遗体，给他穿上华贵的衣服。阿喀琉斯亲自抱起尸体，放到装饰豪华的灵床上，他的朋友们再把灵床抬到车上。阿喀琉斯恳求帕特洛克罗斯的灵魂不要因为他把赫克托耳的遗体归还其父亲而生气。他允诺把普里阿摩斯带来的部分礼品献给帕特洛克罗斯。

做完这一切，阿喀琉斯回到营帐里对年老的普里阿摩斯说，他已将赫克托耳的遗体归还。阿喀琉斯备下丰盛的晚餐，邀请普里阿摩斯用餐，以恢复体力。

晚餐席间，普里阿摩斯惊羡地望着神一般英俊威武的阿喀琉斯；而阿喀琉斯望着头发花白、相貌可敬的老人，听着他充满智慧的言谈，也感到惊讶。

名师批注

这是一幕温馨的场面，一个历经苦难的老人，一个叱咤风云的年轻人，他们心中在想什么呢？如果没有战争，他们又是怎样的心境？

晚餐结束后，普里阿摩斯请求阿喀琉斯让他睡上一觉，以解困乏，因为自从赫克托耳死后，他还从未合过眼。阿喀琉斯便吩咐在营帐前为普里阿摩斯和伊代俄斯设置两张舒适豪华的床榻。

普里阿摩斯准备躺下安歇，阿喀琉斯问他，安葬儿子需要多少天，并保证在此期间不发动进攻。普里阿摩斯说需要十天。阿喀琉斯亲切地握了握普里阿摩斯的手以安慰老者，然后与他告辞。

名师批注

阿喀琉斯对待这个老人就像对待自己的父亲一样，有尊敬、理解和同情。

所有将士都已入睡，连奥林匹斯山上的众神也睡着了，只有赫尔墨斯没有睡。他来到普里阿摩斯的床边，叫醒他，吩咐他立即离开希腊军营，因为赫尔墨斯担心有人看见普里阿摩斯，会扣留他，让他为自己交付昂贵的赎金。普里阿摩斯害怕了，从床榻上起来，并叫醒伊代俄斯。赫尔墨斯套上马和骡，悄悄地领着他们离开希腊军营。他一直把普里阿摩斯送到斯卡曼德洛斯河边才离去。

清晨，普里阿摩斯驱车来到特洛伊城下。最先看见他的是卡珊德拉。卡珊德拉看到赫克托耳的尸体，不禁放声大哭，哭声引来了特洛伊人。所有特洛伊人也都号哭着，拥向赫克托耳的灵车。在普里阿摩斯的请求下，人群闪开，让普里阿摩斯入城。

安德洛玛刻在为她的丈夫、她唯一的保护人哀哭。现在她明白，特洛伊将要陷落，希腊人会把所有特洛伊妇女掳去奴役。希腊人还会杀死她的儿子阿斯提阿那克斯解恨，因为赫克托耳杀死了许多希腊英雄。安德洛玛刻抱怨赫克托耳在远离她的地方阵亡，未给她留下她会永远牢记的遗嘱。

名师批注

从这段描述中可以想象出一个妻子在失去丈夫之后的痛苦与绝望。

海伦也为赫克托耳哀哭。她从来不曾受过赫克托耳的责备和埋怨。性情温和的赫克托耳总是为她辩护，由于他的庇护，其他人也不曾欺侮她。在这人人都仇视她的特洛伊，她唯一的朋友和安慰者现在已经离世了。

普里阿摩斯吩咐准备火葬的篝火。整整九天，特洛伊人从伊得山运来木柴。第十天，他们把赫克托耳的遗体搁在篝火上焚化，把骨灰放入金罐，安放到墓穴里，然后在墓穴上盖了石板，筑起坟丘。在特洛伊人筑坟丘的时候，哨兵一直监视着希腊人的动向，防止他们突然袭击。安葬完之后，普里阿摩斯在自己宫中举行了盛大的葬后宴。

就这样，特洛伊人安葬了伟大的赫克托耳。

名师点拨

阿喀琉斯为荣誉而战，帕里斯为女人而战，阿伽门农为利益而战，只有赫克托耳是为他的国家、人民而战。为了保家卫国，他不能逃避，只有迎难而上，强烈的责任感和使命感驱使他选择了最悲壮的道路。这种“明知不可为而为之”的悲剧精神，让每一颗热血涌动的心灵都为之震撼！

而另一位英雄——阿喀琉斯，他一方面蛮勇骁悍、残暴凶狠，这从他杀死赫克托耳并虐待其尸体中可以看出；但另一方面，他温厚善良、重情重义，怀有恻隐之心，这从他对老国王普里阿摩斯的怜悯中得以体现出来。在他的身上，人性的残忍与善良这两个相背离的因素完美地融合在一起，使得人物形象非常丰满。

好词多积累

得意忘形　彬彬有礼　扬鞭策马　死而复生　怒气冲冲

佳句任你评

★得意忘形的阿喀琉斯想出一个恶毒的主意。他在赫克托耳的双脚上扎了两个孔，用结实的皮带穿过，将尸体倒挂在战车后面。他跳上战车，策马奔驰在茫茫原野上。原野上顿时扬起滚滚尘土。

★晚餐席间，普里阿摩斯惊羡地望着神一般英俊威武的阿喀琉斯；而阿喀琉斯望着头发花白、相貌可敬的老人，听着他充满智慧的言谈，也感到惊讶。

大家来思考

1. 阿喀琉斯为什么同意归还赫克托耳的尸体?

2. 请根据下面的语句，分析一下阿喀琉斯的人物形象。

①普里阿摩斯的话唤起了阿喀琉斯对父亲的怀念。想到父亲，阿喀琉斯不禁痛哭起来。

②阿喀琉斯便吩咐在营帐前为普里阿摩斯和伊代俄斯设置两张舒适豪华的床榻。

③阿喀琉斯问他，安葬儿子需要多少天，并保证在此期间不发动进攻。

阿马宗人

名师带你读

赫克托耳死了，特洛伊人将如何面对接下来的战争？当一座城池的灵魂人物不在时，他们如何做最后的垂死挣扎？

赫克托耳死后，特洛伊人最艰难的日子来临了。他们已经没有强悍的保卫者。特洛伊人不敢出城到开阔地上与希腊人厮杀。没有哪位英雄能与阿喀琉斯单独较量。看样子伟大的特洛伊城的末日就要来到。

就在这时，突然出现一支援军。女王彭忒西勒亚率领英勇善战的阿马宗人骑着快马从遥远的攸克辛海驰援特洛伊。彭忒西勒亚想通过与希腊人交战赎清自己失手误杀姐妹的罪过。阿瑞斯的这个女儿夸口要消灭希腊所有出名的英雄，烧毁希腊人的战船，把希腊军队赶出特洛伊。

特洛伊人无限喜悦地欢迎阿马宗人的到来。普里阿摩斯像接待亲生女儿一样接待彭忒西勒亚，为她设下盛大的宴会洗尘。

第二天，阿马宗人身穿闪闪发光的铠甲，率领特洛伊军队出城抗击希腊人。普里阿摩斯面向青天举起双手，恳求众神赐予本方胜利。然而众神并不理会他的请求。

血腥的战斗开始了。彭忒西勒亚与其他阿马宗女将犹如一股狂风在希腊人的战阵中冲杀，彭忒西勒亚接连刺杀了许

知识链接

有一次，彭忒西勒亚在打猎时看到一头梅花鹿，举起标枪朝梅花鹿掷去，不料误中了她心爱的妹妹希波吕忒。这个罪过像石头一样压在彭忒西勒亚的心头。无论她在哪里，复仇女神总是追随她，任何献祭都无法平息女神的怒火。彭忒西勒亚希望借助使神祇喜欢的远征来摆脱困境，因此挑选了十二个女英雄来到特洛伊。

知识链接

阿马宗人：属于希腊传说中黑海沿岸的女人部落，以狩猎为主，骁勇善战；这个部落相当于《西游记》中的女儿国。

多英雄。希腊军队动摇了，他们开始撤退。彭忒西勒亚把他们一直逼到战船旁边。阿马宗人最后的胜利已近在眼前。

突然，阿喀琉斯和大埃阿斯驰来增援希腊军队。他俩原先未参加战斗，两人张开双手躺在帕特洛克罗斯的墓丘旁边，在为失去朋友悲痛。他们听到战斗的喧杂声，立即披挂上阵，就像两头凶猛可怕的雄狮扑向战场。阿马宗人和特洛伊人抵挡不住了。

彭忒西勒亚看见强壮的阿喀琉斯，毫无畏惧地上前与他厮杀。她向阿喀琉斯投出长枪，可是长枪碰到阿喀琉斯的盾牌便断成几截，被震飞了。阿马宗人的女王又投出第二支长枪，可是仍未伤及阿喀琉斯。阿喀琉斯怒不可遏，冲上去一枪刺中彭忒西勒亚的胸脯。彭忒西勒亚自知受了致命伤，使出最后的力气去拔宝剑，可是强健的阿喀琉斯一枪将她连人带马都刺死了。战马倒在地上，彭忒西勒亚摊手摊脚地躺在战马旁边。

名师批注

彭忒西勒亚体现出惊人的勇气，即使受伤了也要最后搏一搏。

阿喀琉斯摘下她的头盔，看到战神阿瑞斯的女儿超凡脱俗的美貌，他惊呆了。死后的彭忒西勒亚像女神阿耳忒弥斯一样美丽。阿喀琉斯站在被他刺死的彭忒西勒亚的遗体旁边，感到自己已被对死者的爱所征服，沉浸在悲伤之中。

这时，忒耳西忒斯走到他面前，像以往一样责骂阿喀琉斯。忒耳西忒斯故意侮辱阿喀琉斯的感情，他用长枪扎破了美丽的彭忒西勒亚的眼睛。阿喀琉斯勃然大怒，挥起拳头照着忒耳西忒斯的脸就是一拳，这重重的一拳竟当场打死了忒耳西忒斯。

狄俄墨得斯看到阿喀琉斯打死了他的亲戚，怒从中来，冲上前去就想打架。阿喀琉斯也不示弱，势必要发泄心中的愤怒。幸亏众多希腊人竭力劝解，才劝住了这两位英雄。随后，阿喀琉斯抱起彭忒西勒亚的尸体离开了战场。

后来，希腊人将彭忒西勒亚和其他十二个阿马宗人的尸体连同武器装备一起还给特洛伊人，特洛伊人为死者举行了隆重的葬礼，将尸体放在篝火上焚化了。

阿喀琉斯来到勒斯玻斯岛。他在岛上向阿波罗、阿耳忒弥斯以及他俩的母亲勒托敬献了丰厚的祭品，恳求他们为他洗刷因杀害忒耳西忒斯而沾染的血污。聪明过人的俄底修斯奉阿波罗之命，为他洗清了罪责。

名师点拨

这个章节的主角看似是巾帼不让须眉的彭忒西勒亚，实则她的出现是为了完善阿喀琉斯的形象。如果一个英雄人物只知道驰骋疆场，那么这样的英雄形象是苍白的。就如项羽有了“霸王别姬”，人生才显得完满一样，阿喀琉斯也正因有了这样儿女情长的小插曲，才更加凸显出他的英雄气概。

同时，文章也通过动作描写突出了阿喀琉斯的残暴凶狠，比如“阿喀琉斯怒不可遏，冲上去一枪刺中彭忒西勒亚的胸脯”等。

好词多积累

怒不可遏　超凡脱俗

佳句任你评

★他们听到战斗的喧杂声，立即披挂上阵，就像两头凶猛可怕的雄狮扑向战场。

★阿喀琉斯摘下她的头盔，看到战神阿瑞斯的女儿超凡脱俗的美貌，他惊呆了。死后的彭忒西勒亚像女神阿耳忒弥斯一样美丽。

大家来思考

彭忒西勒亚可以选择不参战，但是她来了；战场上，她本可以选择退缩，但她迎难而上。你怎么理解彭忒西勒亚这个人物，她死得值不值？

门　农

名师带你读

赫克托耳死后，特洛伊没有前仆后继的人来冲锋陷阵，只能依靠外援来负隅顽抗。彭忒西勒亚战死了，接下来谁会帮助特洛伊渡过难关呢？

彭忒西勒亚死后，特洛伊人更是难以抵抗希腊人的进攻。这时，又有一支军队赶来支援特洛伊人。门农率领一支庞大的埃塞俄比亚军队从环绕整个陆地的灰蒙蒙的大洋河岸赶到特洛伊。

门农是美丽的晨光女神厄俄斯与提托诺斯的儿子，他本是普里阿摩斯的亲戚。门农英俊出众，任何凡人都不能与他相比。他身穿赫菲斯托斯亲自制造的金盔甲，在特洛伊军队中就像一颗启明星那样灿烂夺目。

名师批注

渲染门农的不俗之处，尤其是他身穿赫菲斯托斯打造的金盔甲，更体现了他身份的特殊。

晨光女神强健的儿子门农与阿喀琉斯对阵，真可谓棋逢敌手。特洛伊城下又展开了一场激烈的恶战。站在特洛伊军队阵前的是门农，而率领希腊人的便是阿喀琉斯。但是阿喀琉斯回避与门农交手。忒提斯的儿子心中清楚，如果他杀死门农，那么自己立即会被阿波罗的箭射死。

门农转而冲向年老的涅斯托耳。可年迈力衰的涅斯托耳怎能与年轻力壮的门农厮杀呢？于是涅斯托耳拨转马头，企图逃跑。可是帕里斯拉弓搭箭，射中了涅斯托耳的其中一匹战马。涅斯托耳眼看自己难以逃脱死亡的威胁，赶忙呼唤儿子安提罗科斯前来救援。

忠实的儿子匆匆赶来救助父亲。他拿定主意宁可自己死，也不许门农杀害父亲。安提罗科斯抱起一块巨石，朝门农砸去。但是赫菲斯托斯打造的头盔保护了女神厄俄斯的儿子。门农挺枪刺中安提罗科斯的胸脯，安提罗科斯被刺透心脏，倒在地上，为保护父亲付出了自己的生命。

涅斯托耳看到儿子阵亡，顿时号啕大哭。门农不顾涅斯托耳另一个儿子特拉绪墨得斯及其朋友斐柔斯朝自己攻来，要去剥取安提罗科斯身上的铠甲。这时，涅斯托耳自己冲上前去护住儿子的尸体。可是门农并不与老人交手，不忍心加害年迈的涅斯托耳。

名师批注

多么高尚的品格，敬重老人是希腊神话里强调的美德之一。

希腊人与埃塞俄比亚人为争夺安提罗科斯的尸体而展开猛烈的厮杀。涅斯托耳召唤阿喀琉斯来助战。阿喀琉斯得知安提罗科斯已阵亡，感到惊讶和愤慨。在所有希腊人之中，他最喜爱的就是安提罗科斯，帕特洛克罗斯死后，安提罗科斯就是他最亲密的朋友。

阿喀琉斯置一切于不顾，忘却了继门农之后自己必然身亡的命运，立即投入战斗。门农看到阿喀琉斯冲上前来，便朝他掷去一块巨石，可是巨石被阿喀琉斯的盾牌弹得远远的。阿喀琉斯的长枪击中门农的肩膀，但门农不顾伤痛，挺枪刺伤阿喀琉斯的手。两位英雄拔出利剑，互相砍杀。这两位英雄势均力敌，旗鼓相当，他们都是女神的儿子，都穿着赫菲斯托斯打造的铠甲。他们一手执盾掩护，一手挥剑砍杀。

名师批注

这才是真正公平的决斗：两个势均力敌的英雄你来我往，就像两个武林高手过招一样，打得酣畅淋漓。

众神在高高的奥林匹斯山上观看这场决斗。两位英雄的母亲——厄俄斯与忒提斯都在为自己的儿子向宙斯求情。宙斯拿出金天平，将两位英雄的命运之签放在天平上称量。门农的签沉下去了，命运注定他要死在阿喀琉斯手下。厄俄斯女神号啕大哭，她将失去亲爱的儿子。

最后，阿喀琉斯举起沉重的长枪，刺中门农的胸脯。一团表示哀痛的黑雾遮掩了厄俄斯，她派自己的儿子——诸位风神驰往战场。风神们把门农的尸体运到遥远的阿索甫斯河的岸边。年轻的神女们为他哀哭，并为他建造了陵墓。

众神把其他埃塞俄比亚人变成飞鸟。从此之后，这些飞鸟每年都飞到门农的墓地，哀悼自己的国王。

希腊人厚葬了安提罗科斯，并把他的骨灰放入罐内，后来又把骨灰罐埋入帕特洛克罗斯的同一个墓丘里。

名师点拨

阿喀琉斯命中注定要死在特洛伊战场上。他不是死在最强大的敌人赫克托耳手中，那么谁能将这无人能敌的英雄引向死亡呢？答案是门农，一位与阿喀琉斯旗鼓相当的英雄。他的出现就是为了把最伟大的英雄向死亡之地推进。

好词多积累

灿烂夺目　旗鼓相当

佳句任你评

★门农英俊出众，任何凡人都不能与他相比。他身穿赫菲斯托斯亲自制造的金盔甲，在特洛伊军队中就像一颗启明星那样灿烂夺目。

★这两位英雄势均力敌，旗鼓相当，他们都是女神的儿子，都穿着赫菲斯托斯打造的铠甲。他们一手执盾掩护，一手挥剑砍杀。

大家来思考

试比较阿喀琉斯与赫克托耳、门农的决斗，哪一次更精彩？

阿喀琉斯之死

名师带你读

门农的死亡，让阿喀琉斯感到自己的死亡即将来临，但阿喀琉斯毕竟是蔑视死亡的英雄，当朋友被敌人杀死的时候，即使知道前方是死地，他也要往里冲……

阿喀琉斯心中升腾着对特洛伊人的仇恨。他决心要为朋友帕特洛克罗斯和安提罗科斯报仇。阿喀琉斯如同一头狂怒的雄狮，勇猛冲杀，接二连三地砍倒特洛伊英雄。特洛伊人仓皇逃窜，急急退入特洛伊城内躲避。狂暴的阿喀琉斯紧紧追击敌人。无情的命运驱赶着他奔向无法幸免的死亡。他一直追到斯开亚城门口。

名师批注：有时死亡并不是悲哀的，阿喀琉斯的一生虽然短暂，但是他对自己的选择无怨无悔。

要不是阿波罗来到，他定能冲入神圣的特洛伊城内，该城定会被毁灭。阿波罗用雷鸣般的声音威吓他："珀琉斯的儿子！快快放过特洛伊人！你要当心，否则神祇会要你的命！"

然而，阿喀琉斯并不服从阿波罗。他常常为阿波罗多次从他手下救走赫克托耳及其他特洛伊人而愤恨。阿喀琉斯还扬言要用长枪袭击阿波罗。无情的命运使阿喀琉斯失去了理智，他毫不畏惧地大声回答："为什么你总是保护特洛伊人，难道你要迫使我同神祇作战吗？上一次你帮赫克托耳逃脱死亡，为此我很愤怒。现在，我劝你还是回到神祇中去，否则，哪怕你是神祇，我的长矛也一定会刺中你！"

阿波罗大怒，一时忘却了当初在珀琉斯和忒提斯的婚礼

知识链接

在阿喀琉斯出生后，他母亲忒提斯倒提一只脚把他浸入冥河（一说把他放在天火里煅烧），使他周身刀剑不入，唯有被手提着的脚后跟没有浸到河水，成为他唯一的致命之处。这也就是"阿喀琉斯之踵"的来历。

上所作的要保护阿喀琉斯的承诺。他用一团黑云裹住身子，让任何人都看不见他，然后将帕里斯射出的箭引向阿喀琉斯的脚踵，因为伟大的英雄阿喀琉斯只有脚踵会受伤。

阿喀琉斯的脚踵被箭射中，这对于他是一次致命的创伤。他感到死亡临近，呻吟着从不可治愈的伤口里拔出箭矢。他严厉谴责阿波罗坑害他，因为他知道，没有神的帮助，任何凡人都不能杀死他。

阿喀琉斯站了起来，像一头垂死的雄狮，他又杀死了许多特洛伊人。然而他的四肢渐渐发凉，死亡愈来愈近。他拄着长枪，摇摇晃晃地站着，冲特洛伊人威严地喊道："你们逃吧！即使我死了，你们也逃不了我的投枪。复仇女神仍会惩罚你们！"

特洛伊人听到他的吼声，吓得浑身打战，以为他并没有负伤。突然，他的肢体僵硬起来。他倒在其他尸体的中间。他的盔甲和武器掉在地上，大地发出沉闷的轰响。

阿喀琉斯死了。可是特洛伊人连已经死了的阿喀琉斯都不敢接近。他们连他的尸体都害怕，因为阿喀琉斯生前已经使特洛伊人吓得魂魄俱丧。

不一会儿，特洛伊人渐渐回过神来，接着围绕最伟大的英雄的遗体又展开了残酷的搏斗。希腊最强健的英雄参加了对特洛伊人的这次战斗。阿喀琉斯四周尸体堆积如山，但他那魁梧的身体躺在那里一动不动，他已听不见战斗的呐喊与喧杂。参战者脚下尘土飞扬，鲜血流淌成河。看起来，这场战斗永远不会止息了。

名师批注

战争就是这么残酷，当阿喀琉斯活着的时候，他抢夺别人的尸体，现在他的尸体同样被人抢夺。

突然，宙斯投出霹雳，平地卷起狂风，特洛伊人被阻止了。宙斯不愿让特洛伊人夺得阿喀琉斯的尸体。强健有力的大埃阿斯抱起阿喀琉斯的尸体冲向战船，俄底修斯作掩护，抵挡特洛伊人的进攻。发自特洛伊人队伍的箭矢和投枪密如乌云，飞向俄底修斯，但是俄底修斯仍然无所畏惧地抵挡着特洛伊人的进攻，一步一步地撤退。

大埃阿斯把阿喀琉斯的尸体抱到战船旁边。希腊将士用温水给珀琉斯的儿子洗浴，给他穿上母亲忒提斯特意送给他的出征战袍。当他被停放在营帐内准备火葬时，雅典娜从奥林匹斯圣山上俯视着他，心中充满同情。同时，她在他的额上洒落了几滴香膏，防止尸体腐烂或变形。得到神祇的这种香膏后，阿喀琉斯的身体顿时改观，看上去像活着时一样。人们看到大英雄面容安详、神采奕奕地躺在尸床上，好像在平静地安睡，并且过会儿可以醒过来似的。希腊将士围着灵床，为最伟大的英雄大声哀哭。

希腊人哀悼他们伟大英雄的悲哭声传到了海底。忒提斯听见哭声，带着自己的姐妹——海中神女们从海底深渊来到地面。得知心爱的儿子死亡，忒提斯撕心裂肺地哀号起来，那凄惨的哭声使得希腊将士个个颤抖。要不是年老的涅斯托耳叫住他们，他们可能吓得都跑到战船上去了。

忒提斯、海中神女和希腊将士为阿喀琉斯整整哀哭了十七天。诸位缪斯从巍峨的奥林匹斯山来到地面，为死者唱起哀歌。永生的众神也在奥林匹斯山上哀悼这位英雄。

阿喀琉斯死后第十八天，人们点起篝火，将他的尸体焚化。为了悼念这位最伟大的英雄，希腊人在他身边堆放了很多祭品。所有希腊将士都身穿华丽的铠甲，出席了这次葬礼。篝火燃尽后，他们收集起阿喀琉斯的骨灰，装入狄俄尼索斯送给忒提斯的金罐。这只金罐已装有帕特洛克罗斯的骨灰。人们把阿喀琉斯、帕特洛克罗斯、安提罗科斯安葬在同一个墓穴中。坟上垒起高大的墓丘，在海上打老远就能看见这座坟墓，希腊人以此表明长眠于这个墓丘下的英雄们享有无上的光荣。

葬礼之后举行了缅怀死者的竞技大会。忒提斯从海里送来许多贵重的礼物，奖给竞技获胜的英雄。礼物豪华贵重，要是伟大英雄阿喀琉斯还活着，他也会惊喜不已。

名师批注

对于一名战士来说，这是无上的光荣。

名师点拨

阿喀琉斯是一朵“英雄世界里最成功、最易逝的花”，热烈绽放后，注定要凋谢在特洛伊城门前。他早就知道自己会死在战场上，却依旧毫不犹豫地选择了上阵杀敌。他的选择代表了古希腊人的价值观念，那就是不愿过平庸的生活，具有强烈的荣誉感，渴望建功立业，实现人生的价值。阿喀琉斯凭着自己的力量和勇猛争取属于自己的荣耀，他的英雄主义形象是古希腊英雄的代表，也是古希腊人积极进取的拼搏精神的集中体现。

好词多积累

仓皇逃窜　面容安详　神采奕奕　撕心裂肺

佳句任你评

★阿喀琉斯如同一头狂怒的雄狮，勇猛冲杀，接二连三地砍倒特洛伊英雄。特洛伊人仓皇逃窜，急急退入特洛伊城内躲避。

★阿喀琉斯四周尸体堆积如山，但他那魁梧的身体躺在那里一动不动，他已听不见战斗的呐喊与喧杂。参战者脚下尘土飞扬，鲜血流淌成河。

★得知心爱的儿子死亡，忒提斯撕心裂肺地哀号起来，那凄惨的哭声使得希腊将士个个颤抖。

大家来思考

1. 请联系前后文，分析阿喀琉斯的人物形象特征。

2. “阿喀琉斯之踵”譬喻这样一个道理：即使是再强大的英雄，他也有致命的死穴或软肋。你如何看待这个问题？

大埃阿斯之死

名师带你读

阿喀琉斯死了，但他肯定没想到自己的铠甲间接害死了希腊另一位英雄大埃阿斯……

阿喀琉斯死后，留下了赫菲斯托斯打造的那副金铠甲。忒提斯吩咐把这副铠甲送给保护阿喀琉斯遗体功劳最大的英雄。这样一来，不是大埃阿斯，便是俄底修斯得到这副铠甲。这两位英雄为此而发生了争执。

名师批注

忒提斯的出发点是好的，却给大埃阿斯带来了灾难。

如何解决这场争执呢？两位英雄都配得到这份奖品。最后，大家决定由被俘的特洛伊人投票裁决。这时，雅典娜又来帮她所宠爱的俄底修斯。在雅典娜的帮助下，阿伽门农和墨涅拉俄斯暗中偷换了大埃阿斯的签，并且故意数错特洛伊俘虏投票的票数，结果俄底修斯得到铠甲。

大埃阿斯深感悲愤，走回自己的帐篷，思谋着要向阿特柔斯的两个儿子和俄底修斯报复。

夜里，整座希腊军营都沉入酣梦，大埃阿斯手持利剑走出帐篷，打算去杀阿伽门农和墨涅拉俄斯。可是女神雅典娜让大埃阿斯突然发疯。雅典娜对大埃阿斯自信自己的力量、拒绝众神的帮助，早已心怀怨恨。

发疯的大埃阿斯冲入畜群，在黑暗中大肆砍杀牲畜，而他自己却以为在砍杀特洛伊人。他将剩下的牲畜都赶回自己的帐篷，还以为赶回去的是俘虏。他在帐篷里折磨这些牲畜，对它们受折磨和惨死感到快乐，他这时是把牲畜当成阿特柔斯的儿子了。

大埃阿斯渐渐地清醒了，当看见帐篷里躺满了死亡的牲畜，他感到无比惊惧。惊恐的大埃阿斯问别人到底发生了什么事情。人们向他述说了事情的经过，伟大的英雄心中充满了难以言表的痛苦。他决心以死来洗刷自己所遭受的耻辱。

名师批注

失去理智的大埃阿斯做出很荒唐的事情，清醒之后，他非常后悔，这对他来说是巨大的耻辱。

他把儿子欧律萨刻斯和随他一起来特洛伊的萨拉弥斯将士托付给兄弟透克洛斯，然后带上从赫克托耳手中得来的宝剑走向海边，说是去祈求众神宽恕，要把宝剑献给哈迪斯和黑夜女神。

希腊军营中到处传说大埃阿斯头晚干的事。人们发现了打死的牛羊和牧人的尸体。俄底修斯根据血印查出是大埃阿斯所为。阿伽门农和墨涅拉俄斯怒火冲天，下决心惩罚大埃阿斯。

正在这时，透克洛斯派来的报信人到了。他告诉大埃阿斯的朋友们，让他们保护伟大的英雄大埃阿斯，因为死亡正威胁着大埃阿斯，不过只在当天，只要这天安然度过，那么以后任何危险对大埃阿斯都不会构成威胁。

透克洛斯听说他的兄弟已去海边，便立即跑去寻找，他担心大埃阿斯发生不幸。果然，透克洛斯在海边找到的只是大埃阿斯的尸体，大埃阿斯已经饮剑身亡。继阿喀琉斯之后，最强健勇猛的希腊英雄大埃阿斯就这样死亡了。

名师批注

大埃阿斯是一个伟大的英雄，在战场上建立了无数功勋，最后却选择自杀，这不能不让我们哀叹生命的渺小。

墨涅拉俄斯和阿伽门农不让透克洛斯安葬兄弟的尸体，透克洛斯与阿特柔斯的两个儿子眼看就要发生公开的敌对。在希腊军营中就要发生内讧时，俄底修斯站出来调解。他劝阿伽门农准许透克洛斯安葬为希腊人建立了卓著功勋的大埃阿斯。于是阿喀琉斯的墓丘旁边耸起了一座新坟，忒拉蒙的儿子大埃阿斯就在这座墓中安息。

名师点拨

回首大埃阿斯的一生，我们在战场上总能看到他驰骋的身影。当希腊英雄们遇到危险的时候，大埃阿斯总能够第一个冲过来为别人解除危难。他是一个受人敬重的英雄，却因一副铠甲而遭雅典娜及其他人陷害，最后只能牺牲生命来洗刷自己的耻辱。

好词多积累

难以言表　怒火冲天　安然度过

佳句任你评

★大埃阿斯渐渐地清醒了，当看见帐篷里躺满了死亡的牲畜，他感到无比惊惧。惊恐的大埃阿斯问别人到底发生了什么事情。人们向他述说了事情的经过，伟大的英雄心中充满了难以言表的痛苦。他决心以死来洗刷自己所遭受的耻辱。

大家来思考

墨涅拉俄斯和阿伽门农为什么帮助俄底修斯而不帮助大埃阿斯？

菲罗克忒忒斯

名师带你读

还记得当年被抛弃在荒岛上的菲罗克忒忒斯吗？赫拉克勒斯送给他的毒箭注定是突破特洛伊城的有力武器，那他最后是如何回到特洛伊战场上的呢？

阿喀琉斯和大埃阿斯死后，希腊军队继续围攻特洛伊，然而他们无法用武力攻破该城。有一次，俄底修斯暗中埋伏，听见了普里阿摩斯的儿子——预言家赫勒诺斯的预言，并设计将他俘获。这样，俄底修斯打听明白，只有菲罗克忒忒斯带着赫拉克勒斯的毒箭和阿喀琉斯年轻的儿子涅俄普托勒摩斯一起加入希腊军队，希腊人方能攻克特洛伊城。俄底修斯决定立即踏上遥远的路途，去找那两位英雄。

名师批注：为菲罗克忒忒斯出场做铺垫，也预示了特洛伊战争将被输入新鲜的血液。

俄底修斯来到斯库洛斯岛找国王吕科墨得斯，说服了阿喀琉斯的儿子参与攻打特洛伊的战争。英俊的涅俄普托勒摩斯也像父亲一样，渴望建立伟大的战功。他立即与俄底修斯一起上路了，尽管他的母亲得伊达弥亚含着眼泪劝他别去。

然而，劝服菲罗克忒忒斯的事着实要困难得多。他孤身一人居住在荒凉的克律塞岛上的一个山洞里，山洞有两个洞口，一个洞口朝东，另一个洞口朝西。冬天，太阳照进这两个洞口，将洞内晒暖；夏天，风从两个洞口吹入，吹散洞中的暑热。菲罗克忒忒斯常常挨饿，因为获取食物相当艰难；再加上脚上的伤口十分疼痛，这不幸的人儿只能勉强移动脚步去取水，而击石取火更是不易。

菲罗克忒忒斯在这荒岛上缺衣少食，忍受诸般艰难困苦，足足熬了十年。偶尔有船停靠克律塞岛，可是谁都不愿带他去希腊。造成所有这些苦难的罪魁祸首便是阿特柔斯的两个儿子和俄底修斯，所以菲罗克忒忒斯对他们怀有刻骨仇恨。他恨不得用箭将他们统统射死。

> 名师批注
>
> 荒岛山洞，缺衣少食，脚痛难忍，行动不便，十年煎熬，菲罗克忒忒斯艰辛的生活令人同情，这也暗示了他有着非人的忍耐力和顽强的毅力以及强烈的复仇欲望。

俄底修斯知道，如果他被菲罗克忒忒斯看见，那么肯定难逃一死，所以决定用计劝服菲罗克忒忒斯。俄底修斯让年轻的涅俄普托勒摩斯去见菲罗克忒忒斯，就说他从特洛伊城下来，不愿再围困特洛伊，因为希腊军队的首领们侮辱他。如果菲罗克忒忒斯请求涅俄普托勒摩斯带他回希腊，那就答应他，这样就可以将他连人带弓箭一齐掳上船，那时再带他来特洛伊城下就比较容易了。

涅俄普托勒摩斯不愿用欺骗的手段行事，但俄底修斯使他相信，只有用这个办法才能引诱菲罗克忒忒斯上船。涅俄普托勒摩斯只得答应这么做了。

> 名师批注
>
> 这表明涅俄普托勒摩斯是一个单纯而善良的人，更是一个光明磊落的人。

战船驶抵克律塞岛，涅俄普托勒摩斯带上几名兵丁上了岸，前往菲罗克忒忒斯居住的山洞。当时菲罗克忒忒斯不在洞里，不过很快他就回来了。

菲罗克忒忒斯大声呻吟着走回山洞，伤口的疼痛折磨得他十分难受。看到来人，他异常高兴。当知道站在自己面前的是阿喀琉斯的儿子涅俄普托勒摩斯，他更是喜出望外。

> 名师批注
>
> 菲罗克忒忒斯在克律塞岛上的十年里，不仅忍受着肉体上的疼痛，还承受着精神上的孤寂。

涅俄普托勒摩斯按照俄底修斯编造的谎话给这位受难者说了一遍，又将阿喀琉斯、帕特洛克罗斯、大埃阿斯的不幸身亡告诉他。

菲罗克忒忒斯得知他最亲密的几位英雄已经离世，心中感到无限悲痛。他同意随涅俄普托勒摩斯去希腊，还将自己的弓箭交给阿喀琉斯的儿子保管，嘱咐他别让俄底修斯偷走。菲罗克忒忒斯主动催促涅俄普托勒摩斯起航去希腊。

突然，一名士兵跑来报告，说出一个完全捏造的消息，说狄俄墨得斯和俄底修斯正赶来要用武力将菲罗克忒忒斯押往特洛伊。尽管菲罗克忒忒斯听到这个消息吓得几乎晕倒在地，但是他仍急急往海边挪动。

涅俄普托勒摩斯目睹菲罗克忒忒斯所遭受的折磨，再也无法蒙骗他，于是将实情向菲罗克忒忒斯和盘托出。涅俄普托勒摩斯准备将弓箭还给他，可就在这时，俄底修斯从藏身之处跑出来，阻止了涅俄普托勒摩斯。

菲罗克忒忒斯想起身逃跑，从山崖顶上跃入大海，他不愿成为不共戴天的仇人俄底修斯及阿特柔斯的儿子手中的驯服工具。可是俄底修斯命令手下兵丁抓住菲罗克忒忒斯，将他押回战船。

菲罗克忒忒斯陷入绝望。涅俄普托勒摩斯不忍心眼睁睁地看着他遭受荼毒，于是把弓箭还给这不幸的人。俄底修斯的整个阴谋破产了，立即撒腿逃命，因为他知道，中了赫拉克勒斯的箭，那会死得很痛苦的。

涅俄普托勒摩斯再次试图劝说菲罗克忒忒斯随他一起去特洛伊，帮助希腊军队攻取该城。然而菲罗克忒忒斯断然拒绝了，他无法忘记阿伽门农、墨涅拉俄斯和俄底修斯给他造成的巨大痛苦。看来他们只得空手离开克律塞岛了，除非由涅俄普托勒摩斯再次对菲罗克忒忒斯进行诱骗。

突然，赫拉克勒斯闪烁着永生神祇的光彩出现在菲罗克忒忒斯的面前。他劝菲罗克忒忒斯去特洛伊城下，那里有一位最伟大的英雄答应为他治好经久不愈的创伤，保证让他在攻打特洛伊城的战斗中获得巨大的荣誉。菲罗克忒忒斯服从朋友的意志，自愿登上俄底修斯的战船，起程去特洛伊，伟大的功勋正在特洛伊等待着他。

涅俄普托勒摩斯来到特洛伊城下，在这里建立了许多功绩。阿喀琉斯这个儿子的力量和胆魄无人能比。许多特洛伊英雄都死在涅俄普托勒摩斯手下。他在惨烈的决战中杀死了赫拉克勒斯的后裔——忒勒福斯的儿子欧律皮罗斯。欧律皮罗斯的母亲被贵重的礼物——宙斯为美丽的伽倪墨得斯栽培的金葡萄藤所收买，派他去援助普里阿摩斯。在门农死后，

知识链接

伽倪墨得斯：宙斯喜欢的美少年，后来宙斯把他带到奥林匹斯山上做了侍酒童，代替青春女神赫柏的位置，继而把赫柏嫁给了赫拉克勒斯。

如神祇一样英俊的欧律皮罗斯便是特洛伊城最英勇善战的保卫者。然而，他的母亲因为贪财而坑害了他。

菲罗克忒忒斯抵达特洛伊城下之后不久，便用箭射伤了特洛伊战争的罪魁祸首帕里斯。菲罗克忒忒斯使用的是赫拉克勒斯留下的毒箭，因而帕里斯身上的箭伤是不可医治的，他必定被巨大的痛苦折磨至死。

箭头的毒汁侵入帕里斯的肌体，而且愈来愈深。帕里斯离开特洛伊城进入森林，受尽可怕的折磨后死在森林中。他就死在他作为普通牧人无忧无虑生活过的地方。牧人们找到了他的尸体，为昔日的伙伴之死失声痛哭。他们燃起高大的篝火，将帕里斯的尸体搁在篝火上焚化，然后收集起他的骨灰，装入罐子，埋入坟墓。

> **名师批注** 特洛伊战争的始作俑者终于倒在了赫拉克勒斯的毒箭下。然而帕里斯又是可悲的，他从小被抛弃，长大后又遇到"金苹果事件"，最后背负了毁灭特洛伊的罪名。

特洛伊人保卫城池的任务越来越艰难。但是，希腊军队仍然不能用武力攻下特洛伊。这时，俄底修斯决定冒险潜入城内。他用鞭子抽打自己的脸，使自己变得面目全非，然后穿上破衣烂衫，扮成一个乞丐，混进特洛伊城，探听特洛伊人下一步的动向。所有特洛伊人都看见一个可怜的乞丐在熙熙攘攘的街上求乞，但是没有一个人认出他来。俄底修斯将一切都打听明白，然后顺利返回希腊军营。

> **名师批注** 化装为乞丐去打探消息，表明俄底修斯不仅有谋略，还能屈能伸。

过了几天，俄底修斯又带着狄俄墨得斯悄悄溜进特洛伊城，并潜入了雅典娜的神庙。这座神殿中矗立着一尊从天上掉下来的护城木雕神像。希腊人无论如何都必须取得这尊神像，因为只要这尊神像还在特洛伊城内，特洛伊城就攻不破。两位无畏的英雄冒着极大的危险偷走了神像。归途中，他们杀死了许多特洛伊人，终于回到军营。

名师点拨

从菲罗克忒忒斯身上，我们感受到了生命的坚韧。菲罗克忒忒斯这一顶天立地的男子，经得起肉体与精神的双重折磨，彰显出生命的力量。

好词多积累

罪魁祸首　喜出望外　和盘托出　不共戴天　面目全非　熙熙攘攘

佳句任你评

★他孤身一人居住在荒凉的克律塞岛上的一个山洞里，山洞有两个洞口，一个洞口朝东，另一个洞口朝西。冬天，太阳照进这两个洞口，将洞内晒暖；夏天，风从两个洞口吹入，吹散洞中的暑热。

★他用鞭子抽打自己的脸，使自己变得面目全非，然后穿上破衣烂衫，扮成一个乞丐，混进特洛伊城，探听特洛伊人下一步的动向。所有特洛伊人都看见一个可怜的乞丐在熙熙攘攘的街上求乞，但是没有一个人认出他来。

大家来思考

菲罗克忒忒斯在无人的孤岛上度过了艰难的十年，而鲁滨孙也在孤岛上独自生活了许多年，想一想两个人物形象有何异同？

特洛伊的陷落

名师带你读

攻打特洛伊之战已经持续了十个年头，按照预言也到了城被攻破的时候了。菲罗克忒忒斯和阿喀琉斯年轻的儿子涅俄普托勒摩斯也加入到希腊军队中，而且护城神像被俄底修斯偷走了，那么该如何攻打这座铜墙铁壁的城池呢？

尽管护城神像已到手，可希腊军队仍然不能攻破特洛伊城。俄底修斯建议智取，他提议建造一匹能在腹中藏许多英雄的巨大木马。其他军队则统统撤离特洛伊海岸，躲到忒涅多斯岛的背面。等特洛伊人将木马拖到城内后，英雄们在夜间从马腹中出来，为秘密返回的希腊军队打开特洛伊城门。

名师批注：这就是举世闻名的“特洛伊木马”。

俄底修斯肯定，只有用这种方法才能夺取特洛伊城。预言家卡尔卡斯也劝说希腊人采用这条计策。最后，希腊人采纳了俄底修斯的建议，建造了一匹巨大的木马。

涅俄普托勒摩斯、菲罗克忒忒斯、墨涅拉俄斯、伊多墨纽斯、狄俄墨得斯、小埃阿斯、墨里俄涅斯、俄底修斯及其他几位英雄钻进木马。整个马腹内挤满了全副武装的勇士。

厄珀俄斯在英雄们都进入马腹之后，将入口堵住，使人根本想不到马内竟藏有众多勇士。最后，希腊人将军营内的所有建筑全部烧毁，登上战船驶往外海。

名师批注：从正面撤退迷惑敌人，暗中却积极进攻，此计策与我国古代军事战争中的“明修栈道，暗度陈仓”有异曲同工之妙。

被围困的特洛伊人在高高的城墙上看见了希腊军营中的异常动向，但是他们不明白到底发生了什么事情。突然，特洛伊人看到希腊军营中腾起滚滚浓烟，这使他们无比惊喜。因为他们知道这是希腊人撤离特洛伊的信号。特洛伊人欢天喜地地涌出城外，前往希腊人的营寨。

希腊人的军营果然成了空营，特洛伊人好奇地在狄俄墨得斯、阿喀琉斯、阿伽门农、墨涅拉俄斯及其他英雄的营帐的遗址间走来走去。他们坚信，战争已经结束，一切灾难都已经过去，大家可以一心埋头于和平劳动了。

特洛伊人突然看见了一匹木马。他们望着木马，却不知道这奇特的设施究竟是什么东西，有人提议将木马推入大海，有人则认为应将它拉回城内，置于卫城之上。

人们争执不休，这时阿波罗的祭司拉奥孔来到争论双方的面前。他竭力说服他们将木马摧毁。拉奥孔认定马腹内隐藏着希腊英雄，认定这是俄底修斯想出来的某种军事计谋。拉奥孔不相信希腊军队真的永远撇下特洛伊回去了。他反复劝说特洛伊人不要相信这木马是什么好东西，还举起长枪朝木马投去。木马猛一抖动，马腹中传出兵器撞击的隐隐响声。可是众神蒙住了特洛伊人的心窍，他们视而不见，听而不闻，仍然决定将木马运回城内。

名师批注

特洛伊人太向往和平了，所以宁愿相信这个木马对他们构不成威胁。

站在木马四周的特洛伊人正要走上前去，突然传来了高声的喊叫声。原来是牧人们押着一名被缚的俘虏走来了。其实这个人是故意自投罗网的。他就是希腊人西农。特洛伊人围住他，侮辱他。西农默默地站着，胆怯地望着四周的特洛伊人。最后，他终于开腔了，伤心地抱怨自己的厄运，边说边流眼泪。他的泪水打动了普里阿摩斯及所有特洛伊人的心。他们细细盘问他是什么人，为什么独自留下来。这时，他将俄底修斯事先为他编造的欺骗特洛伊人的谎言述说了一遍。西农说，自己是伊塔刻国王俄底修斯最痛恨的帕拉墨得斯的亲戚，所以俄底修斯想方设法陷害他。希腊人决定停止围攻特洛伊后，俄底修斯说通卡尔卡斯，让他向人们宣示，说众神要求用人来献祭，方可保证希腊人顺利返回故乡。卡尔卡斯故作犹豫，似乎难以选定献祭的人选，最后指定他西农作

名师批注

此处，俄底修斯运用了诈降计：西农首先用谎言取得了特洛伊人对他的同情与信任，然后悄悄地完成最艰巨的任务。

祭品。希腊人将他捆绑起来押往祭台。可是他挣断绳索，逃脱了不可避免的死亡。他在茂密的芦苇丛中躲了很久，等待希腊人撤离，返航回国。希腊人撤离后，他从藏身之处出来，自愿落入牧人手中。

特洛伊人相信了这个狡猾的希腊人的谎言。普里阿摩斯下令给他松绑，问他希腊人留在营中的这匹木马是怎么回事。西农等的正是这句话。他请众神作证，自己说的句句都是实话。然后他说，希腊人留下木马是为了祈求暴烈的雅典娜的宽恕，因为希腊人盗窃特洛伊的护城神像使她怒火万丈。按西农的话说，如果特洛伊人将这匹木马拖回城内，那么它将成为特洛伊强大的保卫者。特洛伊人连西农这些谎话也都信了。西农机巧地扮演了俄底修斯为他派定的角色。

名师批注

从中可看出，西农极具表演天赋。

这时，雅典娜又以一件离奇的怪事使特洛伊人更加深信西农说的是实话。海上突然出现两条巨大的毒蛇。毒蛇急速朝岸边游来，浪涛间盘旋着一圈圈蛇身。蛇头上血红的肉冠高高地耸起，双眼闪耀着火光。两条毒蛇爬上岸，爬到拉奥孔向海神波塞冬献祭的地方。所有特洛伊人都吓得四处逃窜。毒蛇朝拉奥孔的两个儿子追去，将他们缠住。拉奥孔赶忙去救儿子，可是他自己也被两条巨蛇缠住。毒蛇尖利的毒牙撕咬拉奥孔及其儿子的身子。可怜的拉奥孔一边奋力挣脱毒蛇的缠绕，一边想解救两个儿子，可是一切皆属徒劳。毒液已深深侵入体内，他们的四肢都在抽搐。拉奥孔和两个儿子经受着可怕的痛苦折磨。拉奥孔感觉到死亡临近，不由得高声喊叫。他目睹两个毫无过错的儿子惨死，然后身亡了。拉奥孔因为违背神的意志，想拯救自己的祖国，结果招来杀身之祸。两条毒蛇咬死拉奥孔父子之后便爬走了，躲到雅典娜神像的托板下边。

名师批注

这是一个人与神冲突的悲剧。作为祭司要预示人们避免灾难，这是拉奥孔的责任，但他违背了神的意志，因而遭到惩罚。

拉奥孔的死使特洛伊人更加坚信应该把木马拖回城内。他们拆毁了一段城墙，因为木马太大，无法通过城门。特洛伊人吹吹打打，载歌载舞，欢天喜地地用粗绳拖着木马向城内走去。木马通过城墙豁口时碰撞在城墙上，先后停了四次，马腹内希腊人的兵器相撞发出清晰的轰响，可是特洛伊人都没有听见。

这天夜里，特洛伊人举行饮宴来庆祝。他们吹奏笛子，弹着竖琴，唱起欢乐的歌，一次次斟满美酒。士兵们都喝醉了，完全解除了戒备。跟特洛伊人一起参加饮宴的西农也假装不胜酒力睡着了。

名师批注 特洛伊人沉浸在胜利的喜悦中，迷失了自我。

深夜，西农偷偷地摸出城门，高举着燃起的火把，不断晃动，向远方发出约定的信号。然后，他跑到木马前，轻轻地敲了敲马腹。英雄们听到了声音，但俄底修斯提醒大家别急躁，尽量小声地出去。他轻轻地探出脑袋朝周围窥视，发现特洛伊人都已经入睡。于是，他放下厄珀俄斯预先安置好的木梯，走了下来。其他的英雄也跟在他后面一个个地走下来。

英雄们到了外面便挥舞起长矛，拔出宝剑，分散到城里的每条街道上，对酒醉和昏睡的特洛伊人大肆屠杀。他们把火把扔进特洛伊人的住房里，不一会儿，屋顶着火，火势蔓延，全城成了一片火海。

隐蔽在忒涅多斯岛附近的希腊人看到西农发出了火把信号，立即拔锚起航。战士们从特洛伊人拆毁城墙让木马通过的缺口冲进了城里。被占领的特洛伊城变成了废墟，到处是哭喊声和悲号声，遍地是尸体。残废和受伤的人在死尸上爬行，仍在奔跑的人也从背后被枪刺死。受了惊吓的狗的吼叫声、垂死者的呻吟声、妇女和儿童的啼哭声交织在一起，又凄惨又恐怖。

名师批注 极力渲染战争带来的灾难，尸横遍野，血流成河，多么惨烈！

战斗进行时已在深夜，但房屋上燃烧的火焰、战士们手持的火把，把全城照耀得如同白昼。整座城市成了一片战场。战斗越来越激烈，越来越残酷。

涅俄普托勒摩斯把普里阿摩斯视为仇敌，一连杀死了他的三个儿子，其中包括那个敢向他父亲阿喀琉斯挑战的阿革诺耳。后来，他又遇到了威严的国王普里阿摩斯，这位老人正在宙斯的神坛前祈祷。涅俄普托勒摩斯一见大喜，举起宝剑，扑了过来。

普里阿摩斯毫无惧色地看着涅俄普托勒摩斯，平静地说：“杀死我吧！勇敢的阿喀琉斯的儿子！我已经受尽了折磨，我亲眼看到我的儿子一个个死了。我也用不着再看到明天的阳光了！”

“老头子，”涅俄普托勒摩斯回答，“你劝我做的，正是我想做的！”说完，他挥剑砍下国王的头颅。

名师批注

侵略者的铁蹄践踏着特洛伊的每一寸土地，疯狂者的刀枪杀戮着每一个生命。他们在杀戮与毁坏中宣泄着十年的苦闷，释放心底最大的不满。在贪欲与嗜血中，他们迷失了自我。

希腊的普通战士杀人更为残酷。他们在王宫内发现了赫克托耳的小儿子阿斯提阿那克斯。他们从他母亲的怀里把他抢去，怀着对赫克托耳及其家族的仇恨，把孩子从城楼上摔了下去。孩子的母亲朝着他们大声哭叫：“你们为什么不把我也推下去，或者把我扔进火堆里？自从阿喀琉斯杀死我的丈夫之后，我只是为了这个孩子才活着。请你们动手吧，结束我的生命吧！”可是他们都不听她的话，又冲到别处去了。

知识链接

埃涅阿斯：他就是之前和阿喀琉斯打斗时被波塞冬保护起来的人，据说埃涅阿斯从特洛伊逃出后，建立了罗马城。

几天前，杰出的英雄埃涅阿斯还奋勇地在城墙上打退了敌人的进攻。可是，当他看到特洛伊城火光冲天，经过多时的拼杀仍然不能击退敌人时，他就好像一个历经风暴的勇敢的水手一样，因见大船快要沉没，便跳上一只小船，自求活命去了。他把年迈的父亲安喀塞斯背在背上，牵住儿子阿斯卡尼俄斯的手，匆忙逃了出去。孩子紧紧地靠在父亲身旁，几乎脚不沾地地跟着父亲跳过许多尸体。埃涅阿斯的母亲阿佛洛狄忒也紧紧跟随，保护她的儿子。一路上火焰熄灭，烟雾让道，希腊人射出的箭和投掷的矛都偏离目标落到地上。埃涅阿斯成了唯一带着老小逃出城的人。

名师批注

根据传统，在神庙中避难的人受神的庇护而不受伤害，因此对神庙的亵渎引来神的毁灭性的报复行为。

当大地上正在大肆屠杀时，天上的神祇用浓云遮蒙着自己，悲叹特洛伊城的陷落。即使是希望特洛伊失败的雅典娜也忍不住淌下了眼泪，因为她看见埃阿斯竟然进入她的神庙，一把抓住她的女祭司卡珊德拉的头发，把她拖了出去。女神没有援助她的敌人的女儿，可是她的双颊因愤怒和羞愧而发烧。她的神像嘎嘎作响，使神庙下的地基都震动起来。她发誓要报复他，因为他犯了亵渎之罪。

特洛伊城的大火久久燃烧，滚滚浓烟直冲云天。众神也为伟大的特洛伊的毁灭而悲痛。四郊的人们根据烟柱和夜间映红天空的火光得知，长期以来一直都是亚细亚最强大城市的特洛伊，已经覆灭了。

名师点拨

这一章又叫“木马屠城”，是特洛伊战争中的最后一战。希腊人用“木马计”成功攻入特洛伊城，结束了耗时十年之久的战争。后人常用“特洛伊木马”这一典故比喻在敌方营垒里埋下伏兵里应外合的行动，即打入敌人“心脏”的战术。电脑病毒中的“木马病毒”的名字也来源于这个故事。

文中，宏大的战争场面描写和细致的语言描写相结合，正面描绘和侧面烘托相辉映，展现出波澜壮阔的战争场面。然而战争带给人的除了胜利、荣誉，还有死亡、伤痛，令人掩卷深思。

好词多积累

载歌载舞　拔锚起航　火光冲天

佳句任你评

★被占领的特洛伊城变成了废墟，到处是哭喊声和悲号声，遍地是尸体。残废和受伤的人在死尸上爬行，仍在奔跑的人也从背后被枪刺死。受了惊吓的狗的吼叫声、垂死者的呻吟声、妇女和儿童的啼哭声交织在一起，又凄惨又恐怖。

★战斗进行时已在深夜，但房屋上燃烧的火焰、战士们手持的火把，把全城照耀得如同白昼。整座城市成了一片战场。战斗越来越激烈，越来越残酷。

大家来思考

坚不可摧的特洛伊城终于被希腊人毁成了废墟，你认为毁掉特洛伊城的到底是谁？

返回希腊

名师带你读

十年前，浩浩荡荡的希腊军队以气吞山河的气势踏上特洛伊的土地；十年后，筋疲力尽的希腊军队满载着战利品和荣誉感返回故乡……

名师批注

战争多么无情，它成就了一些人的荣誉，可这些荣誉却沾满了死者的鲜血。

名师批注

胜利容易让人失去理智。

希腊人欢呼雀跃，他们在特洛伊城内掠夺到大量的战利品，这些战利品是对他们这十年战争的补偿。他们的战船上装满了许许多多的金银、家什，还有多不胜数的美丽的女俘，一切都已经准备好。只有预言家卡尔卡斯一个人仍留在岸上，他劝大家不要出发，因为他预感到希腊人经过欧玻亚岛的卡法尔山时会遇到灾难。可是他们不相信他的预言，也不听从他的劝告，因为他们已经归心似箭了。

希腊人解下系在岸上的缆绳，上了船，然后拔锚起航。船上堆满了缴来的武器，桅杆上悬挂着无数的纪念品，战船都用鲜花环绕；士兵们的盾牌、长矛和头盔上也饰有花环。他们骄傲而自豪，站在船头向大海浇下美酒，虔诚地祈求神祇保佑他们平安地回到家乡。可是，他们的祈祷没有到达奥林匹斯圣山，急风将它们吹走了，飘散在流云中。

一路上，他们经受了许许多多的磨难，许多英雄未能看见故乡的海岸，就在异乡丧生了。

如果不是因为雅典娜对埃阿斯的渎神行为感到不满，胜利了的希腊人本可以平安地到达希腊的海岸。当他们的船只来到多风暴的欧玻亚岛时，女神决定报复他们。她曾经向奥林匹斯圣山上的万神之父诉说过埃阿斯在她的神庙里把女祭司卡珊德拉拖走的事，并要求他对作恶的人进行报复。宙斯不仅同意了她的请求，而且把库克罗普斯为他新铸的雷电借给她，让她掀起狂风巨浪，阻止希腊人前进。

雅典娜派女使者伊里斯去召唤风神埃洛斯，风神用巨大的三叉戟挖开锁闭各种风的岩洞。顿时，各种风从岩洞里飞奔而去。风神命令这些风合成一股狂风，掀起卡法尔山下的海浪。大海在急风下掀起巨浪，咆哮奔涌，撕碎了船帆，刮断了桅杆。夜幕降下，一片漆黑。波塞冬也来援助雅典娜。雅典娜用最激烈的雷霆轰击埃阿斯的战船，船只顿时碎裂。空中和海上响着可怕的爆裂声，狂浪汹涌地卷来，吞没了破船。士兵们在水中丧生。

名师批注

希腊人在返回途中遇到了大风暴，威胁着洋溢在喜悦中的希腊人的生命和财产。

埃阿斯紧紧地抓住一根木头，挥动有力的臂膀同波浪搏斗。他一会儿被巨浪推上峰尖，一会儿又被送入波谷。电光在他头顶闪击，雷霆在他四周轰鸣。不过，雅典娜还不让他死去，这样死太便宜他了，她让埃阿斯抱住了一块礁石。这时，埃阿斯说："即使奥林匹斯山上的众神联合起来对付我，我也不会害怕。"

海神波塞冬听到他的狂言，不禁大怒。埃阿斯紧紧抓住的山岩被连根拔起，他又被抛进海浪里。波塞冬搬来一块巨大的山岩压在埃阿斯的身上。埃阿斯在海陆的夹击下粉身碎骨。

希腊人过去曾用石头砸死了帕拉墨得斯，现在也遭到了报复。这位英雄的父亲瑙普利俄斯国王仍然统治着欧玻亚岛。他看到希腊人在风浪中挣扎，想起了惨遭杀害的儿子。多年来，他从未忘记为儿子帕拉墨得斯复仇。他奔到海岸上，命令随从在卡法尔沿岸最危险的礁石区举起火把。希腊人以为海岛上的人因同情而向他们发出救援信号，于是朝礁石区驶来，许多船只又在这里触礁沉没。

同时，波塞冬命令海浪淹没特洛伊城外希腊人的战船营、壕沟和围墙。因此，希腊人远征胜利的一切标志都被海神扫

> 名师批注
> 声势浩大的特洛伊战争以这样的方式偃旗息鼓，最后谁都不是赢家，十年的艰辛换来的是最后的徒劳。

除了，只剩下几艘战船经过艰难的航程才回到希腊。平安到达家乡的只有极少数人：狄俄墨得斯回到亚各斯，涅斯托耳回到皮洛斯，菲罗克忒忒斯回到墨里波阿，涅俄普托勒摩斯回到夫茨阿，伊多墨纽斯和迈里俄纳斯回到克里特。年老的忒拉蒙责怪透克洛斯未能为大埃阿斯报仇，不允许他在萨拉密斯登陆，他只得前往塞浦路斯，并在那里定居下来。

名师点拨

特洛伊战争是一场金戈铁马、波澜壮阔的战争，无数人轰轰烈烈，马革裹尸。这场史诗般的战争中浸润着战斗精神与英雄气概，浸润着爱情与荣誉。

然而战争的结局是悲壮的，坚固的特洛伊城覆灭，胜利的希腊人洗劫了特洛伊的财富，在返程中却经历了极大的危险，那些战利品也损失殆尽。当然导致这些悲剧的有神的因素，但人类的欲望、凶残也为其悲剧埋下了根源。

好词多积累

欢呼雀跃　归心似箭　狂风巨浪

佳句任你评

★他们骄傲而自豪，站在船头向大海浇下美酒，虔诚地祈求神祇保佑他们平安地回到家乡。可是，他们的祈祷没有到达奥林匹斯圣山，急风将它们吹走了，飘散在流云中。

★风神命令这些风合成一股狂风，掀起卡法尔山下的海浪。大海在急风下掀起巨浪，咆哮奔涌，撕碎了船帆，刮断了桅杆。夜幕降下，一片漆黑。

大家来思考

读到最后，大家会想知道海伦的结局是什么。特洛伊被攻陷后，墨涅拉俄斯不忍心伤害她并原谅了她，她跟着前夫回到了故乡。你怎么看待海伦的这种结局？

阅读延伸

名家点评

◆希腊神话不仅是希腊艺术的宝库，同时也是西方艺术的土壤，就某方面说还是一种规范和高不可及的范本。

——马克思

◆希腊神话是人类童年时代的艺术，是希腊人由野蛮时代进入文明时代的主要遗产。

——恩格斯

◆没有希腊神话就没有文艺复兴可言。

——《西方文学史》

同龄感悟

《希腊神话》读后感

在西方，对希腊神话了解的多寡，一向是衡量一个人受教育程度的标志。希腊神话早已成为整个西方文化不可分割的一部分，如果想撇开它而谈论西方文化，几乎是一件不可能的事。

读完《希腊神话》，我不得不惊叹希腊人天马行空的想象力。他们给每一座山、每一条河甚至一花一草一木都赋予了神的含义，创造了太阳神、月亮神、风神、花神、爱神……这些想象蕴含着浓厚的浪漫主义色彩。

在宙斯主宰的奥林匹斯众神时期，12 位主神以宙斯为核心，各司其职，整个天庭秩序井然，宛若人间的统治秩序；等到了英雄时代，人间的英雄闪亮登场，他们成为故事的主角。这些英雄由于有着神的血脉，因而有着不凡的品格；他们从事着人间的活动，有人的喜怒哀乐、善恶好憎，在纷争和角逐中展示着勇敢和睿智。在他们的故事里，我读到了战争的血腥，也读到了和平的美好；读到了爱情的浪漫，也读到了背叛的残酷；读到了勇士的忠诚，也读到了人性的险恶……

古希腊是西方文明的源头之一，读了《希腊神话》，我才知道自己之前对希腊的了解是多么浅薄，一个“古”字就饱含几千年的文化，而我之前对希腊的了解只不过是奥林匹克。《希腊神话》就像一片蔚蓝色的无边无际的海洋，它的一切都让人陶醉。它告诉我，要善于分辨美与丑、善与恶，培养坚持不懈、顽强拼搏的精神，养成知恩图报、善良忠诚的品质。《希腊神话》就像我人生旅途中的指南针，在它的影响下，我发现自己变得更强大、更睿智、更有魄力了。

《希腊神话》不愧为世界文学宝库中的珍贵财产。

知识考题

一、基础知识。

1. 下列选项中读音都正确的一项是（　　）。

A. 泉水淙淙（zóng）　訇然倒地（hōng）　清澈见底（chè）

B. 夺眶而出（kuàng）　艰苦卓绝（zhuō）　勃然大怒（bó）

C. 号啕大哭（háo）　筋疲力尽（jīng）　累累硕果（léi）

D. 桀骜不驯（jié）　倾盆大雨（qīng）　裹足不前（guǒ）

2. 下列选项中字形全都正确的一项是（　　）。

A. 九霄云外　英雄倍出　安然度过　颠沛流离

B. 甜言蜜语　翩翩起舞　雍容华贵　通情达礼

C. 不寒而栗　唇枪舌剑　无动于衷　面容安详

D. 欢欣鼓舞　灿若星辰　成群结队　合盘突出

二、知识填空题。

1.《希腊神话》从内容上大体可以分为________传说和________传说。前者涉及宇宙和人类的起源、神的产生及其谱系等内容，后者涉及英雄神话和战争神话。

2. 奥林匹斯山上的十二主神中，__________和__________是宙斯和赫拉生的孩子。

3. 特洛伊战争中交战双方的主将代表着两种不同类型的古代英雄，一个感情冲动、心胸狭窄而又率直任性，张扬着昂扬无羁的独立精神；一个富于理性、襟怀大度而又具有高度的责任感，彰显着保家卫国的爱国精神。他们分别是____________和__________。

4. 希腊人攻克特洛伊城的时候采取了木马计，提出这个计策的人是________。

三、把人物与相对应的性格特点连起来。

蛮勇骁悍、重情重义、冲动易怒	俄底修斯
骄狂专横、崇尚权力	赫克托耳
富有强烈的责任感	帕里斯
轻浮怯懦	阿喀琉斯
聪明、自私、狡诈	阿伽门农

四、简答题。

1. 请查阅资料，说出赫拉克勒斯的十二件功勋。

2. 希腊神话在描写英雄时，大多贯穿了一种命运观，如阿喀琉斯知道自己命中注定死于战场。想一想，这体现了什么？

参考答案

一、1. D（A. 泉水淙淙 cóng　B. 艰苦卓绝 zhuó　C. 筋疲力尽 jìn）

2. C（A. 英雄辈出　B. 通情达理　D. 和盘托出）

二、1. 神话　英雄

2. 战神阿瑞斯　火神赫菲斯托斯

3. 阿喀琉斯　赫尔托耳

4. 俄底修斯

三、

蛮勇骁悍、重情重义、冲动易怒	俄底修斯
骄狂专横、崇尚权力	赫克托耳
富有强烈的责任感	帕里斯
轻浮怯懦	阿喀琉斯
聪明、自私、狡诈	阿伽门农

四、1. 略。

2. 英雄传说是希腊神话的重要组成部分，而命运观念贯穿了英雄的一生。英雄们大多出身高贵，多是神的后裔，介于神与人之间，能力非凡人能比，但终究难逃一死，而且大部分英雄不得不面对早已被规定好的被毁灭的命运，而这命运是通过神谕早就被指示出来了。

从这个情节设定可以看出，有了命运观念的希腊人已经不再像之前那样对神充满敬畏，生怕因不虔诚而得罪神灵。这时的希腊人开始认识到自然界也是有规律的。他们虽然还没有办法科学地解释自然规律，但已把对喜怒无常的神灵的敬畏转移到了对自然规律本身（也就是命运）的敬畏上来了。这规律（命运）和强大且喜怒无常的神不一样，它强大却无情，一旦开始，就不可阻挡地走向固定的终点。因此，希腊神话中连宙斯等奥林匹斯诸神都左右不了自己的命运，都要听命于“命运”这一抽象的客观规律。这些都体现出希腊人的思想认识有了进一步提高，他们在一步步地向文明社会迈进。

图书在版编目（CIP）数据

希腊神话 /（德）施瓦布著 ； 段芳菲编译. — 武汉：湖北教育出版社，2022.3
（中小学生大阅读 ： 名师视频讲解版）
ISBN 978-7-5564-4619-3

Ⅰ. ①希… Ⅱ. ①施… ②段… Ⅲ. ①神话—作品集—古希腊 Ⅳ. ①I545.73

中国版本图书馆CIP数据核字(2021)第139562号

希腊神话

出品人	方　平	视频讲解	韩茹冰
责任编辑	杨文婷	责任校对	王艳波
封面绘图	朱丽姿　王金亮	责任印制	李　枫
装帧设计	ZHYG 牛　红		

出版发行	长江出版传媒	430070	武汉市雄楚大道 268 号
	湖北教育出版社	430070	武汉市雄楚大道 268 号

经　　销　新　华　书　店
网　　址　http://www.hbedup.com
印　　刷　武汉中远印务有限公司
地　　址　武汉市黄陂区横店街货场路粮库院内
开　　本　710mm×1000mm　1/16
印　　张　15
字　　数　233 千字
版　　次　2022 年 3 月第 1 版
印　　次　2022 年 3 月第 1 次印刷
书　　号　ISBN 978-7-5564-4619-3
定　　价　38.00 元